ブサ猫令嬢物語

〜大阪のオバチャン（ウチ）が悪役令嬢やって？　なんでやねん！〜

テッド
ジゼルの従者として
仕えるデキる美少年。
かなり特殊な出自のようで……？
ジゼル
ブサ猫そっくりな外見で、
大阪弁を使いこなす
ハイマン公爵家の令嬢。
中身は義理人情に篤い
元・大阪のオバちゃん。
登場人物紹介
CHARACTERS

カミル
ハイマン家のメイド。
その正体は王家のスパイ。
ミリアルド
王太子。
優秀だが
アーメンガートに
骨抜きにされている。
アーメンガー
ジゼルと同様の転生者
可憐な外見とは裏腹
とんでもない悪女。
ハンス
ジゼルの兄で、
穏やかな貴族令息。
かなりのシスコン。
ロゼッタ
ジゼルに助けられて以来
彼女に心酔する侯爵令
ツンデレ美少女。

第一章　悪役令嬢は大阪のオバチャン!?

王歴二二五年、春。

今年も社交界シーズンが幕を開けたエントール王国の王宮では、その日、王太子の婚約者選びのお茶会が開かれていた。

今年十二歳になるミリアルド・イル・エントールは、輝くような美貌と聡明な頭脳の持ち主で、幼いながらに『将来の賢王』と期待される少年。

側室腹で第三王子という本来なら選ばれるはずもない立場だったが、正室の産んだ王子たちは絵に描いたような放蕩《ほうとう》息子で、ミリアルドにお鉢が回ってきたのだ。

正室が健勝であれば泥沼の争いが起きただろうが、大病を患《わずら》って以降、虚弱体質になって公務に出られず、ここ数年は年の半分は臥《ふ》せっているような状態だ。

そんな正室に代わり、実質的な王妃権限を側室が握っていることもあって、お家騒動が起きることなく立太子されたのだ。

無論、阿呆《あほう》な王子を傀儡《かいらい》に仕立てて、甘い汁を啜《すす》ろうとした腹黒大臣からは反発があったが、裏金などの〝政治的な取引〟で事を丸く収めた。そうして図《はか》らずも王太子の座を得たミリアルドだが、その地位はまだ盤石《ばんじゃく》ではない。

側室は息子にも受け継がれたその美しさと知恵でのし上がってきたが、実家の伯爵家は財力も権力も平凡の域を出ないし、歴史や功績の面でも際立ったものはない。

つまり、王太子の後ろ盾としてはかなり弱い。

それを補《おぎな》うには、社交界でも指折りの上級貴族の娘を王太子妃として宛《あて》がうことが不可欠だ。

今日ここに集められたのは、その条件に見合う令嬢ばかり。

年齢は十歳から十四歳まで。礼儀作法や教養を厳しく叩きこまれた、幼くも立派な淑女に仕立てられた少女が総勢九人、未来の王太子妃の座をかけてこのお茶会に挑んでいた。

どの令嬢もこの庭園に咲き乱れる花々のように可憐で美しい……わけではない。

一人だけ花にたとえるのは至極《しごく》難しい、ふてぶてしい猫のような少女がいた。

猫耳のような三角形のお団子が左右に載った、緩いウェーブを描く長い金茶の髪。

腫れぼったい一重まぶたのせいで半月型になった、三白眼気味の琥珀色《こはくいろ》の目。

色白でぽっちゃりとした体。ぺちゃんこな鼻に、薄いそばかすが浮く真ん丸な頬。

一見すると彼女だけ場違いな存在に見えるが、特に高貴で権力のある家柄の少女である。

公爵令嬢ジゼル・ハイマン。

十歳になったばかりの彼女は見た目もさることながら品格も知性もなく、親の権力で傍若無人《ぼうじゃくぶじん》に振る舞う傲慢《ごうまん》な少女――という噂が社交界ではまことしやかにささやかれているが、真相は誰も知らない。

彼女はまだ幼く、人目につくような場には連れていってもらえない年頃だ。

しかし、美男美女カップルとして有名だった両親にまったく似ていない――髪や瞳の色は両親と同じものを引き継いでいるので、血縁関係は疑われていないが――特徴的な姿をしていることはしっかりと伝わっており、そこから勝手な邪推や憶測が加わってこのような噂が出来上がった。

で、実際の彼女はといえば……

「アカン……いろんな意味で吐きそうや……」

ミリアルドの到着を待つ間、他の少女たちがマウントの取り合いをする姦《かしま》しい声にかき消されるように、貴族令嬢らしからぬ訛《なま》りがため息と共に吐き出される。

何故こんな訛《なま》りがあるのかといえば、彼女が日本人――もとい、大阪人だった前世を持つ転生者だからである。

島藤未央《しまふじみお》。享年三十八。

飲み会の帰り道、雨上がりの濡れたマンホールに足を滑らせて、頭を強《したた》かに打ったところで記憶がなくなっている。多分それが死因だろう。

大阪で生まれ育ち、学校も職場も大阪オンリー。旅行以外で大阪を出たことがないコテコテの大阪人……いや、もっとはっきり言えば〝大阪のオバチャン〟である。

お笑いに生きる大阪人が、異世界の貴族令嬢に転生というだけでも笑えないのに、実のところもっと笑えない話になっていたりする。

（なんでウチが悪役令嬢やねん！）

そう。異世界は異世界でも、ここは乙女ゲームの世界だった。

スマホアプリで人気を博《はく》した乙女ゲーム『純愛カルテット２』。

王宮のお掃除メイドとして働く貧乏男爵令嬢アーメンガートが、王太子を筆頭に五人の将来有望なイケメンと出会い恋に落ちる、という実に王道なストーリー。

ジゼルは王太子の婚約者として登場するが、美しく健気《けなげ》なアーメンガートをいじめまくり、最後は婚約破棄されて身一つで国外追放されてしまうという、いかにもなテンプレ悪役令嬢だ――外見を除いては。

悪役令嬢といえばハイスペック美少女が普通なのに、このゲームでは無能なデブス設定。

ただし、ブサ可愛い猫そっくりな外見から〝ブサ猫令嬢〟と親しまれており、ユーザーからの人気は意外とある。

とはいえ、ブサ猫に転生して喜ぶ女子はそういない。

前世でもカレシいない歴＝実年齢のデブスだったからこそ、生まれ変わっても前世と大差ない姿だと知った時には、心底絶望した。

（見た目はどうにもならんからとっくに諦めとるけど……大阪弁の悪役ってあり得へんやろ！　完全にコントやん！　乙女ゲームの甘い空気ぶち壊しやないか！　とんだ配役ミスやで、神さん！）

そもそも、日本語ではない世界観で大阪弁が再現されていること自体が異常だが、それもまた神の思惑なのか、日本製の乙女ゲーム世界だからなのか、はたまたその他ご都合主義的なことなのか……考えたところで答えが出そうもないので思考は放棄している。

正解が三番目だということを想像もしないジゼルは、前世の記憶を取り戻した時のことを思い出しつつ、遠い目で虚空《こくう》を見つめた。

さかのぼること一週間。

夢の中で大阪人だった四十年弱の人生をハイライトでお届けされ、精神がすっかり島藤未央に戻ってしまったジゼルは、起こしてくれた侍女に「おはようさーん」と挨拶してしまい、「お嬢様がご乱心です！」「もしや悪霊が⁉」と朝から大騒ぎになった。

夢でこれまでのオタク遍歴《へんれき》もリプレイされていたので、乙女ゲームの悪役令嬢に転生したことも、ライトノベルにありがちな失敗をやらかしたことも、すぐに理解した。

すぐさま両親が部屋に駆けつけ、さてどう言い訳したものかと冷や汗を流したジゼルだったが……彼らの予想斜め上の発言でさらに混乱することになった。

「もしや、真実を思い出してしまったのか、ジゼル⁉」

「……は？」

彼ら曰《いわ》く、ジゼルはハイマン家の実子ではない。

ある日屋敷の前に捨てられていた、素性の知れない赤ん坊だったというのだ。

何故そんな捨て子を拾うことになったのかといえば、当時身重だった公爵夫人が階段から転落して流産してしまったことに端を発していた。跡取り息子はすでにもうけていたとはいえ、生まれるはずだった命が失われたことは衝撃的な事件であり、一家は悲しみに暮れた。

特に夫人は己の半身を失ったようなもので、日に日に憔悴《しょうすい》していった。

そんな時、使用人から赤ん坊を拾った報告を受けた一家は「神が我々に与えてくれた慈悲に違いない」と考え、その捨て子を生まれるはずだった我が子だと思い、公爵令嬢として育てることにした。

運のいいことに金茶の髪は父と同じで、琥珀《こはく》の瞳は母と同じ。顔立ちはどちらにも似ても似つかないが、曾祖母《そうそぼ》と銘打ってジゼルの面影《おもかげ》を宿した肖像画を描かせて血縁関係に信ぴょう性を持たせれば、十分ごまかせると踏んだのだ。

そうして入念な隠ぺい工作を施したのち、夫人の流産については厳しく箝口令《かんこうれい》を敷き、ジゼルは夫人が産んだ子であるとして出生届を出した。

その出生の秘密と大阪弁がどう繋がるのかといえば……彼女は拾われて間もなくして言葉を話すようになったのだが、それに現在の言葉遣いと同様の耳慣れない訛《なま》りが交じっていたのだ。

おそらくは体に宿る島藤未央の大阪人魂がそうさせたのだろう。そうジゼルは考えていたが、公爵家の面々は彼女の発する言葉を本物の両親から授かったものだと考えた。

実の親に捨てられたことを悟らせまいと、必死に令嬢らしい言葉遣いに矯正《きょうせい》して一安心したのに、急に訛《なま》りが戻ったので「もしや」と思ったそうだ。

……まさかあのブサ猫令嬢にそんな秘密があったとは。

もしかしたら、拾った子だと悟られたくない家族が彼女をベタベタに甘やかし、亡き我が子の分まで愛情を注ぎまくった結果、彼女はあんな悪役令嬢然とした性格になったのかもしれない。

しかし、現実のジゼルは〝朗《ほが》らかで食いしん坊なお転婆《てんば》娘〟として存在している。

はっきり言って幼少期の未央の生き写しだ。シナリオや設定に関係なく、無自覚な大阪弁同様宿っている魂に影響されているのかもしれない。

いろいろ納得しているジゼルをよそに「お願いだから、ずっとうちの子でいてくれ！」と泣いて懇願《こんがん》する両親。

ブサ猫令嬢は捨て子であっても、滅茶苦茶愛されているようだ。

始めは死んだ子の代わりであっても、月日を重ねていくうちに本物の家族になったのだろう。前世持ちとはいえ赤ん坊だった頃の記憶はジゼルにはないが、幼い時から溺愛されてきたことは覚えている。

「し、心配せんでも、ウチは今までもこれからも、ずーっとハイマンさんちのジゼルちゃんや！約束する！」

ほだされまくったジゼルが拳を握って力説すると、感極まった二人にギュウギュウと抱きしめられた。家族の結束が強まり、苦しい言い訳からも逃れられ、いいことづくめの大団円だった……のはその場限りのこと。

ひと月以上前に、王太子の婚約者を選ぶお茶会への招待状が届いていた。

どういう経緯があったのかまでは描かれていなかったが、ゲームの設定ではジゼルが十歳の時に婚約者に選ばれている。このままではシナリオが現実になる可能性が高い。

家族もジゼルが未来の国母《こくも》になることには前のめりで、全力で勝ちに行くスタンスで準備をしている。

（どう考えても、ブサ猫が国母《こくも》ってアカンやろ。アウトやろ）

血筋も定かではないということは置いておいても、このブサ猫遺伝子を美形ぞろいの王族にぶち込むのは不敬以外の何物でもない。

だが、家族はみんなジゼルを「世界で一番可愛い！」と豪語してはばからない。

そんな身内の贔屓目《ひいきめ》と愛が暴走し、最新流行のドレスと宝石で全身を飾られたジゼルは、市場に売られる子牛のようにお茶会へ連れ出され……現在に至る。


楽観的に考えれば、王太子の婚約者になろうとも、品行方正に努めてヒロインをいじめなければ、まず追放されることはないだろう。

そもそもジゼルを婚約者に選ぶ理由は、側室腹のミリアルドにハイマン家の後ろ盾を与えるためだ。あの溺愛ぶりから想像するに、悪役令嬢にありがちな陰湿ないじめやら贈収賄《ぞうしゅうわい》やら、法に引っかかるような重大な理由がない限り、婚約破棄すればハイマン家を敵に回す。

ジゼルの醜《みにく》い外見を理由に子作りをせず、側室や愛妾を山ほど抱えることになっても、お飾り王妃として死ぬまで養ってくれるだろう。

しかし、そんなつまらない人生なんてまっぴらごめんだ。

せっかく悪役令嬢に転生したのだから、ライトノベル的なアレコレをやってみたい。

ご覧の通りのブサ猫令嬢である以上、婚約破棄される相手から執着されることもないし、モブから求婚されることもないし、逆ハーレムなんて天地がひっくり返ってもあり得ないが、飯テロや内政チートくらいならやれそうだ。

それを実現するために婚約回避は必須ではないが、シナリオの強制力がないとは限らないので、早い段階で追放フラグは折っておきたいし、王妃だの国母《こくも》だのは自分のガラではない。国の命運を背負う役どころなんて死んでもやりたくない。

というわけで、無礼にならない程度に嫌われて婚約者候補から外れることにした。

まあ、出自を疑われる原因になるので、訛《なま》りはできるだけ隠しておくよう両親からは言い含められているが、大阪弁抜きでも中身も外見も公爵令嬢らしからぬキャラなのは変わりないし、あっさりと選択肢から外れるに違いない。

（せやけど、家族をガッカリさせるのは心苦しいわぁ……）

別に王太子の婚約者に選ばれなかったところで、彼らの愛情が失われるとは思わない。

だが、まったく期待されていないわけでもない。

長年ハイマン家からは王太子妃も王子妃も出ておらず、王宮内での勢力には若干翳《かげ》りが見えている。ジゼルが王太子に見初《みそ》められればその不遇を巻き返し、一気に形勢逆転できるチャンスだ。

その機会を自分のわがままで潰すことは、非常にためらわれる。

かくなる上はジゼルが何かアクションを起こす前に、都合よくミリアルドが他の令嬢に心奪われることを祈るしかない。他力本願だが。

などと一人グルグルと思考を巡らせている間に、ミリアルドがやってきた。

白銀の髪と群青《ぐんじょう》の瞳を持つ、怜悧《れいり》な美少年だ。白を基調にした盛装に身を包んで微笑んでいる背景には、キラキラエフェクトの幻覚が舞い散っている。まさにテンプレ王子様だ。

令嬢たちが扇で薄紅に染まった頬を隠しつつ、小さく黄色い声を上げているが……中身がアラフォーのジゼルの琴線に触れるものはなかった。

ミリアルドが推しではなかったこともあるが、根本的に精神年齢が違いすぎて恋情など湧かない。可愛いとかカッコイイとかは思っても、あくまでイケメン子役を愛《め》でる方向性だ。

（……この調子やったら、ウチはまともな恋愛ができひんのとちゃう？）

ブサ猫が恋をしたところで実るわけもないので、恋愛フラグも失恋フラグもまとめてへし折ってくれる方がありがたいのだが。

「――ところで、そこの空席は誰の席だ？」

「ルクウォーツ侯爵令嬢の席でございます」

王太子殿下の挨拶やらありがたいお言葉を、不敬にもきれいさっぱり聞き流していたジゼルだが、聞き覚えのある単語を捉えてはたと我に返る。

（ルクウォーツ侯爵て……ミリアルドルートでヒロインが養女に行くところやん？）

このゲームは身分差恋愛を主軸にしたストーリーだが、さすがに男爵令嬢のままで王太子妃になるのは現実味がなさすぎるので、身分が釣り合うように遠縁で娘のいないルクウォーツ家に養女に出される、というくだりがある。

そう。あの侯爵家に令嬢はいない。

ゲームと現実は違って、あの家に娘が生まれていることも十分あり得るが……ジゼルの頭の中には別の可能性がよぎっていた。

「まさか……」

「お、遅れて申し訳ありません！」

思わず漏《も》れたつぶやきは、遠くから聞こえてきた声にかき消された。

顔を上げると、泥だらけになったドレスの裾を掴んで駆け込んでくる少女がいた。

歳の頃はジゼルと同じくらいだろう。

天使の輪が浮かぶピンクブロンドのロングヘア。大きくて真ん丸なキャラメル色の目。

ツンと尖った鼻も薄紅色の唇も驚くほど小さく、陶器のように滑《なめ》らかな肌が火照《ほて》っているのがなんとも艶《つや》っぽい。汗で化粧が崩れていてもなお美しく、荒い呼吸を整える息遣いすら聞き惚れてしまう、不可思議な魅力を放つ少女だった。

ヒロインのアーメンガートだ。

これくらいの歳のイラストは公表されていないし、ゲーム中において容姿以外は完全に無個性だった。そのため、声や仕草での判別は無理なので確信は持てないが、身体的な特徴からして間違いないだろう。

しかし、一体いつどうやって侯爵家に養女へ行ったのか。たとえ彼女も転生者であったとしても、男爵家にそんなコネがあるとは思えない。あの家はかなりの貧乏設定だったし。

（どないなっとるんや、これ……？）

シナリオを無視した展開に目を白黒させるジゼルをよそに、ヒロインはミリアルドの前に跪《ひざまず》いて深くこうべを垂れる。

「恐れながら殿下、わたくしに弁明の機会をお与えくださいますでしょうか？」

「……いいだろう。発言を許す」

ミリアルドはだらしない顔でアーメンガートに見惚《みと》れつつも、言葉だけは王太子として取り繕って大仰《おおぎょう》にうなずいてみせる。

「ありがとうございます。実は……こちらに向かう途中、馬車の車輪が側溝にはまり動けなくなってしまったのです。人を呼んで動かそうとしましたがうまくいかず、このままでは出席できなくなると思い、そこからわたくし一人で走って参りました」

「僕に会うために、自らの足で駆けてきてくれたと？」

「はい……元男爵令嬢のわたくしでは、到底選ばれることはないと分かっていても、どうしてもミリアルド殿下に一目お会いしたい一心で……」

感嘆とも非難ともつかない声が、会場のあちこちから漏《も》れる。貴族令嬢が人前で走るなんて不作法もいいところで、淑女らしからぬ行動に令嬢たちはみんな一様に眉根を寄せている。

中でも隣に座っていた年上の令嬢の口からは「これだから貧乏人は嫌なのよ」と、不快感をあらわにする発言も飛び出した。

アーメンガートに物申したい気持ちは分かるが、差別的な発言はよくない。

「あの、そんな言い方は――」

「誰がお前の発言を許した！　口を慎《つつし》め！」

窘《たしな》めようとしたジゼルの言葉は、ミリアルドが張り上げた声に遮《さえぎ》られる。

彼は叱責されて顔を青くして震える令嬢を憤《ふん》怒《ぬ》の表情で睨みつけ、集められた少女たち全員にも同じような視線を向けて牽制《けんせい》し——その後、平伏するアーメンガートに膝をついて手を差し伸べ、とろけるような笑みを浮かべた。まるで仮面を付け替えたような豹変《ひょうへん》ぶりだ。

「どうか顔を上げてくれ。誰がなんと言おうと、君は素晴らしい淑女だ。誰かに命じるばかりで何もしない令嬢たちよりも、自らの足で立ち行動する君の方がずっと魅力的だ。泥のついたドレスをまとっていようとも、その姿も魂もここにいる誰よりも美しいよ」

「まあ、殿下……」

「それより、君の名前を教えてくれないか？　知り合って間もないし、ルクウォーツ嬢と呼ぶべきなのだろうが、できれば僕は君を君たらしめる名で呼びたいんだ」

「……アーメンガート、でございます」

「アーメンガート……美しく清らかな君に似合いの名だ」

手と手を取り合い、至近距離で見つめ合うミリアルドとアーメンガート。

それから二人はしばし無言になり、視線だけで語り合う〝二人の世界〟に突入した。

彼らの背景には乙女ゲームらしいキラキラとお花の幻覚エフェクトが飛び交い、焼き菓子の匂いよりも甘ったるい空気が充満する。

やがて、その場の全員がいたたまれなくなった頃、ミリアルドが特大の爆弾発言を落とした。

「アーメンガート。僕は君を愛している。不躾《ぶしつけ》な願いだと重々承知しているが、どうか……僕の生涯の伴侶として傍《そば》にいてくれないか？」

「はい！」

突然の告白からのプロポーズ、かーらーのー、ためらい一つない快諾。

そして感動の抱擁《ほうよう》とキス。

十歳の少女と十二歳の少年のラブシーンというだけで衝撃的なのに、様々なやり取りや過程をすっ飛ばした急展開に、会場内に戦慄《せんりつ》が走った。

（な、ななな……なんやてぇぇぇぇぇ!?）

大阪人のツッコミスピリッツが炸裂《さくれつ》して叫び出しそうになったが、物理的に口を両手で押さえてガードした。ついでに椅子からずっこけたい衝動も、机にかじりついて耐える。

結構無様《ぶざま》な姿を晒《さら》していたが、他の人も衝撃場面に気を取られていて誰もジゼルを見ていなかったので助かった。きっと脳内ではジゼルのように大絶叫していたに違いない。絶対訛《なま》ってはいないだろうけど。

「な……なんなんですの、この茶番は！」

いち早くリカバリーしたのは、先ほどアーメンガートの悪口をつぶやいた令嬢だった。

ゴージャスな金髪縦ロールにキリリと吊り上がった新緑の目をした、ブサ猫顔のジゼルより悪役令嬢が似合いそうなきつめの美少女だ。

彼女は憤懣《ふんまん》やるかたない様子で机を叩いて立ち上がると、観衆を放ったらかしでイチャイチャする二人に、ビシッと鋭い音を立てながら扇を突きつけた。

「遅刻したルクウォーツ嬢になんのお咎《とが》めもなさらないどころか、なんの吟味《ぎんみ》もなく彼女を婚約者に指名するなどおかしいです！　せっかくこうして人柄や教養を比較する場を設《もう》けてあるというのに、これではあまりに公平性に欠けています！」

彼女の言うことは至極《しごく》正論だ。

他の令嬢たちも声にこそ出さないが、広げた扇の後ろ側で何度もうなずいている。しかし、この中の誰よりも冷静で大人な視点を持っていたジゼルは、「これは悪手だ」と瞬時に悟った。

大事なのは何を言ったかではなく、誰が言ったか、である。

諫言《かんげん》したのが彼女以外であればまだ救いはあったかもしれないが、これでは恋に恋する二人を引き裂くことは不可能だ。むしろ、彼女の身を滅ぼしかねない。

「……やっぱり、わたくしが殿下のお傍《そば》にいるのは……愛し合うことは許されないことなのでしょうか？　両親が事故で亡くなり、侯爵様のご厚意で引き取られましたが、わたくしに流れる血がここにいらっしゃる誰よりも卑《いや》しいことには変わりない……！　ううっ、ううう……！」

アーメンガートは令嬢の言葉に打ちのめされたかのように顔を伏せ、大粒の涙をボロボロこぼしながら嗚咽《おえつ》を上げる。

(策士やな、ヒロイン……ていうか、ご両親亡くなっとったん？　ますますシナリオはあてにならんな。まあ、この分やったらウチの出番はなさそうやから構へんけど)

どこにでも、可愛さと涙を武器に器用に立ち回る女性たちはいる。

そういうあざとい性格の持ち主を前世で数々見てきたジゼルには、それが演技であることは一目瞭然だったが、お子様で恋に盲目状態のミリアルドに見抜けるわけがない。オロオロしつつアーメンガートを抱きしめて涙をぬぐう。

「泣くな、アーメンガート。君が男爵令嬢だろうと平民だろうと、君が君である限り卑《いや》しくなどないし、僕が君を愛する気持ちにも何一つ曇《くも》りは生じない。本当に卑《いや》しいのは、人を出自というつまらない物差しで測り、自分勝手に貶《おとし》める愚者だよ」

温かな眼差しでアーメンガートに優しく言い聞かせ……続いて凍《い》てついた視線をかの令嬢に向ける。

「ロゼッタ・ビショップ。貴様は一度ならず二度までも、僕の愛する人の心を傷つけた。彼女への侮辱《ぶじょく》は僕への侮辱《ぶじょく》と見なす。つまりは不敬罪だ」

ザワァッ、と会場内が不安の声で揺れる。

ロゼッタと呼ばれた令嬢は、先ほどアーメンガートを「貧乏人」と貶《おとし》める発言をして叱責を受けている。今回は彼女を直接侮辱《ぶじょく》してはいないが、ロゼッタの発言でアーメンガートが涙したことで、ミリアルドから完全に敵認定されてしまった。

しかも、いかに聡明で将来有望な少年とはいえ、初恋にのぼせた状態で冷静な判断が下せるわけもない。視野狭窄《しやきょうさく》な正義を振りかざし、持てる権力すべてを使ってでも、ロゼッタを排除するだろう。

だから、なんのためらいもなく不敬罪を適用させようとする。

腕の中にいる少女に踊らされているとも気づかずに。

「で、殿下。不敬罪だなんて、やめてください。殿下のお傍《そば》にいるためなら、この程度のこと、わたくしは耐えてみせますわ」

アーメンガートはヒックヒックとしゃくり上げ、肉食動物を前にした小動物のように震えながらも、涙で濡れた目をミリアルドに向けて懇願《こんがん》する。

その破壊力抜群の〝心優しいヒロイン〟の姿に心打たれたのか、「なんと健気《けなげ》なんだろうね、アーメンガートは」と感動したミリアルドだったが、己の意見を覆《くつがえ》すことはしなかった。

「でも、ここで生温い沙汰《さた》をしては周りをつけ上がらせるだけだ。君を害する者には容赦しないと、はっきり知らしめる必要がある」

「わたくしごときのために、そこまでしてくださって大丈夫なのですか？」

「ごときなんて言わないでくれ。君は僕の唯一無二の人なんだから。君を守るためなら、僕は歴史に名を残す暴君になっても構わない」

「まあ、もったいないお言葉でございます……！」

吐息がかかるほどの至近距離で言葉を交わし合い、ハグとキスを繰り返してイチャイチャタイムを再開するバカップル。

繰り返すが、これは十歳の少女と十二歳の少年のラブシーンである。

なのに、やたらとボディータッチが官能的だし、発言はヤンデレに染まっている。R指定にしたいくらいだ。ほとんどがデビュー前の令嬢の集まりで、なんてものを見せつけられているのか。

（絶対あの子は転生者やな。清楚《せいそ》系に見えるのに実はあざと可愛い系で、相当な数の男を手のひら

で転がしてきたに違いないわ）

遅れてやってくることで注目を集め、純粋で一途な少女を演じて王子の寵愛《ちょうあい》を得る。

シンプルで古典的で分かりやすい、だからこそ役者の演技力が問われる作戦を、事もなげに実行したということは、前世でも相当な〝やり手〟だったに違いない。

ヒロインとしてミスキャストな気もするが、乙女ゲームを『男をあらゆる手練手管《てれんてくだ》を使って落とすゲーム』と定義するなら、彼女ほど適役はいないだろう。夢も希望もない表現だが。

（せやけど……このままやったら、ベタなざまぁ劇まっしぐらやで）

恐怖と屈辱で震えるロゼッタを視界の端に捉えながら、ジゼルはどうにか丸く収める手立てがないか考える。子供相手に極刑なんてことはないだろうが、この手のざまぁのテンプレから考えて、令嬢としての身分を剥奪《はくだつ》された上、生涯修道院に閉じ込められることくらいは十分にあり得る。

ロゼッタの言葉は確かに悪かったが、貧乏人扱い以外は正論ど真ん中だし、あれくらいの悪口陰口でいちいち罰せられていたらかなわない。

そもそも、罰を下した側が不利益を被りかねないことに、ミリアルドは多分気づいていない。

ここに集められているのは、この国に名を轟《とどろ》かす名家の令嬢ばかり。

不勉強なせいでビショップ家がどのような家柄かジゼルは知らないが、婚約者候補に挙がっている以上、少なくともルクウォーツ家と対等かそれ以上の立場であり、後ろ盾として求められているくらいなのだから〝たかが側室腹の王太子〟に泣き寝入りすることはしないだろう。

報復とは往々にして連鎖するもの。ざまぁしたはずの側がざまぁされ返される、なんてことは容易に想像がつく。そうなったらシナリオ崩壊どころか、国家滅亡なんてこともあり得る。

（アカンアカン！　どないかせんと！）

焦る気持ちとは裏腹に、頭の中が真っ白になって何も思いつかない。

（うあああ！　ウチは正真正銘のアホや！　悪役令嬢やのにチートもなんもなくて、なんの役にも立たん――ん？　あ、そうや！　ウチは悪役令嬢やったわ！）

悪役令嬢といえば究極のいじめっ子――ジゼルは天啓のようなひらめきに身を任せて立ち上がると、ロゼッタの頭をツッコミよろしく平手でスパーンッと叩いた。

「コンのアホんだらぁ！　なんちゅうナメたマネしてくれとんじゃワレェ！」

やばい。とっさのことで素の言葉遣いが出てしまったし、加減なしでぶっ叩いたので、ロゼッタが机に突っ伏さんばかりに傾いている。

おまけに悪役を意識しすぎたせいで、ヤクザ化して令嬢らしさどころか女らしさの欠片《かけら》もない。

だが、やらかしに絶望しても時すでに遅し。飛び出してしまった言葉は元には戻らない。

速攻で言いつけを破ってしまった己の迂闊《うかつ》さに頭を抱えたくなったが、ロゼッタは突然見知らぬ相手に罵声《ばせい》と共に叩かれたことで放心状態だし、他の令嬢たちも言わずもがな。

泣いていたアーメンガートも怒り狂っていたミリアルドも、きつすぎる訛《なま》りにポカンとした間抜け面で思考停止している。

失態を晒《さら》して大ピンチではあるが、この場をうやむやに終わらせる大チャンスにもなり得る。ジゼルは周りが混乱している間に思考を切り替え、夜叉《やしゃ》のごとき表情で罵声《ばせい》を浴びせ続けた。

「取り巻きは取り巻きらしく、ウチの後ろでボケーッと突っ立っとけばええもんを！　ちっぽけな正義感振りかざしてええ子ちゃんぶって、呼ばれもせんのにしゃしゃり出てくるから、こないなことになるんやろーがぁ、このすっとこどっこい！　そのカラッポのドタマをパッカーンとかち割って、ゴミ捨て場に埋めてまうぞゴラァ！」

傲慢《ごうまん》な悪役令嬢が不出来な取り巻きを罵倒《ばとう》するシーンを演じるつもりだったのに、これではヤクザが不手際をやらかした舎弟を叱り飛ばしているようにしか聞こえない。

（これやから、大阪人は悪役令嬢に向かへんねん！）

破れかぶれになりつつもこのまま思い描くシナリオに突き進むべく、恵比寿神《えべっさん》のようにニッコォッとした笑みを張りつけて、バカップルに揉み手をしながらごますり体勢に入る。

「いやぁ、ウチの妹分がえらい申し訳ないことしましたぁ。ホンマに、すんませんでしたぁ。この通りアホみたいに気が強うて真っ直ぐな子やから、誰彼構わずついつい噛みついてしまうことがありますのや。この子にはウチからよぉーよぉー言って聞かせますんで、このジゼル・ハイマンの顔に免じて、今回のことは堪忍したってください。お願いしますわぁ。ほれ、アンタも頭下げぇや！」

クレーム対応社員のように平身低頭ペコペコと謝り倒したジゼルは、最後は背伸びしてロゼッタの後頭部をグイグイ押して謝罪のポーズを取らせる。

ロゼッタは珍妙な寸劇にひどく困惑してはいたが、ハイマン家の令嬢相手に抵抗して謝罪を拒否すればもっと話がこじれるのを理解しているのか、渋々ながら深く頭を下げた。

「……も、申し訳、ございませんでした。ミリアルド殿下、ルクウォーツ嬢。数々のご無礼と失言、どうぞお許しください……」

「ほらほら、この子もこうして反省してますやろ。つまらんことで不敬罪やなんやって物騒なこと言わんと、歳も近いモン同士なんですから、みんなで仲よくやりましょうや。ね？　ね？」

ジゼルは恵比須顔《えびすがお》を崩さず、揉み手しながらミリアルドたちを宥《なだ》めすかす。

一連の出来事にすっかり毒気を抜かれたミリアルドとアーメンガートの二人は呆れ顔を突き合わせたのち、ややあってミリアルドが嘆息と共に口を開く。

「……ハイマン嬢がそこまで言うなら、今回のことは不問に付《ふ》す。その代わり、僕とアーメンガートがいかに固い絆《きずな》で結ばれているか、社交界全体に徹底的に周知させろ。それを引き裂こうとすればどうなるかも、な。公爵家の発言権があればそれくらい容易《たやす》いだろう？」

「はーい、喜んでぇ！」

居酒屋店員風の返事をしながら、お茶目なテヘペロ顔で親指を立てるジゼルに、ミリアルドは「こいつ大丈夫か？」と額に手を当てて苦悩する。

よし、いい感じにロゼッタから意識を切り離せた。すかさず視線をスライドさせて、場を仕切っていそうな執事らしい年配の使用人に「今がチャンスやで、オッチャン！」と目力で念を送る。

その合図に気づいた執事は慌てて動き出し、ミリアルドに「お茶会はどうなさいますか？」と耳打ちした。できる執事で助かった。

「……僕はアーメンガートと二人きりで仕切り直す。汚れたドレスを着替えさせたいし、またビショップ嬢のような愚者に噛みつかれては敵《かな》わない。他の令嬢たちは適当にもてなしてから帰せ」

ミリアルドはしばし黙考したのちにそう告げ、愛する人をお姫様抱っこする。

「きゃ、殿下……!?」

「ここまで駆けてきて疲れただろう。僕のために酷使した足を労《ねぎら》ってあげないとね」

「あああ、あの、わたくし、その、重いので……！」

「大丈夫だよ、アーメンガート。君は羽のように軽い」

などと乙女ゲーム的な会話をしながら、バカップルたちは再び二人の世界に入り込み、挨拶もなしに客人たちに背を向けて去っていった。

呆気に取られた一同がそれを見送り――すっかり見えなくなってから、執事がゴホンッとわざとらしい咳払いをして場を仕切り直す。

「えー……この度はお忙しい中お集まりいただきましたのに、お嬢様方にはなんとお詫び申し上げればよいのやら。私どももこのような展開は想像すらしておらず、大変困惑しておりますが……殿下からのお言葉通り、みな様を精一杯おもてなしさせていただきますので、お時間が許します限りごゆっくりお過ごしくださいませ」

冷や汗と少しの本音を滲《にじ》ませた執事に、令嬢たちは心から同情しながらうなずき返した。

＊＊＊＊

「――この度は、大変申し訳ありませんでしたぁ！」

主催者不在のお茶会を再開すべく、すっかり冷めてしまったお茶を淹《い》れ直している間、ジゼルは自分のやらかしを清算すべく、ロゼッタの前でお手本のような土下座を披露していた。

「よそさんのお嬢さんに手ぇ上げたばっかりか、ウチみたいなブッサイクでケッタイな女の取り巻きとか言《ゆ》うてしまいまして、ホンマに申し訳ありませんでした！　他のお嬢さんらも勘違いせんといてくださいね！　ウチがあの場を収めるためについた、勝手な嘘なんです！」

失態を挽回《ばんかい》すべく頑張って標準語的イントネーションでしゃべろうとしているものの、パニクっているせいか端々に訛《なま》りが隠せていない。

だが、今のロゼッタにとってそんなことは些細《ささい》な問題だ。

下々《しもじも》が高貴な人間に跪《ひざまず》くことはあっても、この国に土下座の文化はない。真摯《しんし》に謝罪されていることは分かるが、あまりに奇怪な行動にロゼッタは再度戸惑いを隠しきれないでいた。

豊かで広大な領地を治める侯爵家の長女として、この国を支える敏腕宰相の娘として、物心つく前から様々な人物と接してきたロゼッタだが、ジゼルのような人間は初めてだ。

親にだってぶたれたことはないし、あんな風に怒鳴られたこともない。

王太子から不敬罪を言い渡された時もかなりのショックを受けたが、それ以上にジゼルの言動の方が予想外すぎて、怒りも悲しみも何もかもが吹っ飛んでしまった。

そもそも、噂で聞いていたジゼル・ハイマン像とは天と地ほどかけ離れている。

品格も知性もなく、親の権力で傍若無人《ぼうじゃくぶじん》に振る舞う傲慢《ごうまん》な少女——そう伝え聞いていたが、実際には全然違う。

確かに突然手を上げられたり怒鳴られたりという面だけ見れば、その形容は正しいのかもしれない。しかし、その後ジゼルはまるで不出来な我が子を庇う母のように、なりふり構わず王太子に頭を下げて不敬罪を撤回させた。

身から出た錆《さび》だと、所詮《しょせん》は他人事だと、見て見ぬふりをすればいいのに、知り合いとも呼べないロゼッタのために、自分が悪役の泥を被ることを厭《いと》わず助けてくれた。

もしあの時、彼女が立ち上がらなければ、ロゼッタは生涯、社交界に出入りすることは許されなかっただろう。あるいは、それ以上の罰が与えられたかもしれない。まさに命の恩人だ。

（この方は……話し方も行動も型破りで、おおよそ淑女らしいとは言えないのに……何故かしら、とても惹かれるものがあるわ。お父様が『ハイマン嬢が王太子妃になるのはほぼ決定事項』とおっしゃっていたのも、あながち嘘ではなかったということね）

今年十四になるロゼッタは侯爵令嬢たるべく、幼少期から厳しい令嬢教育を受けてきたが、王太子妃を目指すよう強要されたことはほとんどない。

今回の婚約者選びに際しても「お前は数合わせのようなものだ」と言われ、むしろ「あまり目立つな」とまで釘を刺されていた。

だから、ハイマン家と王家の間ですでに密約が交わされており、このお茶会はあくまで公平性の演出のためだと思っていた。

その予想は当たらずとも遠からずで、公爵家の後ろ盾を欲したミリアルドの母は「あとで好きなだけ側室や愛妾を囲っていいから、正室には絶対にジゼルを選ぶように」とミリアルドによく言い含めていた。

しかし、正義感の強いロゼッタがそんな茶番を認めるわけもなく、自分がミリアルドに気に入られて悪名高い令嬢の鼻っ柱を折ってやる気満々だったが……実際はぽっと出のアーメンガートが横からすべてを掻《か》っ攫《さら》い、それを糾弾《きゅうだん》したことにより窮地に立たされ、叩き潰すつもりだったジゼルに救われた。

なんとも皮肉な結末であるが、噂を鵜《う》呑《の》みにして勝手に敵愾心《てきがいしん》を抱いていた自分の方が、よっぽど傲慢《ごうまん》だったと恥じ入るばかりだ。

「どうか顔を上げてください、ハイマン嬢。私はあなたのおかげで救われたのです。こちらが感謝することはあっても、あなたが謝罪されることは何もありません」

「ホンマに？　怒ってません？」

ほっとしつつもまだ不安を滲《にじ》ませた目で、ジゼルはロゼッタを見上げる。

不細工な猫を彷彿《ほうふつ》とさせる顔なのに、こうして上目遣いでじっと見つめられると、無性に「可愛い！」と叫んで撫で回したくなる危ない衝動に駆られる。

なまじ相手が年下なだけに庇護欲がそそられ、いっそ抱きしめたいとすら思う。

二人のやり取りを遠巻きに見ていた令嬢たちもブサ猫独特の魅力に撃ち抜かれ、そこここで〝キュン死に〟が発生していた。

ジゼルが家族から溺愛されるわけも、彼女の人好きのする朗《ほが》らかな性格に加えて、このブサ猫愛が極まった結果なのだが、本人はまったく気づいていない。

（わ、私としたことが、なんて破廉恥《はれんち》な！）

これを日本人は〝萌え〟と呼ぶが、この国にはそのような概念はない。

思わずジゼルに伸ばしそうになった手を引っ込めたロゼッタは、新たに芽生えた感情にドギマギしつつも、貴族令嬢の矜持《きょうじ》を守るべく平静を取り繕う。

「も、もちろんです。それより、公爵令嬢がいつまでそのような格好をしているつもりです？」

隠し切れない動揺からいつにもまして高飛車な物言いになり、それをまずいと思ってか助け起こすべく手を差し出す。

「ありがとうございます……よいしょっと」

ニコリと笑ったジゼルが出された手を掴むと――絹の手袋越しに絶妙な柔らかさと弾力を感じ、再びロゼッタは悶絶《もんぜつ》することになる。

（んまあ、なんてプニプニなの！　ず、ずっと触っていたい！）

ドレスについた芝生を落とすジゼルの横で、猫の肉球のごとき魔性の誘惑を理性でねじ伏せ、コホンと軽く咳払いをする。

「今回は、た、たまたまうまくいきましたけど、下手をしていたらあなたまで罰せられるところでしたわ。今後は無鉄砲な行動は慎《つつし》んでくださいませ。ご家族に累《るい》が及んだらどうするのですか」

「いやぁ、ホンマにそうですね。我ながらアホなことしたって反省してます」

助けた相手に小姑《こじゅうとめ》のような注意をされても嫌な顔一つせず、「あはは、すんませんでした」と苦笑し、恥ずかしそうに後頭部を掻くジゼル。

きちんとお礼と謝罪をしないといけないのに、逆に説教するなどお門違《かどちが》いだ。

一呼吸入れて気合を入れ直し、ロゼッタは今度こそと口を開いた。

「……その様子ではちゃんとお分かりいただけていないようですわね。仕方がありませんので、このロゼッタ・ビショップがしっかりお傍《そば》で教育させてもらいますわ！　どうぞお覚悟を！」

やっぱり内心とは裏腹の発言をしてしまい、自己嫌悪に陥《おちい》って気が遠くなるロゼッタだが、ジゼルは何故かキラキラした目を向けてくる。

「え？　ウチをビショップ嬢の取り巻きにしてくれますのん!?」

「逆です、逆！　この私が、ハイマン嬢の取り巻きになって差し上げようと言うのです！　ありがたく思ってくださいませ！」

「え、えええ!?　ウチなんかとつるんどっても、なんも得はな――」

「まあ！　ビショップ嬢、抜け駆けはいけませんわ！」

「わたくしもハイマン嬢に侍《はべ》りとうございます！」

「え、あ、う、お!?」

それまで二人のやり取りを微笑ましく見守っていた令嬢たちだが、ロゼッタの取り巻き宣言に急に色めき立ち、我も我もと立ち上がってジゼルに詰めかける。追っかけに囲まれる超人気アイドル……というよりも、主婦に狙われるタイムバーゲン最後の一品の気分だ。

「な、なんやよう分からんけど……誰か助けてぇ！」

その叫びを聞きつけた侍女たちによって令嬢らは遠ざけられたが、ひょんなことから自称取り巻きを一度に八人も得てしまったジゼルは、本人無自覚のうちに愛され系悪役令嬢の一歩を踏み出した。

＊＊＊＊＊

そんなカオスな一幕を経《へ》てお茶会は再開され、王太子の婚約者を選ぶ会改め、上級貴族令嬢たちの女子会が始まった。

本来ならミリアルドの婚約者の座を狙う者として、全員がライバル同士だったはずだが、すでに争う理由もなく和気あいあいとした雰囲気に包まれている。

しかし、ほとんどの令嬢が社交界デビューはまだだし、よほど親密な家同士でない限り大した接点もないので、自己紹介から始まり当たり障りのない話が終われば、自然と話題は泥棒猫……もとい、本日の主役アーメンガートに移っていく。

「……それにしても、ルクウォーツ嬢は実に幸運でしたわね」

「運よく走れるだけの距離のところで馬車が動かなくなり、運よく遅刻しても会場に通してもらい、運よく殿下の目に留まったのですからね」

「神の祝福を受けていらっしゃるのでしょう」

傍《そば》に控える侍女たちに告げ口されてはいけないので、あからさまな悪口は避けているが、そこに含まれる悪意や嫉妬《しっと》はあまり隠せていない。

ジゼルはいない人間の悪口を言うことは性に合わないので黙ってはいるが、正直アーメンガートには好感を持っていないし、彼女たちと同様にあれは周到に仕組まれた作戦だったと思っている。令嬢らの言葉通り、アーメンガートは運がよすぎた。ドレスに合わせるようなヒールでは多少体力があっても長距離は走れないし、そもそも招待状があったところで、供も付けず一人でやってきた泥だらけの子供を、ホイホイ王宮の中に入れてくれるとは思えない。

事前に入念な調査や根回しが必要なのは想像に難《かた》くないが、ルクウォーツ侯爵の力があれば簡単なことだろう。次期国王の外戚《がいせき》の座を得るために遠縁の娘を養女に取ったとすれば、多少の綱渡りはするはず。露見したところで大した罪にもならないので、侯爵の地位が揺らぐこともない。

ヒロインがあんなに必死に婚約者の座をゲットしようとしたのも、侯爵からの指示なのか、引き取ってもらったことへの恩返しなのか、それとも前世でミリアルドが推しだったから、悪役令嬢に奪われる前にゲットしてしまおうと思ったのか。

(……まあ、ウチが考えたところで詮《せん》ない話や。もう終わったことやしな)

ヒロインとメインヒーローが結ばれて、めでたしめでたし。それでいいじゃないかとジゼルは結論づけて、目の前の焼き菓子を頬張った。

(んー！　サックサクのクッキー、うま！　公爵家のパティシエも一流や思っとったけど、王宮クオリティーはまた別格やなぁ。やっぱ素材やろか)

甘いものを食べていれば、些細《ささい》なモヤモヤはすぐに吹き飛ぶ。

至福の表情でクッキーを咀嚼《そしゃく》するジゼルを見ながら、令嬢たちは「癒されますわ！」「可愛いです！」とささやき合い、アーメンガートのことなどすっかり忘れキャッキャと萌えを共有していた。

「……ところでハイマン嬢。ずっと気になっていたのですが、どこでそのようなお言葉を学んだのですか？」

「こほっ」

クッキーの粉が気管に入りそうになってむせつつも、再びやってきたピンチを切り抜けるため必死に言い訳を考える。

「え、えーと……どこやったか忘れてしまいましたけど、ちっちゃい頃に行った旅行先で、こんな感じの変わった言葉遣いのご婦人がおりまして……面白がって真似してる間にクセになって、ついぞ抜けなくなってしもうたんですわ。今頑張って直してる途中なんです」

「あら、微笑ましい思い出ですわね」

「なんとなく分かりますわ。小さい頃のクセってなかなか抜けませんもの」

「そう言っていただけてほっとしてますわ。デビューまでにはなんとかしますので、大目に見てくれると嬉しいですわ……おほほ……」

わざとらしいお嬢様言葉と笑いで締めてお茶を濁そうとしたが——

「あら？　無理に直す必要はないのではなくて？」

「はい？」

「とてもしっくりくると言いますか……それをなくしてしまうとハイマン嬢ではないと言います

か……」

「そう、たとえるなら、お砂糖とバターと卵を入れ忘れたクッキーのような……」

「それはもう、ただの小麦粉の塊《かたまり》ですやん」

比喩表現の内容はともかく、ジゼルのイメージにおける訛《なま》りの比率がでかすぎやしないか？

確かに大阪弁はジゼルのアイデンティティを形成する大事な要素ではあるが、それを抜き取るだけでただの小麦粉の塊《かたまり》になってしまうとは予想外だ。好意的に受け止められているのはありがたいが、褒められている気がしないのは被害妄想だろうか。

「うーん、そう言ってくれるのはありがたいですけど、やっぱり令嬢らしくないと恥をかくことにもなりますし、家族も品がないって迷惑が……」

「それならご心配なく。わたくしたちがお母様を通じて根回ししておきますわ」

「ビショップ嬢の危機を救った勇気あるご令嬢だとお伝えすれば、きっとあの家と親しいご夫人たちは味方してくださいます。そろって社交界の重鎮《じゅうちん》ばかりですし、他の貴族たちも表立って物申すことはできなくなりますわ」

「え、ちょ……そんなことして大丈夫なんですか？」

「ふふふ、この程度の裏工作は社交界では日常茶飯事でございますわ」

「ですので、ハイマン嬢は何もお気になさらず、どうぞありのままでお過ごしくださいませ」

令嬢たちは花のように可憐な微笑みを浮かべながらも、その背景に黒いオーラを漂《ただよ》わせている。

魑魅魍魎《ちみもうりょう》の巣窟の入口を覗いてしまった気分にいたたまれなくなったが、あんなに大々的に訛《なま》りを披露してしまった以上、そのお言葉に甘えるしかなかった。

その後は年頃の女の子らしい他愛ないおしゃべりでお茶会は和《なご》やかに過ぎていき、日が暮れる前にお開きとなった。

＊＊＊＊

転生ヒロインの登場により、思わぬ結末になったお茶会が終わってから早一週間。

先日のお茶会のことで、ロゼッタから正式にお礼と謝罪の手紙が送られてきた。

ツンデレのテンプレだと思われていたロゼッタだが、素直でないのは口だけのようで、紙面には大変しおらしい文章が綴《つづ》られていた。そのギャップもまた可愛いのだけれど、問題はそこではなく、「父がハイマン嬢に会いたがっているので、都合のいい日に伺いたい」と書かれていたことだ。

そこで家族に相談して、両親が在宅している日を選んで我が家に招待することになり、準備のために屋敷は少しバタバタしているが、子供のジゼルに手伝えることもなく、マナーのおさらいをしながら勉強に勤《いそ》しんでいた。

ジゼルとしては追放フラグが消滅したも同然で、早くも本編シナリオが終わった気分だが、当たり前ながらゲームとは違って人生は死ぬまで続く。

家族には有力貴族のお友達がたくさんできたことは褒められたし、早々にボロを出してしまった件も結果オーライだから気にするなと言われたが、王太子の婚約者になれなかったことだけは残念がられた……というか、事の次第を報告するなりものすごく慰《なぐさ》められた。

どうやら彼らは、他の令嬢と同様にジゼルもミリアルドに憧れている、あるいは王太子妃になりたがっている、と思い込んでいたのだ。

確かに記憶を取り戻す前は思考も幼く、「おうじさまとけっこんする！」なんて口走ったかもしれないが、追放フラグを思い出した今では完全にあり得ない話だ。とんだ誤解である。

どちらにも微塵《みじん》も興味がないことをきっぱりと示すと、元より無理強いするつもりはなかったようで、一転して「嫁になんか行かなくていい！　ずっとこの家にいればいい！」という結論に至り、溺愛が加速していた。

しかし、公爵令嬢が嫁《とつ》がないままでは体裁《ていさい》が悪い。

いくらどこの馬の骨とも知れないブサ猫であったとしても、戸籍上ではジゼル・ハイマンとして存在している限り公爵家に迷惑がかかってしまう。

顔面偏差値はどうにもならないが、せめて頭の出来くらいは人並みにしないといと思い立ち、真面目に勉学に励むことにしたのだ。

しかし、思ったよりもその道のりは険しい。普通ならとっくに終わっているはずのカリキュラムがまったくの未消化で、基礎の基礎からやらないとまずい状態なのだ。

少し話は逸《そ》れるが島藤未央は小学生だった頃、そりゃあもう勉強嫌いの権化《ごんげ》だった。

授業中はノートに好きなキャラのラクガキをして遊んでばかりで、マンガやテレビに没頭して宿題だってしょっちゅう忘れるし、夏休みの課題はラスト一週間でやっつけるのがデフォルトの、脳みそ空《から》っぽなアホの子だった。

中学生になってもその緊張感のなさは続き、そんな娘を見かねた親が「一教科でも平均点以下ならコレクションは全部廃棄！」と宣言し、それをガチで実行されたことにより心を入れ替えた……という黒歴史がある。

自分をディスって笑いを取るのが大阪人だが、さすがに恥ずかしくてネタにしたくない過去ナンバーワンだ。

周囲の証言によると、前世の記憶を取り戻す前のジゼルは、実年齢に対応した島藤未央の行動パターンをトレースしていたことが多かった。つまり、この怠《なま》け癖は幼少期の未央から受け継いだものであり、結局のところ身から出た錆《さび》というヤツだった。

転生悪役令嬢らしからぬ低スペックを授けた神と、ここまで放置して甘やかした両親に恨みを抱きつつも、元アラフォー社会人として自己責任という名の十字架を背負う義務がある。

それでも最初は、大人の思考回路と人並みの記憶力を持っているから楽勝……と高をくくっていたが、歴史も語学も一からやり直しだし、前世では令嬢教育など受けたこともなくゼロからのスタートだから、大したアドバンテージではない。

有力貴族のご令嬢たちの根回しのおかげで、大阪弁を無理に矯正《きょうせい》しなくていいことだけが唯一の救いである。二十年近く社会人をやっていたので標準語もマスターしているが、訛《なま》りが完全に消えることはないし、始めからそういうキャラで売り出している方が楽だ。

初《しょ》っ端《ぱな》からつまずきそうになったけれど、千里の道も一歩からとよく言うことだし、自分のペースでできることをやりながら過ごすことにした。

そんなこんなで今日も今日とて、家庭教師が来る前に昨日の復習に精を出していると――いつもより早い時間にノック音が聞こえた。

「……どーぞ？」

小首を傾げつつ入室を促すと、ハイマン家使用人のツートップである侍女長と家令が入ってきた。二人とも還暦間近でそろそろ引退を考える年齢だが、生涯現役を口癖に今もキビキビ働いている。

「お忙しい時間に失礼します。本日よりお嬢様にお仕えする従者を紹介に参りました」

「従者？」

おもむろに記憶をたどるが、ジゼルに従者がいた描写はなかった。

顔グラもボイスもないモブの取り巻きならAからDまでいたが、ひょっとしたらその中にロゼッタがいた……とは思えない。彼女の性格上、あんなテンプレ悪役令嬢に侍《はべ》るくらいなら、どの派閥からはみ出そうとも一匹狼を貫くだろう、という話はさておき。

「人は十分足りとるけど？」

「ええ。お嬢様をお世話する人手に抜かりがないのは、我々が保証します。しかし……公爵家とゆかりのあるさるご令息を〝行儀見習い〟として預かることになりまして……」

何やら言葉尻を濁しつつ、侍女長は視線で会話のバトンを家令に渡す。

「ご存知の通り、旦那様にも坊ちゃんにもすでに専属の従者が何人もおりますし、その令息は坊ちゃんと変わらないお歳ですから、奥様には少々若すぎます。身分的にも下働きをさせるわけにいかず、検討を重ねた結果、お嬢様にお仕えさせることになりました」

行儀見習いとはデビュタント前の令嬢を上級貴族の邸宅で働かせ、ステータスに箔《はく》をつけるための行為だと思っていたが、それは令息にも当てはまるものなのだろうか？

家督に関係ない次男三男が、遠縁の家で従者や秘書として働くことはあるし、そのお試し期間のようなものと考えれば行儀見習いという表現もあながち外れではないが……こちらが子供とはいえ、年若い異性を傍《そば》に仕えさせることはあまりない。

お嬢様と従者といえば、前世でも今世でも恋愛小説の定番身分差カップルだ。しかし実際にお嬢様にお仕えしているのは既婚の中高年男性で、所詮《しょせん》物語は物語でしかない。空想の世界だからこそご都合主義がまかり通るのだが……それはともかく。

この二人の言い方からして厄介者を押しつけられた感がするが、行儀見習いなら長くても半年か一年程度の付き合いだろう。これでも前世で長年社会人をやってきたから、それなりに個性的な人間ともうまくやれる自信はある。

……この世界において、〝大阪弁を操る公爵令嬢〟以上の個性があるかは別にして。

「そうなん。ご苦労なことや。ほな、さっそく紹介してもらおか」

ジゼルが机の上で開きっぱなしにしていた本を閉じると、家令が扉に向かって「入りなさい」と声をかける。廊下で待たせていたのだろう。

「失礼します」

高すぎず低すぎず、心地よく響く声と共に入ってきたのは、使用人用の燕尾服《えんびふく》に身を包んだ少年だった。

組み紐で束ねられた長い黒髪。切れ長の赤珊瑚《あかさんご》の目。

背丈はそれなりにあるが、色白で肉付きの薄い華奢《きゃしゃ》な体。

ミリアルドに負けず劣らずの美男子で、あちらが正統派王子様なら、こちらはクールなインテリ系男子である。眼鏡はかけていないが。

(これまためっちゃイケメンやけど、攻略対象やないな……って、ラノベやないんやし攻略対象がわざわざウチのところに乗り込んでくる意味もないから、そら当然やな)

不躾《ぶしつけ》にならない程度に行儀見習いの少年を観察し、記憶と照らし合わせる。

黒髪のキャラはいたが、イケオジ系の近衛騎士だった。赤の瞳には覚えがない。

この世界には魔法が存在していないはずだから、その手の変装は不可能。よってモブ確定だ。未央の知らない間にアップデートなどで攻略対象が追加されていなければ、の話だが。

「お初にお目にかかります、ジゼル様。家の面汚しと誹《そし》られる身ですので、誠に勝手ながら家名は控えさせていただきますが、私のことはどうぞテッドとお呼びください」

慇懃《いんぎん》に頭を下げるテッドを見て、思ったよりもまともな人間で拍子抜けした。

公爵家ゆかりの身分だからか、仕草も言葉遣いも洗練されている。これなら行儀見習いなど不要ではないかと思うけれど、〝面汚し〟という単語は引っかかる。

何かやらかしたのかもしれない。ジゼルが言えた義理ではないので突っ込まないが。

「さよか。ご丁寧な挨拶ありがとさん。そこの二人の言うことよう聞いて、お仕事頑張ってな。あ、せや。お近づきのしるしに〝飴ちゃん〟あげるわ」

机の上に置かれた、色とりどりの飴玉が入ったガラス瓶を手に取る。

別に前世で飴ちゃんを常備していたわけではなかったが、コミュニケーションの一環として同僚や後輩によくお菓子をあげていた。お菓子をもらって悪い気がする人はあまりいない。

手作りなんて高尚《こうしょう》なものではなく、スーパーで売っているお徳用パックの個包装菓子だが、何かにつけてお菓子を配りたがるのは、やはり大阪のオバチャンのサガなのだろう。

この世界では長期保存がきくお菓子といえば飴玉くらいなので、必然的に飴ちゃんを配る習慣がついてしまった。

実を言えば例のお茶会でも令嬢たちに配るつもりで、隠しポケットに飴玉をいっぱい詰め込んでいたのだが、ボディチェックの際に衛兵に没収された悲しい思い出がある。

我ながら浅はかなことをしたなと思うが、あの飴玉はどうなったものか。捨てられず、衛兵の腹に収まっているといいのだが。

そんなことを思い出しつつ口の小さな瓶を傾けて振ると、薄紙に包まれた赤色の飴玉が出てきた。

「はい、どーぞ。休憩時間にでも食べてな。あ、ゴミはゴミ箱やで」

「あ、ありがとう、ございます……」

ずいっと差し出された飴玉を受け取ったものの、明らかに面食らった顔をしているテッド。

貴族はこんな気軽に使用人にものを与えないものだし、それを使用人筆頭たちの前でやっては叱られて当然……というのが常識だが、この家でそれはあってないようなもの。

お嬢様から飴ちゃんをもらうことは、ここの使用人にとって通常運転だった。

最初は侍女長と家令の二人も難色を示したが飴玉は庶民でも手に入るものであり、当主が「下々《しもじも》にまで気遣いができるとは、なんと素晴らしい子だ！」と感激したものだから「飴玉くらいなら……」と容認している。

最近はむしろ飴玉をもらう度、孫を溺愛する老人のようにデレデレになり、今もジゼルが配ってくれるそれを嬉々として受け取っている。

そんな上司の姿を唖然《あぜん》と見つめ、テッドは逡巡《しゅんじゅん》しつつも飴玉をポケットに仕舞う。

「では、我々はこれで」

「お時間を取らせて申し訳ありませんでした」

「いやいや、構へんよ。ほな、今日も頑張ってな」

出ていく三人をヒラヒラと手を振って見送り、気を取り直して本に向き直る。

……その時のジゼルにとって、テッドとの出会いはさしたる重要性を感じない、日常の雑事に埋《まい》没《ぼっ》するような、ほんの些細《ささい》な出来事だった。

だが、今日この時をもって、彼女の運命は大きく動くことになる——もっとも、それを実感するのは何年も先のことだが。

＊＊＊＊＊

それからまた数日が流れ――ビショップ親子が公爵家を訪れていた。

父ケネス・ハイマンと共に彼らを出迎えたジゼルは、エントール王国の宰相アーノルド・ビショップから、出会い頭に最敬礼の角度で頭を下げられるという洗礼を受けた。

「この度は娘が大変お世話になりました！　ジゼル嬢がいなければ、この子は今頃どうなっていたことやら……本当に、感謝の言葉しかありません！」

「ひゃあ⁉」

ジゼルは驚きのあまり魂が抜けそうになった。

先日のことで謝礼に来たのはなんとなく察していたが、ここまでされると恥ずかしさも申し訳なさも突き抜けて、ドン引きしてしまう。国王の右腕の威厳はどこへ行ったのか。

「あ、あの、宰相さん？　落ち着いてください。むしろ、ウチの方こそお嬢さんに無体《むたい》働いてもうて、親御さんになんて謝ろうかと思うてたくらいでして……」

「いえいえ、わざと憎まれ役を買って出たジゼル嬢の心の痛みに比べれば、娘の被ったことなどほんの些事《さじ》でございます！」

カラクリのオモチャのように頭を上下させる宰相。

金髪と緑の瞳はロゼッタそっくりだが、温和そうな顔立ちはあまり似ていないし、ツンデレも彼からの遺伝ではないようだ。

「ええ？　いや、ウチ、ホンマにそんな大層なことはしてませんて……」

「ご謙遜《けんそん》を。ですが、それもまた美徳！　よいお嬢さんを持って羨《うらや》ましい限りですな、ケネス殿」

「あはは。それほどでもあります、アーノルド殿」

「ははは、噂に違《たが》わぬ溺愛ぶりですなぁ」

真顔で親馬鹿を炸裂《さくれつ》させる父にいたたまれない気持ちになりつつも、楽しげに笑うアーノルドの後ろに控えるロゼッタを見やる。

自分のことそっちのけで人の娘を褒める父親に、気位の高そうな彼女が気分を害していないか心配だったが、借りてきた猫のように大人しくしていた。

前回会った時より縦ロールの巻きが緩くなったせいか印象が柔らかくなった彼女は、知らない場所で落ち着かないのか、後ろ手で少しソワソワした様子で視線をさまよわせていたが、ジゼルと目が合うと肩をビクリと震わせて父親の陰に一歩隠れる。

こちらがニコリと笑ってみせると、顔を赤くしてもう一歩下がる。

なんだこの可愛い生き物は。胸キュンしてモチベーションが上がったところで、二人の男の話を適当なところで切り上げさせる。

「まあまあ。宰相さんもお父ちゃんも、お二人で盛り上がるんもそれくらいにしてください。ロゼッタ嬢が退屈してはりますよ」

「おお、そうですな。すまない、ロゼッタ。ジゼル嬢と会えるのを楽しみにしていたというのに、邪魔をして悪かったな。ほら、お渡しするものがあるんだろう」

「お、お父様！」

それは言わない約束だ、と言わんばかりに父親を睨みつけるロゼッタだが、アーノルドはさすがに慣れたもので、笑ってスルーして娘の背を押しジゼルの前に出す。

先ほどまで後ろ手で見えなかったが、彼女の手にはリボンの結ばれたハンカチが握られていた。よくある花柄の図案だが、包装紙に包まれていないところを見ると、どこかの店で購入したものではなさそうだ。刺繍は淑女の嗜《たしな》みだし、ロゼッタが刺したものかもしれない。とてもよく出来ている。

「うわぁ、めっちゃ可愛いですねぇ！　それ、ウチにくれはるんですか？」

「え、えっと……これは……そう、貢ぎ物です！　と、取り巻きたる者としての義務ですわ！」

たかがハンカチを渡すだけなのに、ただならぬ気迫を込めて差し出すロゼッタ。

別に取り巻きになることを許可したわけではないが、彼女の中ではすっかり確定事項のようだ。

ツンデレ的には友人にプレゼントを贈るという行為が恥ずかしいから、そういう言い回しをしているだけなのかもしれない。

「ありがとうございます。友達からプレゼントもらうの初めてやから、めっちゃ嬉しいですわ」

受け取る際に素直な感想を述べると、吊り上がった目をさらに吊り上げて抗議された。

「とぉ!?　勘違いしないでください！　私は、と、友達ではなく取り巻きです！　そ、それと、取り巻きに敬語など不要です！　もっとこう、偉そうにしていただかないと困ります！」

「えー……？」

友達がダメで取り巻きがいいとか、もっと偉そうにしろとか、全然意味が分からない。普通は逆ではないのか？

「すみませんねぇ、ジゼル嬢。うちの子はこの通り素直ではありませんが、ジゼル嬢をとてもお慕《した》いしているのです。取り巻きでも下僕でもいいので、傍《そば》に置いてやってください」

確かに彼女のピンチは救ったかもしれないが、そこまで強く想われる理由が分からない。しかも父親が娘を下僕にしてもいいとは、一体どういう了見なのか。

さすがにそれはまずいだろうと思うジゼルとは裏腹に、ロゼッタが「下僕……それもまた……」と不穏なつぶやきを漏《も》らしていた。

ツンデレは萌えるが、その思考回路は奥が深すぎる。理解するのは一朝一夕《いっちょういっせき》には無理そうなので、一旦考えるのをやめて侍女にハンカチを預けて下がらせる。

さて、いろいろあったがいつまでもゲストを立たせておくわけにもいかず、母と侍女長がコーディネートしたお茶の席に案内する。

一口で摘まめる軽食と焼き菓子が並ぶテーブルにつき、給仕係が湯気立つお茶を淹《い》れていくのを横目に、隣に座らせたロゼッタに声をかける。

「ほな、改めて挨拶や。お久しぶり……っちゅうほど時間も経ってへんけど、元気にしとった？王太子さんからまた難癖つけられとらん？」

敬語は不要と言われたので砕けた口調にしてみたところ、彼女はそれでいいと言いたげな満足そうな笑みを浮かべてうなずいた。

「ええ。おかげさまで、つつがなく過ごしておりますわ。そちらこそ、後からお咎《とが》めなどございませんでしたか？」

「大丈夫や。約束を守っとるからか、特に何も言うてけぇへんよ」

ミリアルドの言いつけ通り、アーメンガートとの仲を周知徹底させる努力をしている。

あの日の出来事をできるだけ美化し、ラブロマンスのような運命的な出会い風の物語をでっち上げ、あちこちの夜会やお茶会で発信してもらっているのだ。

実行しているのは主に両親、特に母が頑張ってくれていて、ゴシップ好きの夫人が集まるお茶会に出席しては、まるで見てきたかのような語り口調で噂の種を蒔《ま》いている。社交界に二人のことが浸透するのは時間の問題だ。

「それはよかったですわ」

ロゼッタがほっと息をついて表情を緩め、お茶の注がれたカップに口をつける。

「それより、ウチの訛《なま》りのことやけど……」

「ふふ、こちらも順調ですわ。現在母が友人を巻き込んで八面六臂《はちめんろっぴ》の大活躍です。近々私も社交界デビューをしますので、ジゼル様の素晴らしさを社交界の隅々までお伝えしておきますから、どうぞご心配なく」

嬉々として語る表情は生き生きとしているが、あまり顔色はよくない。

この間よりも精彩を欠いて見える。ハンカチを渡して気力を使い果たした、というだけの理由ではなさそうだ。

「ロゼッタ、ちょっと具合悪い？」

「え？　そのようなことは——……す、少し血の気が薄い体質ですが……」

ごまかそうとするロゼッタをじっと見つめると、目を泳がせつつ貧血を告白する。

彼女くらいの歳になれば、月経などで貧血になりがちな女子も多い。侍女にもその手の悩みを抱える者が多く、日によっては仕事に支障をきたす場合もある。

しかし、ジゼルはそれを改善させるブツをこの間開発したところだった。

悪役令嬢あるあるの飯テロである。すっごい小規模だが。

「そうなんや。せやったらええモンがあるわ」

給仕係を一人捕まえて指示を出し、薄茶色のペーストの載った小皿を持ってこさせる。

「これは……」

「鶏レバーのペーストや」

レバーと聞いてロゼッタの顔が引きつる。

栄養学が確立していない世界であっても、貧血にレバーがいいという経験則は知られているが、強い臭みと癖のある味のせいで嫌厭《けんえん》される食品だ。

こと令嬢たちからは「これを食べるくらいなら貧血の方がマシ」というレベルで嫌われている。

だが、下処理さえしっかりすればとても美味しく食べられる。その方法を料理長に伝えて、ハーブやスパイスでエントール風の味付けにして完成したのが、このレバーペーストである。

「信じられへんかもしれんけど、臭くなくてめっちゃ美味しいで。心配やったら、お付きの侍女さんに毒見してもろたらええわ」

自信満々に言い切るジゼルに、ロゼッタは壁際に控えていた自分の侍女を呼んで、ペーストを載せたクラッカーを食べさせる。

「まあ！　これがレバーなんですか？」

最初はわずかに渋い表情をしていた侍女だが、咀嚼《そしゃく》した瞬間からパッと顔色が変わる。

「お嬢様。ジゼル様のおっしゃる通り、大変美味でございます。安心してお召し上がりくださいませ」

「そ、そう？」

信頼している侍女のお墨付きが出たからか、恐る恐る自分も同じものを口に入れ、数瞬後には目を輝かせた。

「あ、本当！　私の知ってるレバーとは全然違うわ！　ボソボソしてなくて、滑《なめ》らかで濃厚で……確かにあの癖のある味はするけど、ほとんど気にならな……な、なりません、わね」

ジゼルの存在を思い出し慌てて言葉を取り繕ったロゼッタは、軽く咳払いをして失態をごまかす。

大人びて見えるが、まだ十代前半の少女だ。見た目は十歳でも中身はアラフォーのジゼルからすれば、なんとも微笑ましい仕草である。

「気に入ってくれたんなら何よりや。お土産《みやげ》に小瓶に詰めさせるわ。あ、ついでにレシピも持って帰りな。ハンカチのお礼や」

「べ、別に見返りを求めていたわけでは……」

「気にせんでええよ。お礼ちゅーのは建前《たてまえ》で、ウチがロゼッタになんかしてあげたいだけなんやから」

大阪のオバチャンは、とにかく若い子の世話を焼きたがる生き物である。

その気前のよさにより、ロゼッタの忠誠心を爆上げさせてしまったのだが、ジゼルがそれに気づくことはなかった。


それからしばらく食事を楽しみながら他愛ないおしゃべりに花を咲かせていたが、ちょうど会話の切れ目に男性陣の言葉が飛び込んできた。

「……ところで、あの噂は本当ですか？　ミリアルド殿下が、その……」

「ケネス殿のお耳にも入っておりましたか。なんとも情けないお話ですが……」

ミリアルドがどうしたのだろうか？

ジゼルの視線を感じて二人が声を潜《ひそ》めてしまい、肝心の内容が分からない。その代わりにロゼッタがこちらに身を寄せ、扇で隠しつつ耳打ちをする。

「殿下がルクウォーツ嬢のせいで、随分腑《ふ》抜《ぬ》けてしまったというお話ですわ。片時も離れたくないのか、正式な婚約もまだなのに自分の宮に住まわせて豪奢《ごうしゃ》な生活をさせ、毎日のように贈り物をしているとか。おまけに暇さえあれば逢引きをしているせいで、勉学も滞《とどこお》りがちだと教育係が嘆いているそうですわよ」

「うひゃあ……言《ゆ》うたらアレやけど、女で身を滅ぼす典型やん」

「身も蓋もありませんが、まさにそうですわね。両陛下は今のところ一時的な恋の病だと静観されていますが、長く続くようでは……──」

それ以上は推して知るべしと言わんばかりに、ロゼッタはパチンと音を立てて扇を閉じ、姿勢を正してジャムの載ったクッキーを口に運ぶ。

ミリアルドの一方的な執着なのかアーメンガートが唆《そそのか》しているのか、屋敷の外をほとんど知らないジゼルには判断しかねるが……本当に一過性の症状であることを祈るばかりだ。

「ロゼッタ、社交界デビューもまだやのに情報通やね」

「そ、それほどでもありません。たまたま王妃様……正室のレーリア様と母が幼い頃からの親友で、時々一緒にお見舞いに行きますの。その時に小耳にはさんだ程度です」

褒められたのが嬉しかったのか、ロゼッタは頬を赤らめつつも謙遜《けんそん》して答える。

確か正室は病弱で表舞台には出ず、もっぱら自分の宮で静養しているのだったか。病状は一進一退で思わしくなく、田舎《いなか》の離宮に下がることも検討されているようだが、自分が王宮から消えて側室の独壇場になることは、正室のプライドが許さないだろう。

それに不謹慎な話だが、ミリアルドの身に何かあれば、資質はどうあれ正室の産んだ二人の息子のどちらかが王位を継ぐことになる。

その時に後見として自分がいてやらねばという、母親としての気負いもあるのかもしれない。

「……せやけど、それやったらなおのことレーリア様はやり切れんやろうなぁ。ストレスは病気にもようないし、具合が悪うならんか心配やわ」

息子たちより優秀だからという理由で側室の子に王太子の座を譲ったのに、女にうつつを抜かし堕落した暮らしをしているのだ。ままならない身の上も加わって、さぞ悔しい思いをしているはずーーと、ジゼルは考えていたのだが……

「ジゼル様はお優しいのですね。ですが、そのようなお気遣いは不要でしょう」

「どういうこと？」

「さすが正室と申し上げるべきか、この状況を逆手に取り側室とミリアルド様を蹴落……失礼、立場を逆転させようとお考えなのか、水を得た魚のように生き生きとしていらっしゃいますわ」

「さ、さよか……」

蹴落とすと言いかけたのは空耳だろうか？

権謀術数《けんぼうじゅっすう》渦巻く王宮で権力を握っていた女性は、病で床に臥《ふ》せてなお心は折れていなかった様子だ。お元気そうで何よりだが、権力争いの延長で国が滅びないか心配である。

まあ、正室が何を企《たくら》んでいようといまいと、ミリアルドとアーメンガートをこのまま放置すれば、国家存亡の危機は変わらないのだが。

古今東西、美女に溺れた暗君が国を滅ぼす物語は数知れず、実際に忌《い》まわしい歴史として刻まれている。転生者であればそれくらいの知識と分別はあるだろうが、享楽《きょうらく》に耽《ふけ》り視野狭窄《しやきょうさく》に陥《おちい》っているなら話は別だ。

(転生ヒロイン悪女説なんて〝ラノベあるある〟は、ホンマ洒落《しゃれ》にならんで)

ふと脳裏に思い描いたアーメンガートに、ふさふさとした狐の耳と何股にも分かれた尻尾が生えた。そしてあの可愛らしい声で「コン♪」と鳴く。

殷《いん》を滅ぼした妲己《だっき》しかり、後白河法皇《ごしらかわほうおう》を誑《たぶら》かそうとした玉藻前《たまものまえ》しかり、傾国の美女とは得てして

〝女狐〟として描かれるせいだろうか。

(まあ、そのうちどっちかの目が覚めるやろ)

彼らの意識改革で軌道修正ができればいいが、そのせいで婚約破棄だのざまぁ劇だのが起きたとしたら……ロクでもない未来を想像しかけたジゼルは、傾けたカップの軽さにはたと我に返る。

考え事をしながら、いつの間にか飲み干していたようだ。

そんな時、ティーポットを載せたカートを引いたテッドが現れた。

「お嬢様、お茶のおかわりはいかがしますか?」

「ん? ああ、ほなもらうわ……って、テッドは今日の給仕係とちゃうやろ?」

「おや、そうでしたか。確認不足で失礼しました」

うっかりという体《てい》で目を見開き丁重に頭を下げるテッドだが、どうも胡散臭《うさんくさ》い。

テッドは初日こそぎこちない雰囲気だったものの、すこぶる要領がいいのか一度覚えたことはすぐにマスターしたし、空気を読むことに長《た》けているのかいつも絶妙なタイミングで現れる。

ちょうどこのように。

おまけに貴族令息らしい横柄で尊大な言動は露《つゆ》ほども見せず、むしろ使用人らしい控えめで慇懃《いんぎん》な振る舞いが板についており、行儀見習いなど不要なくらいよく出来た少年である。

だからこそ胡散臭《うさんくさ》い。彼ほど有能な人物が、何故幼い令嬢の従者に甘んじているのか。

そこにはジゼルの父の采配が大きく絡んでいるのだろうが、世間知らずのジゼルには計り知れない。

とはいえ、彼が自分にとって害がないことだけは確かで、短い付き合いだと思えばそれもどうでもいい話だ。

「まあええわ。とにかく、ウチのお茶を淹《い》れてくれたら下がって――どないしたん、ロゼッタ？　それに宰相さんも」

ビショップ親子が目を丸くして、ティーポッドを傾けるテッドを凝視《ぎょうし》している。

二人とも心なしか顔が引きつっているが、その視線を受けても本人は動揺する素振り一つなく、使用人の鑑《かがみ》のような一礼をしてカートを押して去っていく。

「ケネス殿……彼は……」

「……数日前より、遠縁の子息を行儀見習いとして預かっておりまして」

「遠縁……そうですか、なるほど……」

アーノルドと父の受け答えが、やけにぎこちない。

「ジゼル様。彼についてお困りのことがあれば、すぐに私にご相談くださいませ」

おまけに、ロゼッタまで真顔で変な忠告をしてくる。

その真意は分からないながらも、彼女の圧にうなずくしかなかった。


「なぁ、テッド。ジブン、何者《ナニモン》なん？」

ビショップ親子の帰宅後。

自室に戻りゆったりとしたワンピースに着替えたジゼルは、花瓶に挿した花の手入れをするテッドの後姿へおもむろに問いかける。

あの二人の驚き方は尋常ではなく、まるで見てはいけないものを見てしまったような顔だった。

そこに明らかな負の感情は見受けられなかったが、ただの貴族令息を見る目ではなかったことは確かだ。

彼は枯れた花や葉を摘みながら目線だけで主《あるじ》を振り返り、切れ長の目を細めると、「秘密です」とお茶目に笑ってみせた。

（……一番信用したらアカンタイプやな）

実態が知れないゆえに、警戒心と同時に好奇心も刺激されるが……知らぬが仏、触らぬ神に祟《たた》りなし、である。用心するに越したことはない。

どうせ突っ込んで聞いても答えてはくれないだろうし、「さよか」と軽く流すことにした。

第二章　飴ちゃんは正義！

エントール王国の初夏を告げる、湿気をはらんだ生温い風が吹き始めた。

これから本格的な夏に季節が移り変わるまでの約ひと月は、雨や曇《くも》りのぐずついた天気が続く。

いわゆる雨期だ。

社交界シーズン真っ盛りではあるが、憂鬱《ゆううつ》な空模様のせいで大きな催《もよお》しはほとんどなく、多くの貴族たちが暇を持てあます時期でもある。

だが、暇だからといって、その期間を無為に過ごすのは得策ではない。人目につかない時こそ己を磨くとか、手紙や贈り物でご機嫌を取るとか、各方面にアンテナを張って流行の最先端を探るとか、やることは意外とたくさんある。

とはいえそれは大人の話で、子供のジゼルには他にやるべきことがある――勉強だ。

真面目に授業に取り組み巻き返しを図ってはいるが、長年サボったツケはなかなか大きい。完全に自業自得なだけに、どこにも文句を言えないのもつらい。

しかし、取り返しのつく子供時代に気づけただけ、まだラッキーではある。

精神的にはアラフォーだが脳みそ年齢はピチピチの十歳なおかげで、知識の吸収スピードは明らかに違う。頑張った分だけ目に見えた成果が出るので、モチベーションも全然違う。

それにダンスの練習などで体を動かす機会も増えたため、食生活は変わっていないのに心持ち痩せたのは嬉しい誤算だ。おかげでやる気には満ち溢れているが……やはりずっと突っ走り続けていると、中だるみというものが発生する。

シトシトと雨が降る音を聞きながら、家庭教師から宿題として渡されていた計算ドリルにペンを走らせていたが、不意にその手が止まる。

難問にぶち当たったわけではない。ここ数日ふとした弾みに集中力が途切れることがあり、今まさにその症状が出ているのだ。

いつもならすぐに再開できるのだが、今日はなんだか頭に霞《かすみ》がかかったような感じがして、うまくエンジンがかからない。

「……ふあっ」

仕方なく一旦ペンを置き、小さく欠伸《あくび》を漏《も》らしつつ伸びをする。

(なんや最近調子悪いわぁ……雨が続いとるせいやろうか?)

誰もいないのをいいことにだらしなく背もたれに上半身を預け、ぼんやりと壁紙の模様を眺めていると、ノックの音が聞こえてきた。

「テッドです。よろしいですか?」

「どうぞ」

姿勢を正して入室を許可すると、ガラスのティーセットが載ったカートを押したテッドが入ってきた。

覇気に欠ける主《あるじ》を見る眼差しは、心配しているようでいて呆れているような感じもする。

彼の優秀さに引け目を感じるあまりの被害妄想だろうか？

「お疲れのようですね、お嬢様。眠気覚ましにミントティーを淹《い》れてきましたが、お召し上がりになりますか？」

さっきまで書架の整理に駆り出されていたはずなのに、まるでずっとそこにいたかのようなタイミングでお茶を用意してくるとは。相変わらず怖いくらいの空気読み力である。

「せやね。いただくわ」

勉強机から立ち上がり窓際のソファースペースに移動すると、薄緑色の液体が入ったガラスのティーカップとメレンゲ菓子の載った小皿が並べられる。

カップを持ち上げ一口含むと爽快《そうかい》な香りが鼻腔《びこう》と喉をスーッと通り抜け、モヤモヤしていた頭が幾分かスッキリした感じがする。

続いてメレンゲ菓子をかじると、サクッとした歯ごたえののちに舌の上でホロリと溶けて優しい甘さが広がった。

（やっぱ甘いモンは体に沁《し》みるわぁ……）

ほっこりしながらミントティーをゆっくり啜《すす》り、何げなく思ったことを口にする。

「つくづく思うけど、テッドはよう気が利くなぁ。ええ旦那さんになれるで」

「お褒めに与かり恐縮です」

「そういう如才《じょさい》ないところは、可愛ないから減点や」

「はは、これは手厳しいですね」

ポンポンと小気味いい会話をしながら一杯目のミントティーを飲み干し、そろそろドリルを再開しようかと思って立ち上がりかけたのに、テッドは勝手におかわりを注いでしまう。

「ちょお……」

頼んでないという気持ちを込めて半眼で見やると、テッドは悪びれた様子もなく口先だけの謝罪をする。

「おっと、失礼しました。お下げしますね」

「……ええよ、そのままで。せっかくやし、もう一服するわ」

下げられたところで誰の口に入るわけでもなく、排水と一緒に捨てられるだけだ。そんなもったいないことはできない――というジゼルの心を読んで、わざとテッドはおかわりを注いだのだ。

主《あるじ》にしっかりと休憩を取らせるために。

仕事はできるが食えない男というのは、まさにテッドを示す言葉である。

（小憎たらしい奴やで、ホンマ……）

普通ならイケメンの気遣いにときめくところだろうが、十代の少年にフォローされて自分の不甲斐《ふが》ない斐《い》なさを痛感しているアラフォー女には、色恋の気配はまったく訪れない。

「……それにしても、こうも雨が続くと精神的に滅入《めい》りますね」

しばしの沈黙ののち、テッドはひとり言のようなつぶやきを漏《も》らす。

「せやなぁ……こういう時こそ体を動したなるよなぁ」

「では、ダンスの練習でもしますか？　私も嗜《たしな》み程度には踊れますけど」

「ウチに足踏まれたら、仕事どころやなくなるで？」

ぽっちゃり体形に反して運動神経は悪くないが、まだまだ素人《しろうと》レベルのダンススキルでは確実に相手の足を踏む。ダンス講師は安全靴で対策を取ってくれているけれど、テッドがそんなものを持っているとは思えない。

しかし、彼はあっけらかんと笑って「そうなれば堂々と休めますね。ぜひお願いします」などとのたまう。そこまで言うならリクエストにお答えして、二度と立てないように粉砕骨折させてやろうかと一瞬考えたが、爽やかなミントティーで怒りを沈めて聞かなかったことにする。

「ダンスもええけど、どっかにお出かけしたい気分や。屋敷で過ごすのはめっちゃ快適やけど、ずっと閉じこもっとったら息詰まるしなぁ」

「外出ですか。この時期は旦那様もお体が空《あ》いていますし、お願いすればどこでも連れていってくれるのでは？　まあ、この天気ではどこの行楽地も楽しめないでしょうが」

「せやねん。屋内で楽しめそうな植物園とか劇場とかは、この時期混むやろうし」

「ですねぇ……ああ、そういえば。三日後に奥様が孤児院を慰問《いもん》されるそうですよ。せっかくですから同行されたらどうです？」

「孤児院？　ああ、お母ちゃんが寄付してはるところやな」

母は慈善活動に精力的に取り組んでおり、王都や領地の孤児院のいくつかに毎年お金や衣類などを寄付するだけに留まらず、定期的に訪問して子供たちの様子を確認し、能力のある子の進学や就職の斡旋《あっせん》まで行っている。

「奥様は遊びに行かれるわけではありませんが、お嬢様がご一緒だときっと喜ばれると思いますよ。子供たちと触れ合うのはいい気分転換になりますし、いかがでしょう?」

「ええなぁ、それ。いずれはお母ちゃんのお手伝いしたいと思っとったし、お出かけついでに顔売っとけば一石二鳥やな」

「ご立派な心がけではありますが、十歳とは思えない発想ですね……」

呆れた声を上げるテッドを無視し、ミントティーを飲みながら三日後に思いを馳せる。

母の予定に便乗して外出できそうなのはラッキーだが、ただの腰巾着では格好がつかない。

どうせなら子供たちに何かしてあげたいと思うものの……オモチャも服もジゼルのおさがりでは上等すぎて逆に迷惑になる。お小遣いを寄付することも考えたが、お金の出所は同じなのであまり意味がない。

(うーん。天気が悪いとみんな退屈してるやろうし、面白《おもろ》い遊びがあったらええんやけど……)

雨脚《あまあし》が強まったのか風向きが変わったのか、雨粒が窓ガラスを叩く音がやけに部屋に響く。

外が薄暗くなったせいで窓が鏡のようになり、自分の顔が映し出される。

相変わらずブサ猫顔だ。しかし、これはこれで正しい形で完成されている顔だとも思う。

もしパーツが一つでも違えば、それこそ傾き具合が少しでも違えば、ブサ猫ではなくただの不細工になっていただろう。

「ん……?」

ふとよぎった考えに何かがひらめきそうになり、窓を覗き込むようにして自分の目じりや口元をムニムニといじり……はたと膝を打った。

「あ、せや！」

主《あるじ》の奇行を胡乱《うろん》な目で眺めていたテッドだが、先ほどまで鬱屈《うっくつ》した様子だったジゼルが一転して顔を輝かせて立ち上がるものだから、驚いて肩をビクリと震わせる。

「……お、お嬢様？」

「ああ、ごめんごめん。せやけど、ええこと思いついたんや。ウチが宿題やっとる間に、ベニヤ板と絵の具用意しといてくれる？」

「ご用意はできると思いますが、何をなさるおつもりです？」

「大人も子供も、みんなで楽しめるオモチャを作るんや」

随分と張り切っている様子でニコニコ笑い、「ほれ、行きがけの駄賃」といつものように飴玉を握らせたジゼルは、呆気に取られたテッドそっちのけで、残りの計算ドリルをクリアすべく勉強机に向かった。

三日後。

雨こそ免《まぬが》れたが分厚い雲に覆われていて日の光はほとんど地上に届かず、この季節によくある憂《ゆう》鬱《うつ》な空模様だった。

王都の城下町とはいえ、あまり裕福とは言えない区域にある孤児院に向かうので、貴族とは分からないように支度をする。お忍びスタイルというヤツだ。

母ともども平民の富裕層がよく着ているワンピースに袖を通し、護衛も質素な服装で少数精鋭。移動手段の馬車も、馴染《なじ》みの商会から借りた古びた車体でカモフラージュして完璧……と言いたいところなのだが。

「お母ちゃん、ごっつ眩しいわ！　ベッピンすぎて全然忍べてへん！」

いつもよりちょっと乗り心地の悪い馬車の中。

隣に座る母アメリアの美貌に後光の幻覚を見て、思わず目に手を当てて顔を背《そむ》ける。

一昔前に社交界の三大美女に数えられた母は、二児の母親となった今でもその美貌とスタイルを保つ美魔女だ。

数多《あまた》の夫人たちの嫉妬《しっと》と羨望《せんぼう》を集める彼女の美しさは、たかが服のランクを落とし薄化粧にしただけでは隠しようがなく、むしろそのポテンシャルを際立たせることに一役買っている。

一方のジゼルは、ふてぶてしい成金娘にしか見えない。こちらもある意味通常運転だが、いっそ下町風の格好の方がしっくりくる気がしてならなかった。

しかし、母は父同様、頭のネジが緩んだ親馬鹿で、

「あらあら、ありがとうジゼルちゃん。でも、ジゼルちゃんの方がもーっと、とーっても可愛いわ。人攫《ひとさら》いに遭わないかお母様は心配で心配で……」

などと真顔でのたまう始末。褒められても嬉しくないという悲しい現実に打ちひしがれながら、斜め前に座るテッドに目をやった。

ジゼルの護衛兼荷物持ちとしてついてくることになった彼も、当然平民風の装《よそお》いをしているが、こちらも群を抜くイケメンなので何を着ても目立っている。

「……こっちもこっちで、全然忍べてへんよなぁ……」

「失礼ですね、お嬢様。これでもお嬢様くらいの歳頃には、平民に扮《ふん》して城下で遊んでおりましたが、一度も身分を疑われたことはありませんよ？」

「ホンマかいな……」

人のよさそうな笑みを浮かべているテッドだが、それが逆に信用ならない。

そんなくだらない会話をしつつ馬車に揺られていると、見慣れた貴族街から城下の目抜き通りを抜け、少しずつ街並みが変化していく。

老朽化が進んだ建物が多く、時折見かける人たちもくたびれた服を着ている。スラム街のように荒廃しているわけでもなく不衛生な感じもしないが、全体的に寂れた雰囲気が漂《ただよ》っている。

ここは『グリード地区』と名がついているけれど、貴族たちの中では異なる通り名がある——貧民街だ。

確かに貴族からすれば貧しい暮らしに見えるだろうが、窓の向こう側にいる大人も子供も表情は明るく、多くの屋根から立ち上《のぼ》る白い煙を見る限り、生活に事欠く様子はないので、貧民というのは差別的な表現だ。

もっとも、それも母のような慈善家が目を配っているからで、行政の手だけではもっと厳しい暮らしぶりを強《し》いられ、本当の意味で貧民となってしまうので当たらずとも遠からずといったところだが。

――格差、という言葉が脳内をよぎる。

そういえば、ミリアルドルートでもこんな光景を見たことを思い出す。

ヒロインは彼らの倹《つま》しい暮らしぶりに心を痛め、城勤めの忙しい合間を縫って奉仕活動に精を出し、それを視察途中のミリアルドが見つけて恋が発展するのだ。

他にもミリアルドが身分を隠して炊《た》き出《だ》しに参加するイベントもあったが、根本から解決するために動いていたという描写はなく、二人の仲を深めるためのエッセンスの一つでしかなかった。

ゲームであればそれでいいが、目の前に広がるのは間違いなく現実での大きな社会問題だ。

前世ではただの会社員でしかなかったジゼルに、画期的な解決策があるわけではないけれど、少なくとも付け焼刃の奉仕活動よりもずっと有効な手段は思いつく。

しかし、それには行政レベルの力が必要であり、今のジゼルはあまりに無力だ。

公爵令嬢という肩書があっても、所詮《しょせん》は女で子供で、政治には介入できない立場である。

（あの時王太子の婚約者に選ばれとったら……って、タラレバは言うもんやないな）

もしアーメンガートが選ばれずシナリオ通りに事が進んだとしても、ジゼルがこの問題を目の当たりにしなければ結果は同じだ。

娘の無力感を知ってか知らずか、母が穏やかな笑みを浮かべて告げる。

「ジゼルちゃん、もうすぐ着くわよ」

「あ、うん」

テッドは車窓を眺めながら生返事をする主《あるじ》に物言いたげな視線を向けたが、すぐに手荷物をまとめ始めた。


訪れた孤児院はよくある教会に併設されているタイプではなく、大きな平屋の建物と大勢が駆け回れる広い庭がセットになった、学校を彷彿《ほうふつ》とさせる施設だった。

街並みと同じく古びてはいたが、隅々まで手入れが行き届いている。

「アメリアさま、こんにちは！」

「いらっしゃいませ、アメリアさま！」

「うふふ、みんな元気そうでよかったわ」

今日母が訪問することをあらかじめ知らされていたのか、子供たちが門の前で待ち構えていて、馬車から降りるなりもみくちゃにされていた。やんちゃな子も大人しそうな子もいたが、総じて細身ながらも血色がよく、きれいに洗濯された服を着ている。

みんな笑顔で元気がよさそうで、日々の暮らしだけでなく心も満たされている様子から、母の献身が手に伝わってくる。

熱烈歓迎されて喜びつつも娘をおざなりにしているのが心苦しいのか、チラリとジゼルの方を振り返ったが、グッと親指を立てて「お母ちゃん、サイコーや！」と念を送る。

普通の十歳児であれば母がよその子供に取られれば面白くないだろうが、中身がアラフォーのジゼルからすればこんなにも慕《した》われている母を誇らしく思えど嫉妬《しっと》などしない。

もしかしたら、いろんな意味で血の繋がりがないせいかもしれないが――

「アメリアさまー、その子だれー？」

母の視線でジゼルに気づいたのか、子供たちが興味津々《きょうみしんしん》といった眼差しを向けてくる。

「娘のジゼルよ。みんな、仲よくしてね」

「どーもー、ジゼルでーす。いつもお母ちゃんがお世話になってます。ウチのことも、どーぞよろしゅうお願いしますー」

母に続いて漫才師のノリで愛想よく挨拶し、テッドに持たせていた荷物の中から飴玉の瓶を出させ、いつものように一人に一つずつ配っていく。

「あ、あめだ！」

「ぼくにもちょうだい！」

「はいはい、押さんでもみんなの分はちゃんとあるからなぁ。お行儀よう待っとってや。順番や順番。守られへん子にはあげへんでぇ」

子供たちは色とりどりの飴玉に目を輝かせてジゼルに群がり、手にした子から薄紙を解いて口の中に入れる。

食うに困るほど貧しくはないが、甘いものを毎日食べられるほど余裕のある暮らしではない。

それに庶民の口に入る飴といえば安価な黒砂糖と水でできた黒飴が多く、上白糖と果汁で出来たカラフルな飴は贅沢《ぜいたく》の証だ。

「いちごのあじがする！」

「あたし、りんご！」

「ぶどうだ！」

キャッキャとはしゃぐ子供たちを微笑ましい気持ちで眺める孤児院の先生たちにも、ジゼルは漏れなくニコニコ顔で飴玉を配る。

「ほらほら、先生たちもお一つどうぞ」

「え？　いえ、私どもはいいのです。それより子供たちに……」

「甘いモン嫌いやったら無理強いはしませんけど、子供たちのために我慢するって言うんやったら、それは筋違いや思います」

遠慮して一歩下がる先生たちにジゼルは笑顔をキープし、飴玉を差し出したままズイッと距離を詰める。

「大人やから我慢せなアカン時はありますけど、我慢し通しで笑われへんくなったらお終《しま》いです。大人が笑ってなかったら、子供も笑えません。せやったら、みんなでおんなじモン食べておんなじように笑うことの方が、子供たちにとって大事なことやと思います。ほら、幸せは独占するモンやのうて、共有するモンですやろ？」

美味しいものを食べた時、可愛い動物を見た時、きれいな景色を眺めている時……などなど、人は幸せや感動を覚えた時、誰かと共有したがるものだ。

自分さえよければ他人なんかどうでもいいというスタンスの人間もいるが、そんなさもしい性格の子はここにはいないはずだ。だってどの子も誰の飴玉を奪うことなく、一緒に美味しさを共有している。

その証拠にコロコロと飴玉を口の中で転がしながら、子供たちは遠慮する先生を不思議そうに見上げている。

「せんせー、たべないの？」

「おいしいよ？」

「この子たちもこう言うてますし、ね？」

とどめとばかりにジゼルがニコリと笑うと、先生のうちの一人が突き出された飴玉を恐る恐る受け取り、包みをはがして口に入れる。

「せんせー、それなにあじ？」

「……レモン味ね」

「ひゃー、すっぱそー！」

「おとなのあじだね！」

子供たちがケラケラ笑うのにつられて、先生も笑う。

それを見ていた他の先生たちもジゼルの配る飴玉をもらい、一緒に笑い合う。

一粒でみんなが笑顔になる飴ちゃんは正義だ。

笑顔の飴玉頒布会《はんぷかい》が終わり、庭の隅にある季節の野菜が植わった菜園を見て回った後、年季の入った施設の中に通してもらう。

室内も土足が基本のこの世界にしては珍しく玄関先に靴箱があり、上履《うわば》きに履《は》き替えるシステムになっていた。

庭で遊んだ子供たちが泥だらけになって室内に上がると、掃除が大変だし不衛生だからということだ。また、かつては室内では裸足《はだし》だったそうだが、古びた床板がささくれて危ないため、上履《うわば》きを履《は》かせるようにしたらしい。

ジゼルたちも来客用の上履《うわば》きを借りて上がり、施設内を案内してもらう。

内部は清掃が行き届いていて清潔感があり、家具も雑貨も不自由なくそろっているようだが、壁にも床にも天井にもつぎはぎのような修繕の跡が見受けられる。

毎年の寄付だけでは、建て替えなりリフォームなりの資金が工面できないのだろう。今はだましだまし使えるが、十年先二十年先を考えれば心配になる。

ここ十数年穏やかな時代が続いているので孤児の数は減少傾向にあるようだが、それでもゼロになることはないし、いつ戦争が勃発《ぼっぱつ》したり疫病《えきびょう》が蔓延《まんえん》したりするか分からない以上、親を亡くした子供たちの受け皿は必要不可欠だ。

（これが企業やったら、クラウドファンディングみたいな形で資金集めもできるけど、孤児院やからなぁ……出資者に利益が出ぇへんのに、お金出してもらうんは難しいな……）

これも慈善家だけでどうこうできる問題ではなく、行政が介入すべき分野だろう。

施設をぐるりと一周見学させてもらった後、母と先生たちは大人の話があるとかで別室に移り、ジゼルは子供たちと一緒に遊ぶことになった。テッドは彼女の傍《そば》に控え、護衛も数名壁際に待機している。

寄贈されたオモチャや絵本が並ぶプレイルームには、ちゃぶ台のようなローテーブルや子供用の椅子がいくつか置かれているが、基本はラグの敷かれた床に直《じか》に座って遊ぶ仕様だ。上履《うわば》きがあって正解である。

「ジゼルさま、えほんよんで！」

「えー、つみきのほうがおもしろいよ！」

「おままごとしよー！」

飴ちゃん効果ですっかり子供たちに気に入られたジゼルは、引っ張りだこを絵に描いたような状態で大人気だ。

しかしジゼルの体は一つしかないので、一度に要望のすべてに応えることはできない。

誰かに付き合えば誰かを疎外《そがい》してしまう。平等に接するのは難しいにしても、できるだけ分《わ》け隔《へだ》てなく構ってあげたいのが本音だ。

晴れなら外で鬼ごっこでもすればみんな仲よく遊べるのだが、運悪く雨が降り出してしまい、各々《おのおの》やりたいことを次々に口にするものだから収拾がつかなくなる。

（せやけど、ウチにはアレがあるから大丈夫！）

せっかくみんなで遊べるものを用意したのだから、ここで使わない手はない。

「んー、絵本も積み木もおままごともええけど、それはまた今度な。今日はウチが持ってきたゲームに付き合《お》うてほしいんや。仲間外れなしで、みんな一緒に遊べるんやで」

「ゲーム？」

「せや。おなかがよじれるほど面白《おもろ》いで。やってみたいやろ？」

「やるー！」

「よっしゃ、ええ返事や！」

テッドに目配せして、例のブツが入った大きく平たい袋を持ってこさせる。

まず取り出すのは、写生で使う画板くらいの少し分厚い板。髪の毛と肌の色だけが塗られた、ゆで卵みたいなのっぺらぼうの顔が描かれている。

続いて出てくるのは、目、鼻、口、眉、耳、のパーツが描かれ、その形に切り抜かれた薄い板。のっぺらぼうの上に並べれば、ちゃんとした顔が出来上がるようになっている。

この絵を描いたのは、何を隠そうジゼルだ。勉強嫌いの小学生時代を過ごした島藤未央だったが、絵の才能はまああって、ちょっとしたコンクールで賞を取った経験もある。

その才能はちゃんとこの世界でも受け継がれていて、十歳児作にしてはクオリティーの高い絵が描けていると思う。

ただ、令嬢にノコギリなど持たせられないという理由で、パーツごとに切断したのは庭師だが。

雨で仕事にあぶれて暇そうにしていたのを捕まえ、いつもの飴玉を駄賃に仕事をさせたのだ。

かくしてお嬢様と庭師の異色のコラボで完成したこの代物《しろもの》の正体は、日本人ならすぐに察しがつくだろうが、異世界住人に分からない。

「へんなのー」

「ジゼルさま、これなにー？」

「これはな……〝福笑い〟や！」

ジゼルはドヤ顔で言い放つが、子供たちの頭上にはハテナがいくつも並んだまま、シンと場が静まり返る。

ちょっと滑った感に冷や汗をかくものの、これくらいでめげるほど大阪のオバチャンのメンタルはやわではない。後ろでニヤニヤしているテッドの脇腹に肘鉄砲を食らわせ、気を取り直すように咳払いをする。

「ま、まあ、名前はともかく、どうやって遊ぶか実際にやってみるで」

ジゼルはラグの上に用意した福笑いセットの前に膝をつき、ポケットからバンダナ大の布を取り出すとそれを細くして目隠しをする。

「ルールは簡単。こんな風に目隠しをして、この顔の中に目とか鼻とかを並べていくだけや。やってる人はなんも見えへんから、誰か横におって一個ずつ渡してあげてな」

その解説の通り、ジゼルの横にテッドも同じような体勢で並び、パーツの一つをジゼルに渡した。

これを手触りだけでどこのパーツかを判断し、顔の書かれた板に並べていくのだが――

「あ、おめめ！」

「そっか、おめめか――って、これが何か分かったら面白くなくなるんや。せやから、顔作ってる間は、誰もなんもしゃべったらアカンで。ちょっと笑うのくらいはオッケーやけど、できれば静かに見守るんがベストや。しーっやで、しーっ」

ジゼルが口元に人差し指を立てる仕草をすると、声を上げた子供は慌てて両手で口を塞いだ。それに周りからクスクス笑い声が上がる。

「せやせや。ギャラリーはそんな感じで頼むで」

それからジゼルは手探りでパーツを見極め、一つ一つ並べていく。

顔の絵の上にパーツが並ぶごとに、子供たちから抑えきれない笑い声が漏《も》れる。たまに幼い子が「ちがうよ」と言いかけるのを、年長の子が止めたりもしていた。

そんなこんなで出来上がった福笑い第一号は——人体の構造を無視しまくっている、子供の落書き以下の物体だった。

予想はしていたが、少しだけショックだった。

「な……なんじゃこりゃあああ！」

演技半分、本心半分でオーバーリアクション気味に叫んでみると、堪《こら》えていたものが爆発したように、あたりにゲラゲラと笑い声が弾ける。

「お、おっかしー！」

「ジゼルさま、ヘタクソー！」

「おーおー、言うたな!?　せやったら今度はジブンがやってみぃ！」

子供相手に大人げなく喧嘩を売りつけ、一旦リセットした福笑いセットを前に目隠しをさせる。

最初は「こんなのラクショーだし」とか言っていた子だが、出来上がったものはジゼル作と大差なく、見事に顔面崩壊を起こしていた。

「あ、あれー？」

「おまえだってヘタクソじゃん！」

「じゃあ、おまえもやれよ！」

……という応酬が何度も繰り返されたが、ついぞまともな顔面は作成されず、そのうちに笑いすぎで腹筋と涙腺も崩壊してきた。

「うぷぷ、みんな傑作ぞろいやわ。ええで、ええで。これでこそ福笑いや」

「ねー、ジゼルさま。これ、なんでふくわらいっていうの？」

「お、ええ質問やね。『笑う門《かど》には福来《きた》る』っていう格言が元になっとるんや。福っちゅーのは幸せってことで、ニコニコしとったら幸せになれるって意味やで。泣いたり怒ったりしとるより、笑っとる時の方が楽しいし幸せやろ？　せやから、みんなに福が来るような笑いが作れるオモチャってことで、福笑いって言うんや」

厳密な語源は違うだろうが、少なくともジゼルはその気持ちを込めてこれを用意した。

彼らは孤児ではあるものの、それなりに満たされた暮らしをして、一見幸せそうではあるが、親のある子を見れば劣等感を抱いたり卑屈になったりすることもあるだろう。

そうでなくともここを出ていく日は必ず来て、世間で偏見の目に晒《さら》されて落ち込むことがあるはずだ。そんな時、楽しかった思い出は絶対に心の支えになる。

ジゼルがもたらしたものが、その支えの一つになればいいと思うのだ。

自分は本当の意味で彼らを救えないと自覚してしまったから、余計にその想いは強い。

「まあ、随分賑やかね。何をして遊んでいるのかしら？」

用事が済んだのか、母と先生たちがプレイルームへとやってきた。

「ふくわらい！」

「アメリアさまもやってみて！」

子供たちがわらわらと母に群がり、福笑いの前にグイグイと引っ張っていく。

公爵夫人が地べたに座るなんて大丈夫なのかと心配したが、いつもここで子供たちと遊んでいるのか、慣れた様子で足を横に崩して座った。

子供たちの拙《つたな》い説明を聞きながら、されるがままに目隠しをされる。

「これをここに並べて、お顔を作ったらいいのね？」

「そうだよ！」

「アメリアさまなら、きっとじょうずにつくれるとおもいます！」

「うふふ。じゃあ頑張らないとねぇ」

と、期待を一身に受けて張り切った母だったが……結果は言うまでもない。

「あらあら……ふふふっ」

「あはは！　アメリアさまのも、へんなかお！」

「でも、このへんのまゆげは、いいかんじ！」

さっきまで笑うばかりだった子供たちの中から、一つ肯定的な発言が飛び出す。

それ以外が崩壊しているので気づきにくいが、言われてみれば母の作品の片眉は結構いい位置にある。大好きなアメリア様をフォローしたい気持ちもあっただろうが、誰かのいいところを探して教えるというのは簡単なようで難しい。

（……せや！　これやったら、面白《おもろ》いだけやのうて、情操教育にも役立つかもしれん！）

ひらめきにパチンと手を打って、ジゼルは子供たちに声を大にして告げる。

「みんな、福笑いに新ルール追加や！　さっきお母ちゃんに言うたみたいに、一個でもええから出来た顔で『ええなぁ』と思ったところを褒めること！　笑うんも笑うてもらうのも楽しいけど、褒められたらもっと気持ちええし、やる気出るやろ？」

我ながら名案だと思ったが、子供たちの反応は鈍い。

「うーん……でも、へんなかおばっかりだし」

「いいところっていわれても、むずかしいよー」

「せやね、ウチも難しいと思うわ。けど、うまいこと言葉にできんでもええ。滑ってもええ。大事なんは、一生懸命考えて伝えようとすることや」

ダメな部分はいちいち探さなくてもすぐに目につくが、いい部分というのは目立たないので意外とスルーしがちだ。

その見ようと思わないと見えない部分を見抜く力を養うには、日頃からの心がけや訓練が必要だが、就活セミナーのように『相手の長所をプレゼンしましょう』なんて授業を取り込んだところで、萎縮《いしゅく》したり恥ずかしがったりしてきっと無理だろう。

しかし、遊びの中で気負うことなく考える時間があれば、自然とそういう習慣がつくとジゼルは思ったのだ。

「そうやって他の子のええところを探してあげたら、きっとその子もジブンらのええところを探してくれるで。もしかしたら、自分でも気づかんかったええところに、誰かが気づいてくれるかもしれん。それってすごいことやない？」

「うん。よく分かんないけど、なんかすごい」

「なんとなくだけど、いいことだとおもう」

「はは。今はよう分からんでも、大きくなったら分かるわ」

そう言ってジゼルはブサ猫顔に、年齢にそぐわない大人びた笑みを浮かべた。

＊＊＊＊＊

「えー！　もうかえっちゃうの？」

「まだあそぼうよ！」

「わがまま言うたらアカンで。また遊びに来るから、今日はさいなら――アカンアカン！　服引っ張らんとって！　伸びる伸びる！」

楽しい時間があっという間に過ぎ、孤児院を去る時刻になった。

子供たちはジゼルにすっかり懐《なつ》いたのか、あの手この手で引き留めようとしている。

その光景を眩しそうに見つめながら、孤児院の先生はアメリアにぽつりと漏《も》らす。

「……ジゼル様は幼くいらっしゃるのに、とてもしっかりしたお方ですわね。貴族のご令嬢らしからぬ言葉遣いには驚きましたが、朗《ほが》らかでありながら大人でも気づかない真理を見抜かれている」

――子供たちのために我慢するって言うんやったら、それは筋違いや思います。

――大人が笑ってなかったら、子供も笑えません。

今までは自分が欲を殺すことで子供たちが幸せになるのなら、それでいいと思ってきたし、それが大人の務めだと信じてもいた。

でも、それはエゴなのだと、おこがましい自己犠牲に酔っているだけだと、ジゼルの言葉で気づかされたのだそうだ。大人が耐えるべきことはいろいろあるが、四六時中そうしていればいずれ限界がくる。いざ守ってやらねばならない時に守れなくなる。

――幸せは独占するモンやのうて、共有するモンですやろ？

――他の子のええところを探してあげたら、きっとその子もジブンらのええところを探してくれるで。

与えるばかりでは幸福にはなれない。分かち合うことで何倍にも価値が高まり、お互いに認め合うことで絆《きずな》が深まる。貴族令嬢として恵まれた暮らしをしているだろうに、そのことを大人よりもずっと分かっているジゼルには、ただただ畏敬《いけい》の念しか湧かない、と。

「あのような立派なお嬢様をお育てになられたとは、さすがアメリア様でございます」

「ふふ、褒めてくださるのは嬉しいけれど、私は何もしておりませんわ。あの子はあの子なりに考えて、思う通りに行動しているだけです」

謙遜《けんそん》ではなく事実だ。

ジゼルは幼い頃からあまりわがままを言わないタイプで、どちらかといえば聞き分けのいい子だった。極度の勉強嫌いではあったが、それを除けば素直で天真爛漫《てんしんらんまん》な心優しい子で、アメリアもケネスもそれだけで満足していた。

流れてしまった子の代わりにしている罪悪感もあったが、心のどこかでジゼルは拾った子だと、まことの公爵令嬢ではないからと、厳しい教育をするのは可哀想だと避けていた部分もある。

しかし例の茶会を前に、言葉遣いと同時に、内面も随分と様変わりしてしまった。

ついこの間まで机に向かうのも嫌がっていたのに、突然「将来のため」と言って熱心に勉強に取り組むようになった。以前にも増して明るさや笑顔が増えた一方で、思慮深さや気配りを覚え、子供らしからぬ言動も増えた。

親はなくとも子は育つというが、まさにその通りだと思う――などと、誇らしくも寂しい複雑な親心をしみじみと噛みしめていると――

「公爵家のご令嬢ともなれば、いずれは王妃様になられるのでは？」

「ジゼル様のような聡明で心優しい方が玉座に上《のぼ》られれば、この国は安泰ですね」

アーメンガート・ルクウォーツが王太子の婚約者に選ばれたことは、庶民の耳にはまだ入っていない。両陛下の承認を得てはいるが正式な決定ではなく、あくまで内定の段階だ。彼女が妃教育を一定レベルクリアしたのちに、国内外に公表される予定になっている。

なので、そんな話題が出るのも致し方ないことだが、愛しい娘を袖にされたアメリアにとっては、何度思い出しても屈辱的な話である。

こんなにも素晴らしい娘を歯牙にもかけなかったばかりか、一目惚れなどというくだらない理由で成り上がりの侯爵令嬢を選んだミリアルドに、アメリアは心底失望した。

ジゼルは美貌のミリアルドに憧れていたわけでも、王太子妃の座を望んでいたわけでもなかったので、結果的に意に添わない婚約をさせずに済んだことは僥倖《ぎょうこう》だったが。

「そうですわね。ですが、そのあたりは陛下のご判断で決まりますから。私にできるのは、あの子の幸せを祈ることだけですわ」

苛立ちと共に事実を呑み込み当たり障りのない返事で濁すと、見計らったかのようなタイミングでテッドがやってきて、「馬車の準備が整いました」と告げた。

「では、私たちはこれで」

「はい。本日はご足労いただき、誠にありがとうございました」

深々と頭を下げる先生たちと大きく手を振る子供たちに見送られ、アメリアたちの乗る馬車はゆっくりと孤児院から遠ざかっていく。

ジゼルは彼らが見えなくなるまで窓に張り付いて手を振り返していたが、それが終わるとすぐにウトウトし始めていつの間にか寝入ってしまった。

幼い頃からお転婆《てんば》で庭を駆け回るような子だったが、知らない場所で大勢に囲まれてはしゃぐ機会はなかったから、きっと疲れてしまったのだろう。

アメリアは寝息を立てる娘を慈《いつく》しみの眼差しで見つめ、座席に積んであったブランケットをかけてあげると、貧民街と誹《そし》られる景色を車窓から眺めつつひとり言めいたつぶやきを漏《も》らす。

「本当に……ジゼルが王妃の座に就けば、きっとこの国はよい方向に行くでしょうね……」

対面に腰かけていたテッドはそれを聞きながら肯定も否定もせず、ただ沈黙を守った。

＊＊＊＊＊

孤児院を訪れてから半月ほどが経った。

シトシトと鬱陶《うっとう》しい雨が降り続いていた日々は終わりを告げ、屋敷の庭にも強い日差しが射し、カラリとした風が吹き抜けるようになった。

夏の始まりである。

貧民街を目の当《ま》たり《あ》にし、自分ではどうしようもない現実に少しショックを受け、今でも心の隅に小さな棘《とげ》が刺さったような感覚が残っているが、だからといってうじうじ悩んでいても仕方がないし、恵まれない人を高みから憐《あわ》れむことはもっと失礼だ。

天候が良くなってきたおかげか気持ちも上向きになり、このことは今後の課題として一旦棚上げして、勉強の遅れを取り戻すことに専念している。

「はぁ……アカン、頭パンクしそうや……」

近頃は王国の歴史を学んでいるのだが、いかんせん覚えることが多すぎた。

過去のエントール王国は好戦的な王が多く、建国から百年あまりは結構な頻度で戦争をして領土を広げていたせいで、自国だけでなく他国の人物や地名も多数登場するため、時代や地域がごちゃごちゃになってしまい、頭の中がかなりとっ散らかっている。

暗記科目は比較的得意だったが、詰め込むことが多すぎて頭がクラクラする。脳みその使いすぎでお腹もペコペコだ。

グーグー鳴る腹の虫を宥《なだ》めながら夕食の席へ向かうと、食堂前の廊下で兄のハンスと遭遇した。

十七歳の彼は学生で、普段は貴族令息が通う王立学園の寄宿舎に寝泊まりしているが、学園は馬車で一時間ほどの場所にあるため、時折こうして屋敷に戻ってくることもある。

「わー、ジゼルだ！　会いたかったよー！」

彼はジゼルの姿を認めるとパッと顔を輝かせて、ぽっちゃりボディにギュッと抱き着く。

「ああもう、学園で男ばっかりに囲まれてるとホント参っちゃうよ。定期的にジゼルを補給しとかないと息が詰まりそう」

「うわ、ちょ、お兄ちゃん!?」

ちょっと危ないシスコン発言を飛ばしながら、ハグの体勢のまま頭を撫でまくる兄。

補給とか言ってもせいぜい猫可愛がりレベルのスキンシップだ。

猫吸いならぬ〝妹吸い〟をされそうになったら、さすがに急所を蹴り上げる心づもりだが、これくらいなら容認できる。

（お兄ちゃんはイケメンやからな！　役得や役得！）

ハンスは爽やか草食系イケメンだというのに、長く伸ばした前髪と黒縁眼鏡のせいで、やや陰気

に見えるのが玉に瑕《きず》だ。

せっかくのイケメンを隠しておくのはもったいないので、眼鏡はともかく髪は一度バッサリ切ってみたいと思いつつも、下手に手を入れて兄がモテまくるのはなんだか面白くないのでそのままにしている。

大概ジゼルもブラコンである。

「ところで、いつ帰ってきたん？　お茶の時間にはおらんかったと思うけど」

「今さっき。明日から夏季休暇だからね」

「あ、そっか」

勉強漬けの引きこもり生活のおかげですっかり忘れていたが、そういえばそんな話をテッドがしていたような気がする。

「うーん。長期休暇はこうしてジゼルと毎日一緒に過ごせるのはいいんだけど、パーティーに出るのは正直億劫《おっくう》なんだよねぇ……」

雨期が開ければ第二次社交シーズンの幕開けだ。学生とはいえすでにデビューが済んでいる兄は、これからあちこちの夜会に引っ張りだこだろう――主に婚活目的で。

半世紀前なら生まれた時から婚約者がいるのが当たり前の世の中だったが、平和な時代が続くにつれて徐々に政略結婚が廃《すた》れ、恋愛結婚が主流になりつつある。

しかし、ハイマン家くらいの上級貴族になるとそうも言っていられない。

公爵家を盛り立てることができる、相応の家柄、器量、品格、様々なものが結婚相手には求められる。兄は爵位を継ぐ立場だから、余計に人選には慎重さが求められるだろう。

そういう苦労がにじみ出た発言なのかと思いきや――

「ジゼル以外の女の子って、肉食獣みたいで怖いんだよねぇ。学園でもたまに外部の人間を招いたパーティーをやるんだけど、そこに来る子はみんな目がギラギラしてて怖いし、香水とか化粧品とかつけすぎですごい臭いがするし、その上スキンシップ過剰で……」

王立学園では、社交場に慣れるための練習という名目で定期的にお茶会や夜会を開いたりする。実際は招待客のほとんどが年頃の令嬢という、ほぼほぼお見合いパーティーなのだが。

それゆえに恋愛結婚が肯定される昨今の風潮を逆手に取り、下《か》の輿《こし》を狙う下級貴族の令嬢がわんさか来るらしい。孔雀《くじゃく》の皮を被った肉食獣どもだ。

特に見目も家柄もいい兄は、彼女らの格好の標的になっているに違いない。心身共に草食系の兄では手に負えないだろう。むしろ押し倒されて既成事実を作られていないだけ、健闘している方かもしれない。

彼の場合は恋愛結婚より政略結婚の方が幸せになれそうだ。

家格が釣り合う者同士であれば性格や趣味嗜好《しゅみしこう》の傾向が似ている場合が多く、何より金銭目的で当てにされないから安心できる。兄は人付き合いに関して如才《じょさい》ないタイプであるので、壊滅的に相性が悪くない限りどんな相手でもうまくやっていけるだろう。

となると、有力候補なのはジゼルの自称取り巻きの友人たちだ。

王太子の婚約者候補にも挙がるくらいだし、家柄も器量も問題はない。

父に頼んで縁談を用意してもらうのは無理だとしても、お茶会などの折にさりげなく紹介して、縁を結ぶというのはどうだろうか？

しかし、年齢的にジゼルが率先してお茶会を開くことは難しいし、そもそもの前提として恋愛経験ゼロの自分が人様の恋のキューピッドになれるわけがない。

うまくいかなかった場合、友人にも兄にも気まずい思いをさせるので、脳内選択肢からそっと削除した。

「苦労してるんやね、お兄ちゃん……」

聞くだけで可哀想だし自分が力になれそうにもないので、よしよしと頭を撫でてやると「もういっそ、ジゼルと結婚したい」などとほざくので、ムギッと頬っぺたをつねって懲《こ》らしめた。

「い、いだだっ……！」

「近親相姦、ダメ絶対」

「嘘、嘘！　冗談だってば！　ていうか、近親相姦なんて不埒《ふらち》な言葉、どこで覚えてきたの!?　まさかテッド？」

「なんでも人のせいにしないでください」

「「うわあぁぁっ!?」」

唐突に降って湧いた声に兄妹はそろって悲鳴を上げる。

振り返ると呆れ顔のテッドが腕を組んで立っていた。

なかなか来ない二人を探しに来たらしいが、足音も気配もしなかった。

（テッドって、もしかして隠密とか暗殺者とか……？　アカン、似合いすぎてアカンわ。これやからイケメンはアカンねん）

二次元の世界では有能イケメンには裏稼業がつきものだが、まさか彼も——と一瞬真剣に疑ったけれど、すぐに頭を振って馬鹿なオタク妄想を追い出す。

「まったく……廊下の真ん中で何をやってるんですか、お二人とも。旦那様も奥様もお待ちですよ。お急ぎください」

「「は、はい……」」

従者としての態度も口調も崩していないのに、どこか有無を言わせない響きを持つテッドの声に、兄妹は素直に従うのだった。

いつもより少し遅れて始まった夕食がつつがなく終わり、近況報告を兼ねた雑談に花を咲かせながら食後のお茶を楽しんでいると、ふと思い出したように父が口を開いた。

「……そういえば、今日王宮へ出仕した際に宰相のアーノルド殿に会って少し話をしたんだが……ロゼッタ嬢のデビューを公爵家でお願いしたいと言われたんだ。私としては喜んで引き受けたいところだが、アメリアはどう思う？」

エントール王国やその周辺諸国では、貴族の子女は十四の誕生日前後でデビューするのが通例だ。ロゼッタは今年の晩夏で十四になるとのことで、始めは誕生日に近い日取りで開催予定だった王宮の舞踏会をデビュー会場に選んでいたが……あのお茶会のいざこざに加えて近頃のミリアルドに対する不信感もあり、できれば会場を変更したいと父親に相談していたようだ。

アーノルドも娘のデビューを心地よく飾らせてあげたいという想いで、ケネスに話を持ちかけたということだろう。

当主が是《ぜ》と言うなら基本はなんでも是《ぜ》だが、社交に関しては女主人たる夫人の采配が不可欠だ。父が母にお伺いを立てるのは当然の流れである。

「ロゼッタ嬢って、この間来てくださった宰相様のお嬢さんで、ジゼルちゃんのお友達よね？　少しだけご挨拶をしたけれど、とても礼儀正しい子だったわ。うちでデビューしてくれるのが光栄なくらいよ。ぜひお招きしましょう」

母がニコリと笑って快諾し、ジゼルもほっとした。

ミリアルドはデビュー前だから社交場に出てこないとはいえ、その母親である側室が女主人を務めるパーティーに出るなどロゼッタには苦痛に違いない。まして、母親ぐるみで正室のレーリアと付き合いがあるから、恨み言や嫌味を遠回しにぶつけられるかもしれない。

その点、公爵家ならそんな心配は必要ない。

公爵夫妻と宰相様という最強タッグが、ロゼッタを守ってくれるだろう。

「ロゼッタはもうデビューなんや……ウチはまだまだ先やなぁ……」

なんだか友達に先を越されたような気分になり、少し寂しげにつぶやくジゼルに母はクスクスと笑う。

「あら、そんなことはないわよ。四年なんてあっという間だから。ああそうだ、ジゼルちゃんのデビューはどうしましょう、あなた？」

「そうだなぁ、せっかくのご縁だからビショップ侯爵家で……いや、やはり同格のガーランド公爵家か？」

「いやいや、外に出さなくたって、いっそうちでやればいいんじゃない？」

「いいことを言うな、ハンス！」

「まあ！　そうと決まれば、とびっきりのプランを考えないと！」

「人気のデザイナーとお針子の予定を、今から押さえておかなくてはな」

「ちょっと、めっちゃ話逸《そ》れてるんやけど⁉」

来年のことを言えば鬼が笑うなんてことわざが日本にはあったが、四年も先のことをこうも好き勝手に言えば、笑うのを通り越して無表情になってそうだと思う。後ろに控えているテッドが、まさにそんな顔をしているし。

「今はウチやのうて、ロゼッタのデビューのことを考えたってぇな！　宰相さんに怒られてもウチ知らんで⁉」

ジゼルの必死の突っ込みを聞いているのか聞いていないのか、彼らが四年後の話に延々と花を咲かせ続ける間に夜が更けていった。

＊＊＊＊＊

相当脇道に逸《そ》れもしたが、無事にロゼッタが社交界デビューする日がやってきた。

残念ながらまだ幼いジゼルは自邸のイベントとはいえ参加できないけれど、両親の計らいで会場入りする前の短い間だけ、ビショップ親子と来客用の控室で会うことが許された。

他にも件《くだん》のお茶会で知り合った令嬢が招待されているようで、彼女たちとも顔を合わせる予定だ。

本日のロゼッタの装《よそお》いは、遠目にはシンプルなデザインの白いドレスだが、近くで観察するとバラをあしらったレースや小さなコサージュが随所に見受けられ、彼女の華やかな容姿を存分に引き立てている。

よく磨かれた薄化粧の肌に映える薄紅色のルージュと、以前より控えめに巻かれた縦ロールのハーフアップが相まって、年齢よりもずっと大人びて見える。

「うわー！　ロゼッタ、めっちゃ可愛い！　きれい！　マジ天使！　よっ、本日の主役！」

「そうでしょう、そうでしょう！　ふははは！」

手をパチパチ叩きながら拙《つたな》い語彙《ごい》で絶賛しまくるジゼルと、それに満足げにうなずきふんぞり返るアーノルド。

そんな二人の間に挟まれたロゼッタは、顔を赤らめ「そ、それほどでもありませんわ！」と語気を強く謙遜《けんそん》しつつもどこか嬉しそうに答える。今日もツンデレは通常運転だ。

「はあ……それにしたかて、一緒におられへんのはホンマ残念やわ。ロゼッタ、絶対モテまくるで。羨《うらや》ましいわぁ」

自分がこれくらい着飾ったところで、馬子《まご》にも衣装と笑われるだけだろう。身内の審美眼は狂っているので、絶賛されること間違いなしだが。

「な、何をおっしゃっているのです！　私はジゼル様一筋ですわ！　そのあたりの有象無象《うぞうむぞう》になびくような浮気者ではございません！」

「え……」

しっかと手を握られて力説されたジゼルは、ビシッと固まった。何げない発言が曲解されて伝わった感が否《いな》めない。

（ロゼッタ、もしかせんでもソッチ系⁉）

同性愛に理解はあっても、まさか自分がその渦中《かちゅう》に放り込まれるなんて想定外――いやいや、まだそうと決まったわけではない。単に取り巻きとしての忠誠心を説《と》かれただけかもしれないし。

というか、そうであってくれと願うしかない。できれば忠誠心より友情が欲しいところだが。

一瞬思考がぶっ飛んだがポケットに忍ばせていた飴玉の存在を思い出し、話を逸らすべくロゼッタの手をやんわりと解《ほど》く。

「せ、せや。パーティーの間は挨拶やなんやって忙しいから、食事摂ってる時間あらへんかもしれんし、今のうちに飴ちゃんで糖分補給しとき。息爽やかになるミント味やで。あ、よかったら宰相さんもどうぞ」

いつものように薄紙に包まれた飴玉を配ると、二人は喜んで受け取ってくれた。しかしロゼッタが宝物でも掲《かか》げ持つような体勢で「これは家宝に……」とかつぶやいているのが聞こえたので「せんでええから、はよ食べ！」と突っ込んでしまった。

「まさかとは思うけど、この間のお土産《みやげ》もまだ残してるんとちゃうやろな……？」

以前持って帰らせたレバーペーストの行方が不安になったが、ロゼッタは飴玉を可愛らしく口の中で転がしながら首を横に振った。

「できれば残しておきたかったのですが、食さない方がジゼル様に失礼だと侍女に言われて……」

よかった。冷蔵庫も密閉容器もない世の中だから、雨期の湿度には耐えられないし、そもそもそんな長期間保存していいものでもない。

「ちなみに、空《から》になった瓶は家宝に――」

「それもせんでええ」

何かに再利用するのはいいが、ただの空《あ》き瓶を家宝にするのはやめてほしい。

そんな会話をしているうちに、親子が会場入りする時間になった。

空腹で倒れないようもう二個ほど飴玉を渡して隠しポケットに入れさせてから、侍女に先導されてパーティー会場へ入るロゼッタを見送った。その背中に「家宝にせんと、ちゃんと食べるんやで」と念押しも忘れない。

やれやれと思いながら、次の来客を待つことしばし。

近頃十代の令嬢の間で流行《はや》っているらしい、スカート部分にフリルをたっぷりあしらったドレスをまとった少女たちが訪れる。

ジェーン・シーラとミラ・アリッサだ。

どちらもロゼッタと同格の侯爵家の令嬢で、王宮でのお茶会前にすでにデビューを済ませていた、元婚約者候補たちの中で一番年上の少女たちである。

「ご無沙汰《ぶさた》しております、ジゼル様」

「再びジゼル様のお顔を拝見できる日を、心待ちにしておりましたわ」

「お二人さんとも、よう来てくれたね。手紙でやり取りはしとるから近況は知っとるつもりけど、やっぱり元気そうな顔を見るとほっとするなぁ」

この二人やロゼッタを含め、あの時知り合った令嬢たちとはこまめに手紙でやり取りをしている。ジゼルと同様に、社交場に出られない年齢の令嬢が大半だったからだ。

せっかくできた友達に気軽に会えないのは寂しいが、ペンフレンドというものもなかなか乙《おつ》なものだ。それに手紙を書きまくったおかげで、この数か月で文章力が随分と上がったし、スペルミスも減って字もきれいになったし、いいこともたくさんある。

「ふふ、そうですわね」

「早くジゼル様のデビューの日が来てほしいものです」

「そういえば、今夜はビショップ嬢のデビューなんですってね」

「せやで。さっき少しだけ会《お》うたけど、お二人さんと同じくらいめっちゃきれいやったわ」

「羨《うらや》ましいですわ。わたくしももう少し生まれるのが遅ければ、公爵家でデビューを飾りとうございました」

「二人とも、王宮の舞踏会で一緒にデビューしたんやってね？」

手紙に記されていたことを思い出しながら、ジゼルは問う。

二人はジゼルの取り巻きを自称すると同時に、恋愛小説好きという趣味が合う親しい友人同士だというから、その時に仲よくなったのかと思ったが――

「ええ。といっても、せいぜい挨拶と軽い世間話をした程度の間柄ではございましたが」

「あれこれお話するようになったのは、あのお茶会以降ですね」

「家同士の仲が特別いいわけでもありませんでしたし、当時は王太子妃の座を狙うライバル同士でしたものね」

なるほど。そんな状態では、歳の近い者同士が顔を合わせたところで、仲よくなれるはずもない。そう思うとアーメンガートが二人の友情を取り持った、とも言える。

人間の縁とはどんな形で繋がるのか分からないものだ。

しばらくクスクス笑い合いながらおしゃべりに花を咲かせていたが、侍女が会場入りを告げに来たので、名残惜《なごりお》しくも解散と相成った。

「……まあ、もうそんなお時間ですのね」

「お父様をお待たせしてはいけないので、これで失礼いたします」

「ちょっとだけやけど、会えて嬉しかったわ。ウチはこの通りなんもおもてなしでけへんけど、楽しんで帰ってな。あ、そうそう。飴ちゃん持っていき」

二人にも飴玉を配って会場に送り出し、今日の仕事を終えたジゼルは自室に戻ることにした。

＊＊＊＊＊

「――紹介するよ。私の娘のロゼッタだ。妻に似て少々気の強いところはあるが、この通り器量よしの聡明な子でね。どうか一つ、よろしく頼むよ」

「ロゼッタ・ビショップです。若輩者《じゃくはいもの》で至らないことも多いかと思いますが、みな様どうぞよろしくお願いいたします」

エントール王国の伝統に則《のっと》ってデビュー最初のダンスを父親と踊り終えたロゼッタは、アーノルドと親しい間柄の人間たちと挨拶を交わす。

柔らかな微笑み。ピンと伸びた背筋。優雅なカーテシー。

デビュタントとは思えない堂々とした振る舞いに、最初はどれほどのものかと値踏みするような視線を向けていた紳士淑女たちも、感心した様子で相好を崩す。

「まあ、しっかりとしたお嬢様ですわね」

「さすが宰相殿のお嬢さんだ。うちの娘にも見習わせなければ」

「そう言っていただけると嬉しいですが、私と同じで外面がいいだけで、家ではそれなりにお転婆《てんば》娘ですよ。そこもまた可愛いのですが」

「もう、お父様っ」

娘へののろけを炸裂《さくれつ》させるアーノルドの発言に、皆が微笑ましそうに笑う。

「それほど可愛がっておいででは、婿殿選びに苦労しそうですな」

「ははは。確かに選ぶ基準もそうですが、私の連れてくる男を次から次へとバッサバッサと切り捨てられそうで怖いですね。何しろ私と結婚するまで、何人もの男を袖にして泣かせてきた妻の血を引いてま――」

「……お父様？　それ以上おっしゃるなら、お母様に言いつけますよ？」

ロゼッタがニコリと笑って言い放てば、アーノルドはビシリと固まった。

宰相が恐妻家なのはよく知られていることなので、周りからは苦笑が漏《も》れる。

それからもとっかえひっかえに現れては挨拶をしていく人たちを捌《さば》き、一息ついたところでアーノルドが誰かに呼ばれて傍《そば》を離れることになった。

「おや、困ったな。できればロゼッタを一人にしたくないんだが――ああ、ハンス殿。いいところに。ちょっと来てくれないか？」

「はい。お呼びでしょうか、閣下《かっか》」

近くを通りかかった少年が、父の呼びかけに応じて振り返る。

銀縁眼鏡にオールバックの少年は、先ほど公爵夫妻と共に挨拶をしたハンスだ。

上質な盛装、端整な顔立ち、隙のない立ち振る舞い、どれを取っても公爵令息の名に偽りない。

貴族にしては毒気がなく温和すぎるきらいもあるが、こういう草食動物然とした人物の方が意外に狡猾《こうかつ》でしたたかなのが社交界の常《つね》だ。

「すまないが、私は所用で離れなければならなくなってね。しばらくロゼッタについてやってくれないか？」

「ええ、構いませんよ。どうぞごゆっくり」

ハンスは快諾してアーノルドを見送ると、ロゼッタに向き直って一礼する。

「臨時のエスコート役を賜《たまわ》りました、ハンス・ハイマンです。お望みのことがあれば、気軽におっしゃってくださいね」

顔はまったく似ていないが人好きのする微笑み方はジゼルにそっくりで、兄妹なんだなと、ロゼッタはしみじみ思う。

「ではお言葉に甘えて……少し風に当たりたいので、テラスに案内してくださいます？」

「かしこまりました。まだ夜は長いですし、飲み物と軽食を持ってこさせましょう。こちらで適当に選んでもよろしいですか？」

「ええ、お願いします」

ロゼッタがうなずくと、ハンスは給仕係を呼んでテキパキと指示を出し、彼女の手を取ってテラスまで案内してくれた。

ほのかな明かりで照らされた中庭の景色を楽しめるそこは、休憩スペースも兼ねているようで、背もたれのない椅子と小さなローテーブルが置かれている。

勧められるまま腰かけると、立ちっぱなしで張っていたふくらはぎが休まり嘆息が漏《も》れる。

それからすぐに果実水と数種類の一口サイズのカナッペが届けられ、二人は乾杯してグラスを傾ける。程よい酸味と甘みの果実水が喉を通り、疲労が消えていくような気がした。

「……実を言うとね、ロゼッタ嬢とこうしてお話できるのを、楽しみにしていたんですよ」

「えっ……？」

軽食を摘まみながらいくつか世間話をしたのち、ハンスはおもむろにそんなことを言い出した。

身分も器量も申し分ない美少年に、はにかみつつ上目遣いでそう言われれば、たとえジゼルに忠誠を誓ったロゼッタであっても年頃の乙女らしくときめいてしまう。

しかし、重度のシスコンのハンスに限って、そんな甘い展開があるはずもない。

「社交界ではジゼルの愛らしさについて語り合える同士が、まったくいなくて困っていたのですよ！」

「は、はい？」

切実な声で拳を握り締めて発せられた予想斜め上の言葉に、ロゼッタの乙女回路が音もなく停止した。

「学園でどれだけジゼルの尊さを説《と》いたところで、ただの馬鹿な兄としか思われませんし、姿絵を見せてもみんな苦笑いを張り付けて後ずさるばかりで、本当に無礼な奴らなんですよ！　どう思われますか、ロゼッタ嬢!?」

「まあ、なんと無礼な方々でしょう！」

ジゼルが自分の知らないところで侮辱《ぶじょく》されていると知り、破られたばかりの乙女の淡い期待などすぐに忘れ、ロゼッタはつい声を荒らげてしまった。

「ジゼル様は大変可愛らしいばかりではなく、慈愛に満ちた素晴らしいお方ですわ！　我が身を顧《かえり》みず私を救ってくださったあの雄姿《ゆうし》は、今でもまぶたの裏に焼き付いております！　それに、なんと言っても、あの柔らかな御手！　永遠に触れていたいくらいですわ！」

ブサ猫愛が暴走するロゼッタに、ハンスもシスコン魂が刺激されたのか激しく同意する。

「分かる、分かるよ、それ！　ずっと握ってたいよね！　僕的におすすめなのは、手よりも頬っぺただよ。もっちりとした弾力がたまらないんだ……」

「まあ、やはりそうなんですの!?　お願いしたら少し触らせて……いえ、取り巻きの分際でそのような破廉恥《はれんち》なことは……」

「ああでも、あのちっちゃくて柔らかい体をギュッと抱きしめるのが、一番至福の時だね。兄妹だから許される距離だよ」

「な、なんて羨《うらや》ましい！　ああ、どうして私はジゼル様のお傍《そば》に生まれなかったのでしょう！　ビショップ家に生まれたことを、こんな形で後悔することになるとは……！」

ロゼッタがハンスを見る目が、羨望《せんぼう》と嫉妬《しっと》で染まっていく。

遠目には年頃の少年少女が楽しげに談笑しているように見えるが、実際はマニアックな趣味で対抗意識を燃やし、白熱トークをしているオタク同士である。

「で、ですが、私も負けてはおりませんわ。ジゼル様のお優しさについては、よくよく理解しているつもりです。折に触れて心の込もったお手紙をいただいておりますし、先ほどは私を気遣って飴玉をくださいましたもの」

「手紙!?　僕には全然くれないのに！　飴はいつもくれるけど、食べたらなくなっちゃうんだよねぇ……いいなぁ、ロゼッタ嬢は」

ひとしきりジゼルへのパッションが弾けたのち、二人はがっしりと手を握り合った。

乙女ゲームの世界なのに恋愛的な雰囲気はまるでなく、どちらかといえば河原で殴り合いをして友情を確かめ合ったかのような、少年漫画じみた空気感が漂《ただよ》っている。

「ふふ。君みたいにジゼルの尊さを理解して、僕の話を熱心に聞いてくれる子は初めてだ」

「あ、あら、それは光栄ですわ。ですが、私たちだけで素晴らしさを共有するだけでなく、もっと大々的にアピールする必要もあるのでは？　下級貴族や庶民の間では、役者や歌姫など特定の人物を支持する同好の士が集まり、啓蒙《けいもう》や応援を行う〝ファンクラブ〟なるものが流行《はや》っているそうですよ」

「ファンクラブ……聞いたことはあるけど、どういうものかはよく知らないんだよね。今度学園の友人に尋ねてみるよ」

この会話がきっかけとなり、ハンスとロゼッタを含めた自称取り巻きたちを主軸にした〝ジゼル・ファンクラブ〟が結成されることになるのだが――それはまた別の話。


「妹君を溺愛するあまり婚期を逃すのではともっぱらの噂のハンス様が、コソコソとテラスに女性を連れ込んでいるかと思えば……」

「相手はロゼッタ嬢で、その上ジゼル様の話題で盛り上がっているだけとか……」

「やっぱりと言うべきか、意外と言うべきか……」

……そんな二人のやり取りを、こっそりと物陰から窺っていた者たちがいた。

ジェーンとミラだ。

「ですが、案外似た者同士でお似合いではありません？」

「一理ありますわね。共通の趣味があるのは夫婦円満の秘訣と申しますし、家格も問題なく釣り合うとなれば……」

二人はニヤリと笑みを浮かべた顔を見合わせ、声をそろえた。

「「公爵夫妻にご報告しておきますか」」

＊＊＊＊＊

「はぁ……退屈ね……」

アーメンガート・ルクウォーツは、人払いをした湯殿でバスタブに全身を沈めながら深いため息をついた。

たっぷりと湯を張ったバスタブに浮かぶ真っ赤な花びらは、ミリアルドが王族のための花園で手ずから摘んだバラだ。はにかんだ笑顔でバラを贈り心の赴《おもむ》くまま愛をささやく少年に、始めは微笑ましい気持ちになったが、それが日課のようになると新鮮味も感動もない。

「お子様殿下のお相手も、さすがに飽きてきたわ……」

お湯ごと花びらを両手ですくって弄《もてあそ》び、アーメンガートは湯気で煙る天井を見上げる。

王太子の宮に移り住んで早数か月。

彼女はミリアルドの庇護の下、悠々自適な暮らしを送っていた。

最上級の調度品に囲まれ、何人もの侍女に甲斐甲斐《かいがい》しく世話をされ、柔らかな寝台で心行くまで眠り、贅《ぜい》を尽くした食事に舌鼓《したつづみ》を打つ。

内定婚約者の待遇としては破格のもので、平民と変わらない貧乏男爵家の令嬢だった頃とは雲泥の差だ。

ルクウォーツ家に引き取られてからは、それなりに恵まれた生活環境だったが、王太子妃に選ばれるための厳しい令嬢教育のせいで堪能《たんのう》する余裕はなかった。

だが、ここで堕落した素振りを見せては本末転倒だ。

ご機嫌取りのため見目麗しい王太子殿下との戯《たわむ》れを優先しているが、成り上がりであっても誠実で謙虚な人柄だとアピールするため、要求される妃教育をしっかりとこなしてはいるし、側室のバーバラ妃とも積極的に交流して信頼を勝ち取る根回しも忘れない。

しかし、そこまで努力する理由はミリアルドに対する愛でも執着でもない。

アーメンガートにとって彼は、己の欲望を叶えるための道具に過ぎない。

ミリアルドにねだれば欲しいものはなんでも手に入るし、涙一つで彼女の気に入らないものをすべて排除してくれる。

いずれはもっと別のことに利用しようと企《たくら》んでいるが……それはまた別の話。

ともかく、彼をうまく利用するためには、媚《こ》びを売って虜《とりこ》にしておく必要がある。

〝女〟を武器に生きてきた前世を持つアーメンガートにとって、初心《うぶ》でお子様な彼を操ることなど造作もないことだ。

とはいえ、中身が成熟した大人なだけに子供の相手は非常に生温くて刺激が足りないし、また自分も子供なので思い通りに行動ができないのももどかしい。

――そう。ジゼルの予想通り、彼女もまた転生者である。

有象無象《うぞうむぞう》の男どもを手玉に取っては食い物にしていた、その筋では有名な魔性の女だった。

旧華族を先祖に持つ、裕福で由緒ある家庭に生まれ育ったお嬢様で、海外の有名大学を飛び級で卒業するほどの才女であったが、持ちすぎるがゆえに世の中に倦《う》んで裏社会へ飛び込み、持ち前の美貌と頭脳を武器に成り上がった。

結局、驕《おご》った末につまらないヘマをして呆気ない死を迎えたが……たまたま暇つぶしに遊んでいたスマホアプリの世界に転生したことに気づき、人生をやり直すことにした。

そこで堅実に生きるという発想にならなかったのは、一度染みついた性根は簡単に変えられないものだし、自分がヒロインである自覚があったからだろう。

残念なことにアーメンガートはライトノベルなどのオタク文化に疎《うと》く、転生ヒロインが貧乏くじを引く展開が多々あると知らず、結構自分の立場に酔っている節《ふし》があるのは否《いな》めない。

だからこそ、やられ役になるはずの悪役令嬢が自分を引き立てないどころか、自分よりも存在感を放っていることが許せないとも考えてしまう。

「あの悪役令嬢……」

絶対彼女も自分と同じ転生者だ。あんなに訛《なま》った言葉遣いの貴族令嬢がいてたまるか。

しかし、おちゃらけた大阪弁とは裏腹に精神年齢が高く世慣れた雰囲気のあの令嬢は、対立すれば障害になり得る存在だ。

一体どんな手を使ったのか、上級貴族の令嬢たちを味方につけているのも気に入らない。

ミリアルドにも王太子妃の座にも無関心そうだし、家同士の繋がりもほとんどないので、下手に突くと藪蛇《やぶへび》なのは承知しているが、こちらの障害になる前に叩いて大人しくさせておく方がいいだろう。

まずは監視のために誰かを派遣しなければ。

ただ、情報源としての信頼性も大事ながら、いつでも切り捨てられる立場の人間でなければこちらの身が危ない。そんな都合のいい人材を用意するのは至難の業《わざ》だが——

（……〝影衆《かげしゅう》〟ならうまくやってくれるわ。さっそくお子様殿下にお願いしなきゃね）

影衆《かげしゅう》とは王家直轄の特殊な暗殺諜報集団……端的にたとえるなら忍者だ。

集団と言っても大きな組織ではなく十数人ほどの極めて少数精鋭だし、その存在も世間的には都市伝説レベルのあやふやなもの。大臣や宰相などの超重臣クラスであれば、影衆《かげしゅう》そのものの存在を認識してはいるが、そこに所属する個々人までは決して明かされはしない。

そもそも彼らは文字通りの影となるため、名前も戸籍も抹消された存在である。

どんな非合法なことをしても〝この国に存在しない者〟を罰する法はないし、私的に罰を与えるにしても影衆《かげしゅう》を敵に回すことは王家を敵に回すことにも繋がるので、公爵家であっても手出しはできない。むしろ監視されていると相手に知られていた方が、効果的な抑止力になる。

これほど都合のいい駒は他にない。

まだ正式な王族ではないアーメンガートでは自由に使えないが、ミリアルドに頼めば一人くらい融通《ゆうずう》してもらえるだろう。彼も屁理屈をこねてロゼッタを救ったジゼルを快《こころよ》く思ってはいないし、後ろ盾を得るためにジゼルを選ぶという密約を破った手前、ハイマン家の動向は気になるはずだ。

断られる可能性はまずない。この上ない名案だ。

「ふふふ……悪役令嬢は悪役令嬢らしく、ヒロインの踏み台になればいいのよ」

アーメンガートは湯殿に冷酷なつぶやきを響かせたのち、侍女を呼びつけて体を磨かせることにした。

第三章　お約束の内政チート、始動？

季節は巡り、実りの秋を経《へ》て冬になった。

エントール王国は『夏は涼しく過ごしやすいが冬は死にそうになるほど寒い』という内陸国特有の気候のため、凍えるような冷え込みが三か月は続く。

多くの土地で雪が積もり、ところによっては大雪によって道が閉ざされ、物流も人流も滞《とどこお》り孤立する集落もあるほどで、王都も真っ白な雪に包まれる。

その景色は遠目には絵画に残したくなるような美しさだが、毎日一ケタ代の気温では路面が凍結して馬車がスリップする危険があるし、催《もよお》し物の度に命綱である薪《まき》を大量に消費するなど愚の骨頂というわけで、社交界は完全なるオフシーズンに突入する。

オフの過ごし方は王宮での役職や所領の土地柄にもよるが、冬は静かに領地の本邸で過ごし、雪解けを待って次のシーズン開幕前の春先に王都に戻ってくる者がほとんどだ。

ハイマン家もその例に漏《も》れず、ハンスが学園の冬期休暇で帰宅するのに合わせて領地に下がった。

「はあ、寒い寒い……冬はトイレ行くんも命がけやで……」

半年ぶりに帰ってきた本邸の自室。

お手洗いから戻るなり暖炉の真ん前に小走りで直行し、ジゼルは手をこすりながら暖を取る。

(こういう寒い日は、お風呂でゆっくり温《ぬく》もらな寝られへんわ)

侍女にお湯を沸かしてもらうよう頼まなければ、とぼんやり考えつつ体を温めていると、ノックののちにカートを押すテッドが入ってきた。

「……お嬢様、ジンジャーティーをお持ちしま――おや。今晩のメインディッシュは、お嬢様の炙《あぶ》り焼きでしたっけ？」

まさに炙《あぶ》られそうな距離で暖を取るジゼルを見て、テッドがボケをぶち込んできたので即座にツッコミを返す。

「ああ？　誰がブタの丸焼きやて？」

「誰もブタなんて申し上げておりませんよ。心の中では思ってはいますけど」

「思っとるんかい！」

「誤解しないでくださいね、丸々としていて大変可愛らしいという意味ですから」

「全っ然褒めてるように聞こえへんけど……」

涼しげな笑顔からは正確なことは読み取れないが、彼が本気でジゼルをブタ扱いすることはないにせよ、本気で可愛いと思っているようにも思えない。ジト目で睨むジゼルをテッドはさらりと受け流すと「そんなことより」と言って、主従漫才を打ち切った。

「お寒いのは分かりますが、あまり暖炉の近くにいると爆《は》ぜた火の粉で火傷《やけど》しますよ。ジンジャーティーで温まってください」

「……せやね。せっかく淹《い》れてもろうたし、温かいうちにいただこか」

水分を摂るとお手洗いが近くなるのは難点だが、ちょうど温かいものが欲しかったのでいただくことにする。暖炉前のソファーに腰かけ、生姜《しょうが》のピリリとした香りがするお茶に、まろやかな風味のハチミツを足して、一口飲む。

「ふう、生姜《しょうが》はやっぱり温まるなぁ……」

「ジンジャークッキーも用意してありますが、お召し上がりになります？」

「いただくわ」

生姜《しょうが》は代謝が上がるから太らない、多分。

なんて言い訳をしながら生姜三昧《しょうがざんまい》のティータイムを楽しんだ。

「温かい部屋で温かいモン食べて飲んで、ウチはホンマ幸せ者やわ。これで二十四時間お風呂に入り放題やったら、もっと最高やのになぁ。お湯が無限に湧いてくる池とかないかなぁ」

「そんなおとぎ話じみたものあるわけ――……あ、そういえば」

現実味のない夢想に苦笑交じりで否定しようとしたテッドだが、ふと真顔になって記憶を探る表情になる。

「池ではありませんが、近隣の村で井戸を掘っていたら高温の地下水が湧いたとかで、ちょっとした騒ぎになっていると、使用人たちが噂しているのを小耳に挟みました。ひどい臭いだったため、毒物が疑われて役人が調査したところ、温度以外は人体に害のない水ではあるらしいのですが、適温に冷ましても作物に与えると枯れてしまうとか。いくら無害とはいえ、浸《つ》かる気には到底なれないでしょうね」

熱い地下水。異臭。人体に無害。

その三つの要素から導き出されるものは、ジゼルの中では一つしかない。

「それって、温泉やないの？」

「おんせん？」

「簡単に言うたら、地下熱で温められた水や。地中のいろんな成分が含まれてて、浸《つ》かったり飲んだりすることでお肌がきれいになったり、怪我や病気の治りがようなったりする効果があるんや。変な臭いがするんも植物に害があるんも、その成分のせいやと思うで」

多分、異臭と表現されているのは硫黄《いおう》のせいだ。

厳密には硫黄《いおう》は無臭で実際には硫化水素の臭いとされているが、腐った卵の臭いを連想させることから、慣れない人には不快感を催しやすい。けれども、調査の通り人体には無害どころか効能がある。

ついでに作物が枯れてしまうのは、水質のPh値《ペーハーち》の問題だろう。

温泉水は極端に酸性やアルカリ性に傾いていることがあり、人体に影響はなくても植物や土壌には悪影響を与える場合がある。

温泉の細かな成分や水質について特にくわしい知識があるわけではないが、これくらいのザックリとしたことは元日本人なら誰でも説明できる。

しかし、この世界では温泉はそれとして認識されていないらしい。その証拠にテッドは初耳だと言いたげな様子で、ジゼルの説明を聞いていた。

「お嬢様、どこでそんなことを見聞きされたんです？」

「んー……それは秘密や」

いつぞやのお返しとばかりにニッコリ笑顔で黙秘権を行使したら、わずかにムッとしたように眉根が寄せられた。いつもの涼しげで澄ました顔がいくらか幼く見え、なんだか「してやったり」と優越感を覚える。

「それより、その温泉はどないなったん？」

「異臭と作物被害を防ぐため、湧水地点に重しをつけた蓋をしているようですが、勢いが強くてそれすら押し上げて延々とあふれてくるので、ため池を作って周囲を立ち入り禁止にしているようです」

「アカンで！　そんなんもったいないわ！　温泉は浸《つ》かってナンボやろ！」

「いえ、ですから使えないと……」

「使うんやない、浸《つ》かるんや！　お風呂に浸《つ》かる方や！」

間抜けなやり取りをしながらも、ジゼルの脳内は温泉一色だ。

この国には温泉という概念がないようなので、臭いものに物理的な蓋をしたがる気持ちは分からなくもないが、せっかく掘り当てたものを有効活用しない手はない。

（こんな時こそ、転生者の出番やろ！）

思わずやる気の込もった握り拳を、両手で作ってしまう。

転生者と温泉――これほどお約束な組み合わせに遭遇するとは、天の配剤以外の何物でもない。

（温泉で内政チート、ベタやけどそれがええ！　頭ひねらんでええしな！）

温泉があればどんな田舎《いなか》でもリゾート化すること間違いなしだ。

湯巡りができる温泉街を作るもよし、スーパー銭湯的なアミューズメント施設でもよし、想像するだけで心躍る夢が広がる。というか、正直ジゼル自身が温泉を堪能《たんのう》したいだけだったりするが、そこはあえて触れないことにする。

「よっしゃ、さっそくお父ちゃんに相談や！」

善は急げとばかりに父の下へと駆け込みかけたが、

「あ、忘れとった。ええこと教えてくれたお駄賃に……はい、飴ちゃん」

バックで引き返して瓶の中から飴玉を取り出し、ポイッとテッドに投げつけた。

主《あるじ》からの労《ねぎら》い方がぞんざいになっているせいか、投げやりな感じに「廊下は走らないでくださいねー」と忠告してくる従者を置き去りにして部屋を飛び出す。そこで、ちょうど扉の前を通りかかったらしいメイドと出合い頭に接触しそうになった。

「きゃっ」

「おうっ？」

慌てて急ブレーキをかけて接触事故は免《まぬが》れたが、その反動で後ろにひっくり返る――前にテッドがぬっと現れて両肩をキャッチして支えてくれた。

燕尾服《えんびふく》に包まれた体は細身に見えるのに、十歳児とはいえジゼルの重量級のむっちりボディを危なげなく支えるとは。

「……テッドって、実は脱いだらすごい系？」

「そういう破廉恥《はれんち》な発言はやめてください。何故か私が吹き込んだと思われているので」

「ごめんごめん。助かったわ、ありがとさん。ああ、そっちの人も驚かしてごめんな。大丈夫？」

ジゼルは姿勢を正すと、ぶつかりそうになったメイドに目を向ける。

よくも悪くも平凡顔でこれといった特徴もなく、制服姿と相まって没個性的な、失礼ながらモブの典型のような女性である。

始めは驚いて思考停止していたのかポカンとしていた彼女だが、公爵令嬢と衝突事故になる寸前だったと気づくと、さっと顔を青くしてペコペコと頭を下げ出した。

「あ、あああ、申し訳ありません！　こ、こちらの不注意でジゼル様にもしものことがあれば、私クビになっちゃ……ああ、違います違います！　あの、お怪我はございませんでしたか？」

女性の割にはちょっと低くてかすれたハスキーボイスで、本音をポロリとしつつも必死で謝り倒すメイド。素直と言えば聞こえはいいが、随分そそっかしい娘である。

「いやいや、ウチが浮かれて飛び出したんが悪かったんやし、そないに気にせんでええよ。せや、お詫びに飴ちゃんあげるわ。休み時間にでも食べてな」

そう言うなり一旦部屋に戻ると、瓶から飴玉を取り出してメイドに差し出す。

「え、あ、私が、い、いただいて、よろしいのですか？」

「構いませんよ。私もいつもいただいておりますので」

突き出された飴玉とジゼルを見比べながらオロオロするメイドに、テッドは投げつけられた飴玉

をポケットから出してみせる。

「け、けど私、ただのメイドですし……」

この国において侍女とメイドは違う職業だ。もちろん制服も違う。

侍女は貴人の身の回りの世話をするための職なので、身元のはっきりした良家の子女を中心に選ばれるのに対し、メイドは家事などの雑務を担当する職だから、一定の教養と礼儀さえあれば一般家庭の出でも雇ってもらえる。

どちらも大事な仕事ではあるが、序列的にも給料面でもメイドの方が格下になる。

このことが知れたら上司や他の侍女たちから文句を言われるのでは、と思っているのだろう。

「心配せんでも、ウチが飴ちゃん配るのが趣味なんは屋敷のみんなが知ってるし、誰もなんも言わへんよ。気にせんともらってくれる方が嬉しいわ」

「そうですか……ありがとうございます……」

メイドはほっとした様子で飴玉を受け取るとエプロンのポケットにしまい、そのまま一礼して立ち去ろうとしたが――

「ところで、あなた。見かけない顔ですが、新しく入られた方ですか？」

不意にテッドからかけられた問いに、メイドの肩が一瞬ピクリと震えたものの、すぐに何事もなかったかのように自己紹介をした。

「は、はい。一週間前に掃除メイドとして雇ってもらいました、カミルと申します。といってもまだ研修期間中で、使っていないお部屋のお掃除しかさせてもらっていませんけど……」

「えっと、カミルさん？」

　思わず『ル』に力を入れて問うてしまったのは、カミルは男性名として使われることが多く、女性ならカミラと名づけるのが一般的だからだ。

「ええ……カミラではなく、カミルです。わ、私、五人姉妹の末っ子なんですけど、どうしても男の子が欲しかった父が、せめて名前だけでもと譲らなくて……」

　お父さんの気持ちも分からなくはないし、女に男の名前を付けてはいけないという法はないし、日本でもリョウだのトオルだの男の子っぽい名前の女の子もいたし、ビスマルクだとかアレクサンダーだとかという厳《いか》つい名前と比べれば、カミルなんて可愛いものである。

「……へぇ……まあ、その、カモミールに似た響きで可愛らしくて、ウチはええと思うわ。カモミールティーも美味しいし、お花も白くてきれいやし」

「フォロー下手くそですか」

「やかましわ」

　必死にひねり出したフォローに難癖をつけられてイラっとするが、テッドはそれ以上突っ込むことなく話を元に戻す。

「いろいろと不躾《ぶしつけ》な質問をして、すみません。仕事柄、お嬢様の周囲に知らない面子《めんつ》がいると、反射的に警戒するクセがついてしまって」

「……お仕事熱心なんですね」

「ありがとうございます。あなたも頑張ってくださいね」

「ど、どうもです……では、私はこれで……」

無駄にイケメンな顔に爽やかな笑みを浮かべるテッドに、カミルはさっと顔を背《そむ》けて小走りに去っていった。純朴そうな女の子のハートを打ち抜いたようだ。

「タラシやなぁ、テッドは」

「このくらいは社交辞令ですよ。それよりお嬢様、温泉とやらのことを旦那様に相談しに行くのでしょう？」

「せやった！　ほな行ってくるわ」

「今度こそ走らないでくださいね。次はお助けしませんよ」

「はいはい」

保護者面するテッドに生返事をしつつ、安全走行で父の執務室へ向かう。

「お父ちゃん、ウチ温泉行きたいんやけど！」

「そうかそうか、ジゼルはおんせんに行きたいのか！　よしよし、お父様が連れていってやるぞ……って、おんせんってどこだ？」

娘のおねだりを脊髄《せきずい》反射で承諾しようとした父だが、脳内で温泉が正しく変換できなくて頭上に疑問符をいくつも浮かべる。テッドと同じような反応をされたので同じように説明したのち——

「で、ポルカ村っちゅーところでその温泉が湧いたって話やから、ぜひ行ってみたいんや」

父もあの村のことは報告を受けていたのか「ああ、あれか」と得心がいった様子でうなずいた。

「なるほど。あれは温泉というのか。ジゼルは物知りだなぁ」

「ふふ、せやろ。けど、そんなええモンを使わへんと、蓋をしたままやったらアカンと思うんや。温泉は浸《つ》かってナンボやで」

「おお。ジゼルは温泉の使い道まで知っているのかい？」

「……微妙にテッドとネタ被ってるけど……まあええわ。ほんで、その使い道を検討するためにも、現地を直接見てみたいんや」

温泉リゾートを作るためには、施設に利用できる空《あ》き地や建物が周辺にあるのかとか、一日どれくらいの湯量が湧くのかとか、交通の便のよし悪しだとか、いろいろと実地調査する必要がある。

それくらい公爵令嬢なら人に調べさせれば済む話だが、自分の目で確かめた方がよりいいアイディアが湧きそうだし……というか、あわよくば温泉に浸《つ》かりたいという下心満載で父にお願いしてみるが、珍しく渋い顔をされた。

「うーん……だがなぁ、ポルカ村に行くとなると泊まりがけになるし、この寒い中を出かけてはジゼルが風邪を引いてしまうかもしれない。知りたいことがあれば誰かを派遣して調べさせるから、ジゼルは温かいおうちで待っていなさい」

「そんなぁ……！」

下心が粉砕されてガーンとなるジゼルに、父は良心が痛んでグフッと血を吐きそうになる。

「そ、そんなに温泉とやらに行きたかったのかい？」

「うん……」

この分だともう少し押せば、ほだされてくれるかも？

ジゼルは意地悪く計画しつつ、上目遣いで訴えかける。

「さっきも言うたけど、温泉は健康にええんや。お母ちゃんの冷え性とか、お父ちゃんの腰痛にもよう効くんやで。せやから一緒に行って温まりたかったけど、そこで風邪引いたら本末転倒やから我慢するわ……」

「ジゼル……！　なんていい子なんだ！　そこまで言うなら仕方がない！　お母様もきっと喜ぶから、三人で温泉に行こう！」

いたいけな捨て猫オーラで親孝行を前面に打ち出すと、父はあっという間に陥落した。

嘘は言っていないとはいえ、こんなにチョロくて公爵家の当主が務まっているのか不安になるが……それより何故兄が除外されているのか気になって問うてみたら……

「お父様のいない間に問題があっても大丈夫なように、ハンスには当主代理として留守番をさせる。というか、奴に親子水入らずの時間を邪魔させせん」

建前《たてまえ》上はどちらも自分の子のはずだが、実の息子が邪魔者扱いで、拾われた娘が特別扱いとは本末転倒ではないのか。すでに成人してしまった子供より幼い子供の方を優先するのは分かるし、いつ領内でトラブルが起きても対処できるよう代理人が必要なのも確かだが。

兄は留守番宣告に死んだ魚のような目になったが、「ちゃんとお土産《みやげ》買ってくるし、今度はお兄ちゃんと二人だけで行くから！　兄妹水入らずで温泉旅行や！」とデートの約束をしたら、秒でよみがえった。

次期当主も随分チョロい仕様だった。

それから一週間後——今生の別れと言わんばかりに滂沱《ぼうだ》の涙を流す兄に見送られ、一路ポルカ村へ向かうことになった。

しかし、ジゼルの表情はあまり芳《かんば》しくない。兄と離れ離れになるからなんて殊勝《しゅしょう》な理由ではなく、諸々の事情で温泉リゾート計画が中止になり、軌道修正できないか頭を悩ませているためだった。

しゃべりかけても生返事しかせず、差し出されたお菓子にも見向きもしない思案顔のままの娘を、同乗していた両親は心配しつつも「真剣な表情のジゼルも可愛い」「画家を連れてくればよかった」と親馬鹿を炸裂《さくれつ》させていたが、それはさておき。

件《くだん》のポルカ村は、公爵邸から四時間ほど馬車を走らせた街道沿いにある、小さな村である。

田舎《いなか》ではあるがそれなりに開けた土地で、ちょうど宿場町の間に位置していることから、旅人や行商人たちが補給や小休止のために立ち寄る場所となっている。

特産品も案外充実しており、キノコや山菜、野生動物の肉や毛皮などを売りにする商店や飲食店が多く建ち並び、財政的に困っている風ではない。

しかも、土地のほとんどが宅地か農作地として機能しているので、新たに大きな施設を作るのは難しそうだ。

ただ、若者が都会に流れる傾向はどこの世界でも同じようで、多少の過疎化は進んでいるらしいが、今の住民の暮らしを壊してまで村おこしをする価値はない。

彼らは突如湧いた謎の地下水の使い道に困ってはいても、目の前の生活に困っているわけではないし……ジゼルが思う温泉の利用方法は現実味がないことに、今さらながら気づいてしまった。

何しろこの世界には、入浴という習慣がほとんどない。

バスタブそのものも高価で庶民には手が届かない代物《しろもの》だが、それ以上に浸《つ》かれるだけのお湯を沸かすためには大量の薪《まき》が必要になる。お風呂とはまさに贅沢《ぜいたく》の象徴だ。

だから、髪も体も小さな桶一杯程度のお湯で濡らしたタオルで拭くのが基本スタイルで、汚れがひどければ井戸水で洗い流すか、あるいは川や池で行水するのが一般的だ。

湯に浸《つ》かることがあるとすれば、寒さしのぎに桶で足を浸《ひた》すくらいがせいぜいだろう。

元日本人感覚と令嬢生活に染まりすぎていたせいで、そのことをすっかりと失念していた。

貴族といえど毎日のようにバスタブで入浴するわけではなく、足浴や清拭だけで済ませる日も多いので「それくらいさっさと気づけよ」というお叱りが聞こえてきそうだが、「うん、なんかごめん」としか言いようがない。

しかし、温泉をそのままにしておけば村人は困ってしまうし、元日本人として温泉がただ垂れ流しになっているなんて許しがたい。

なので、前世の記憶をさらいながら温泉利用方法をひねり出そうとしているところだ。

(うーん。いろいろ考えたけど、道の駅が一番無難か)

温泉が売りの道の駅では、足湯をよく見かけた。これなら休憩ついでに特産品を買ってもらうという今まで通りのスタンスを崩すことなく、ついでに厄介者扱いの温泉も生かせるはずだ。

我ながら名案だとばかりに「ふふふ」と笑いを漏《も》らすと、両親がブサ猫萌えで悶《もだ》えていた。

そんなお馬鹿な一コマがありつつも、お昼前にはポルカ村へ到着した。

「おおお！　温泉や！」

マフラーと耳当てとコートで完全防寒を施されて馬車を降りると、緑と土の匂いの中にほんのりと温泉の香りがした。

てっきり強烈な硫黄《いおう》臭がするタイプのお湯かと思ったが、想像したほどでもない。源泉がこの近くでないことを差し引いても、多分普通の温泉レベルと言っていいだろう。

もちろん慣れない人からすれば十分異臭で、両親もテッドも他の使用人たちも一様にしかめっ面だったが、日本人には嗅《か》ぐだけで心身が温まる匂いだ。

何度も深呼吸して温泉の香りを堪能《たんのう》しつつ周囲を見回すと、寒々しい冬山と収穫を終えた畑を背景に、素朴な雰囲気の民家があちこちに建ち並んでいる。ザ・西洋の田舎《いなか》という感じの、のどかな風景である。

リゾート開発を断念して正解だ。この景観を損ねることがあってはならない。

数日前の妄想を自戒しながら、出迎えてくれた村長らと挨拶をする。

「よ、ようこそお越しくださいました。領主様、お嬢様」

「妙な湧き水ごときで、お役人を派遣してくださっただけでもありがたいのに、公爵様自らがこのような辺鄙《へんぴ》なところまで足を運ばれるとは……まことに恐縮です」

「この通りの田舎《いなか》で、領主様方にはご不便をおかけしますが、精一杯おもてなしさせていただきますので……」

貴族と対面したことがないどころか、そんな日など来ないだろうと思っていた村人たちは、公爵親子を前に緊張でガチガチに固まり、不敬があってはいけないとばかりに、ペコペコと頭を下げている。

転生して十年あまり。公爵令嬢として暮らしてきて人から世話されることには大分慣れたが、貴族だからとこうやって平民にヘコヘコされるのは、未だに慣れない。父はさすがに慣れたもので、穏やかな表情を保ちつつ鷹揚《おうよう》な態度で対応している。これが当主の貫禄なのか。

一応は貴族の代表格なので「身分差なんて関係なく仲よくやりましょう」と大っぴらには言えないのがつらいところだが、固くなられては腹を割って話ができない。

とりあえずは、飴ちゃんコミュニケーションで親睦《しんぼく》を深めることにする。

「そんな畏《かしこ》まらんでください。押しかけたんはウチらの方ですから。そうそう、お近づきのしるしに、飴ちゃんどうぞ。ああ、こっちのは村の子供らに配ってあげてくださいね」

「え……」

変な訛《なま》りを操るブサ猫顔の令嬢に驚き、貴族令嬢が平民に飴玉を配ることにもう一度驚き、さらにはカラフルな飴玉が詰まった大きな瓶をドンッと差し出され――「これが貴族の洗礼か」「お嬢様の考えることは分からない」と、村長らの脳は処理能力をオーバーし、完全にフリーズした。

場になんとも言えない空気が漂《ただよ》う。

「……あれ？」

「お嬢様式のご挨拶は少々奇……ゴホン。いや、斬新ですからね」

誰も手を伸ばさない大瓶を両手で抱えたまま、コテンと首をかしげるジゼルに、テッドが冷静に突っ込んだ。奇抜か奇妙か奇天烈《きてれつ》か、彼が咳払いでごまかして何を言おうとしたのかは不明だが、絶対に褒められていないことだけは確かだ。

しかし、村長らの態度を見るに、自分がやらかしたことは察しがつく。

この国の常識で考えれば無理もない話だが、飴玉を出せば孤児院の子供たちはいつも喜んでくれるし、村の子供がどれほどいるか分からなかったので、不足ないよう持ってきただけのつもりだったけれど、この大瓶はさすがにやりすぎたかもしれない。

「ああ、驚かせてすんませんでした。そら、いきなりこんなでかいモン突き出されたら、誰かてビビりますわな。荷物になってもアカンし、あとで人を遣《や》って村長さん宅に届けさせますわ」

彼らが気に病まないよう、あっけらかんと笑いながら飴玉の瓶を下げさせる。

「あ、も、申し訳ありません！」

「公爵家の方のお手を煩《わずら》わせるわけには……！」

ようやく思考回路のこわばりが解けた人たちが、オロオロと謝って手を伸ばすが「ええんよ、ええんよ」と手を振って押し止める。

「ウチが勝手に押しつけるモンですから、皆さんのお手を煩《わずら》わせる方が失礼でしたわ。気が利かんですんませんねぇ。それより温泉……例の臭う地下水を見せてもらえますやろか？　ウチの考える通りに使えるモンか、この目で確かめたいんですわ」

「お、お嬢様が、ですか？」

ジゼルが寛容な態度で流してくれたのにほっとしたのも束の間、あの臭くて使い物にならない地下水を見たいと、その上使えると言い出したのだから、またもや村長たちは度肝を抜かれた。

公爵家の令嬢といえば、滅多に外を出歩かない文字通りの深窓の令嬢のはずだ。

こんな田舎《いなか》くんだりまで来ること自体がおかしい上に、役人でも首をかしげるような不可思議なものの使い道を知っているなんて、どう考えてもあり得ない。

聡明な領主と名高いハイマン公爵が、わがまま娘のごっこ遊びに付き合わされているのか？

溺愛する娘の前ではどんな名君も、暗君になってしまうのか？

そう訝《いぶか》しみながら真意を窺うように領主を見やるが、彼は村人たちの疑念など歯牙にもかけないどころか少しも感じていない様子で、やけに自信満々に言い放つ。

「ジゼルはとても物知りで賢い子でな、温泉とやらのことを教えてくれたのもこの子なんだ。この子が言うには温泉は体にいいものらしいし、害はないのは分かっているのだから、私の顔を立てると思って一つよろしく頼む」

「はあ……は、はい。かしこまりました。こちらへどうぞ」

領主にゴリ押しされて断れる村人はいない。公爵家一行を案内すべく出発した。

源泉は村の奥の方にあるらしく、田園風景を観察しつつのんびりと歩く。

いつもとは雰囲気の異なる客人に、村民たちは物珍しそうな視線を向けてくるが「こんにちはー、お邪魔してますー」と元気よく挨拶しながら、畑の手入れに精を出す人たちや遊ぶ子供たちに飴玉を配ると、あっという間に人気者になった。

貴族令嬢というより完全にゆるキャラ扱いだが、ジゼルにとっては気楽でいい。

そうやって歩き続けるうちに、モクモクと立ち上る湯けむりが見え始め、温泉の匂いは濃くなっていく。

漂《ただよ》ってくる腐卵臭に村長たちだけでなく公爵家一行も大なり小なり眉をひそめ、中には鼻をつまんでいる者もいるが、ジゼルだけは温泉への期待で表情をキラキラと輝かせている。

日本にはもっとどぎつい、本気で異臭だと感じる温泉だってあるのだ。

この程度なら想定内どころか余裕しゃくしゃくである。

やがて大人の背丈ほどもある高い柵《さく》がそびえ立ち、『立ち入り禁止』の看板があちこちにくくりつけられている場所まで来た。ここが源泉か。

石や木材でせき止められたため池の中に、岩のように大きな石が積み上げられている。多分あそこが湧水地点なのだろう。

重しで湯が大量に噴き出すのを押さえているようだが、水底からはボコボコと大きな気泡が上がっており、そこから温泉が常時湧き上がっていることが見て取れる。

「うわぁ……ホンマに温泉や！」

「地下からこんな熱い水が湧いてくるとは」

「信じられないわねぇ……」

温泉と対面してはしゃぐジゼルの横で、両親がハンカチで顔を覆いながら首をひねる。

温泉が湧き出るよりもっと深いところには熱湯どころの騒ぎではない、人間など簡単に溶けてしまいそうな超高温のマグマが流れているなど、この世界の人々は想像すらしていないのだろう。

「確かこのお湯は、人に害はないって話でしたっけね？」

「はい。水にくわしい役人の方が、そうおっしゃっていました。冷ました湯に触ると少しぬるりとはするのですが、特に痛みも痒《かゆ》みも感じませんし」

具体的な成分までは知らないが、ぬめりがあるということは保湿や美肌の効果があるはずだ。水仕事や日焼けで荒れた手肌が、ツルツルによみがえるに違いない。

（これって美肌の湯やん⁉　ええわぁ、テンション上がるわぁ！）

ぜひとも試してみたいが、ジゼルが実験台になるのは絶対に止められるだろう。

侍女たちも薄くではあるが化粧をしているし、人前でスッピンになれと言うのは酷《こく》だ。なので、まずは手指で試してもらうことにする。

「お願いがあるんやけど、さっき汲《く》んできた井戸水とここのお湯を、借りてきた洗濯用のたらいに入れて適温にして。いつもウチが入ってるお風呂の温度くらいや。そこで手を浸《つ》けて洗ってみたら、きっとツルツルになるはずや」

「かしこまりました」

ジゼルの指示に侍女たちはテキパキと動き出す。

通りがかった民家から借りた、シーツのような大物を洗うために使う大きくて深いたらいを地面に置き、言われた通りにお湯と水を交互に足しながら適温にして、温泉水の中でゆっくりと手を撫で洗いする。

　すると――

「あら？　なんだか荒れていた手が、少し滑《なめ》らかになったような……」

「手を浸《つ》けているだけなのに、全身がポカポカしてきましたよ」

　すでに特有の匂いのことなど気にならなくなった様子で、たらいの中の手をまじまじと見る侍女たちに、気をよくしたジゼルはさらに指示を与える。

「次に、お湯から手を出してみ？　ツルツルとポカポカがしばらく続くと思うで」

「まあ、本当です！　全然湯冷めしません！」

「水仕事の後はすぐに手がカサカサになるのに、こんなにしっとりしてるなんて！」

「普通に沸かしたお湯とは違うやろ？　これが温泉の効果や。お肌の調子を整えたり、血液の流れをよくしたり、体にええことがいっぱいあるんやで」

　別にジゼルが発見したことではないが、そんなことは知らない侍女たちは「素晴らしいですわ、ジゼル様！」と、惜《お》しみない称賛を送る。

　面映《おもは》ゆいを通り越して罪悪感でいっぱいなので「あー、なんかの受け売りや、受け売り」と照れ隠しに見せかけて真実を暴露した。前世の知識だとは言えないけれど。

　キャッキャと騒ぐ女性陣を前に、テッドが訝《いぶか》しげに眉根を寄せる。

「……これくらい調べればすぐに分かったはずですが、何故役人の調査報告書では書かれていなかったのでしょう？」

「そら、ここに来たんが男の役人さんやったからや。職業柄、手が荒れる仕事もせぇへんし、男の人の冷え性は少ないから、気づかんくてもしゃあないやろ」

「なるほど。性別や職種の違いということですか」

「まあ、予備知識の問題もあるやろうけど、別に役人さんの職務怠慢《しょくむたいまん》やないで」

公爵ですら首をひねるような得体の知れない水を、ちゃんと無害であることを調べてくれただけ仕事熱心だと言える。

「うーん。こんなにええお湯やったら、全身浸《つ》かれるようにしたいけど……」

かなりの湧水量がありそうだし、公爵家が資金を出せば銭湯の一軒や二軒余裕で作れるだろう。

しかし、前述の通り入浴の習慣はないし、そもそも裸の付き合いの文化がないので実現は不可能。湯帷子《ゆかたびら》のような入浴用の服を貸し出す手もあるが、それでは洗濯の手間が増えてコストがかかるし、貴重品管理のため鍵付きのロッカーなんて馬鹿高くて、入湯料だけでは到底賄《まかな》いきれない。

「一番手っ取り早いんは、このお湯を各自で汲《く》んで使ってもらう方法やな。パイプで村の中心部まで引っ張ってきて、そこからポンプで汲《く》み上げるようにしたらええやろ。水汲《く》み場ならぬ〝お湯汲《く》み場〟やな。出てくるんは熱湯やから、子供には触らへんようにだけ注意せなアカンけど」

考えをまとめるためブツブツとつぶやくジゼルに、村人たちは感心したようにうなずいた。

「おお……この地下水にそんな使い道があるとは……」

「しかし、その設備を整えるのには金がかかりますね。多少借り入れれば、なんとかなりそうですが……」

「桶に一杯でナンボって売ったら、そのうち元が取れるでしょう。村人と旅行者で汲《く》む場所と料金を分けたら、周りからも大きな不満は出ぇへんのとちゃいます？」

村の共有財産なのだから村民にはタダにしたいところだが、設備の維持にわずかながらでもご協力願いたい。

素直にお金を出してもらうためには、温泉がいかに価値のあるものかを知ってもらう必要があるが、これはジゼルたちがやるしかないだろう。公爵家のお墨付きとなれば、疑われることなく信じてもらえる。

だが、それだけでは温泉の魅力を伝えきれているとは言えない。

せっかくお金をかけて長々とパイプを通すのだから、もっと有効活用しなければ。

「あとは……そうやな。足湯や」

「あしゆ？」

「足浴するための場所や。膝下まで浸《つ》かれる深さがあったら理想やな」

そう言いながらキョロキョロと周囲を見回すと、近くにちょうどいい切り株があるのが目に入った。

「重くて悪いんやけど、あの切り株の前までそのたらい運んでくれる？　あそこやったら、ええ感じに足湯が表現できるわ」

力仕事なので侍女だけではなくテッドも手伝い、ジゼルの言う通りにたらいを移動させる。

切り株の上に敷物を敷いてその上に座ると、ジゼルは靴と靴下をポイポイと脱ぎ捨てる。

いつもはガーターベルトで吊るすタイプの長靴下を履《は》いているが、今日はこんなこともあろうかと、わざわざ丈の短い靴下にしてもらったのだ。

我ながら用意周到――と内心ほくそ笑んでいたが――

「うあああ！」

父が大絶叫と共に駆け寄るとジゼルを隠すように立ちはだかり、一足遅れてやってきた母が脱いだものを素早く装着させる。熟練の侍女もかくやの手際のよさと、一瞬の出来事に抵抗する暇もなく、見事な夫婦の連携プレイに言葉も出ない。

「ジゼル、なんて破廉恥《はれんち》なことをしているんだ！」

「そうよ、ジゼルちゃん！　令嬢たるもの、人前では素足は隠しておかないと！」

「そら分かってるけど、お湯に浸《つ》かるんやったら、脱がなしゃぁないやん」

両親の言い分は分かるが全部脱ぐわけでもあるまいし、見えるのもせいぜいふくらはぎの中ほどまでだ。ましてや、ジゼルは子供である。

周りにいるのはいい年をした大人や女性ばかりだし、一番若いだろうテッドだって使用人枠だ。そもそも、ジゼルの白くてむっちりとした大根足を見たところで、誰得だというのか。むしろ、こんなところで他人様にお見せするのが申し訳ないくらいだ。

「いやいや、ジゼルの天使のような生足を、衆目に晒《さら》すわけにはいかない！」

「意味分からんし！　ていうか、コレはどう見ても天使やのうて大根やろ⁉」

服の下に収納されてしまった足を指しながら突っ込むが、どっちも聞いちゃいない。父は有無を言わせずジゼルを切り株から立たせると、代わりにテッドを座らせる。彼にやらせろということか。

「えっと……素足になって、このたらいのお湯に浸《つ》かればいい、ということですか？」

「よろしく……」

せっかく足だけとはいえ温泉に浸《つ》かれるチャンスだったのに、それを従者に譲らねばならないとは。なんたる屈辱だろう。しかし、誰得な大根足までもを死守せんとする両親に逆らえるはずもなく、泣く泣く諦めることになった。

ジゼルがひっそりと涙をのんでいる間に、テッドが靴と靴下を脱いで濡れないようにスラックスの裾を折る。これですね毛ボーボーだったら、腹を抱えて笑ってやったところだが——イケメンは足までイケメンだった。

「テッド、すね毛どこへやったんや⁉」

常に服に覆われている部分なので色白なのは当たり前だが、毛穴レスではないかと疑うようなツルスベなお肌と、意外に筋肉質で引き締まったふくらはぎに、奈落に突き落とされそうな感覚に陥《おちい》る。

ジゼルも侍女たちの献身により太さ以外は美しい足をしていると思うが、それでも男に負けるとなると言いようのない敗北感に包まれた。

「どこって、剃っただけですが」

使用人には清潔感が必須で、数時間ごとにこまめに髭《ひげ》を剃る者は多いが、見えないところまできちんと処理しているとは。とんだ美意識高い系男子である。

いろいろなショックで天を仰ぐジゼルを呆れ顔で眺めつつ、準備を整えたテッドはたらいの中に足を沈めてふくらはぎの中ほどまで浸《つ》かる。

「……へぇ。確かに少しぬめりがあって、肌触りのいいお湯ですね。こうしているだけで全身が温まるのも不思議です。これが温泉ですか……」

感心したようにつぶやくテッドに少しだけ気分が持ち直したジゼルは、ちょっとした豆知識を披露することにする。

「手より足の方がそう感じやすいやろうな。ふくらはぎは〝第二の心臓〟やからね」

「第二の心臓、ですか？」

「ふくらはぎは、足先まで巡った血を押し返すためのポンプの役割を持っとる。足をお湯に浸《つ》けることで血液を温めて、ふくらはぎの力でその温もりを全身に効率よく巡らせることができるんや。しっかりふくらはぎまでお湯に浸《つ》かれば、温泉効果でむくみが取れるし、足腰もグッと軽くなるで」

足腰にいいと聞いて、村長たちは目を輝かせる。相応に歳を重ねているので年齢による衰えもあるだろうが、老若男女関係なく農作業にしろ商売にしろ立ち仕事が基本だから、下肢の疲労に関しては村民共通の切実な悩みに違いない。

きっと温泉による温熱療法は、日々の仕事の手助けになる。足湯を提案したのは正解だと確信を持ちつつも、慢心《まんしん》は失敗のもとだ。慎重にセールスを進める。

「せやから、農作業や旅の疲れを気軽に癒してもらう場として、お湯汲《く》み場と一緒に足湯も作ったらどうですやろ？　いちいちたらいに汲《く》むのは面倒やし、こうしてふくらはぎまで浸《つ》かるだけの穴というか、大きな掘みたいなため池を作って、そこに直接パイプから汲《く》み上げる仕組みにするんですわ。せっかくパイプを通すんやから、利用目的は多い方がえぇですからねぇ。こんな風にちょっとしたスペースでくつろげるし、店屋の前とかにあったら客寄せにもなりますやろ？」

「おお……足を浸《つ》けるだけの深さならすぐに掘れますし、水場の近くに作れば薄める作業も楽になりますね」

「ですが、この臭いが村中に広がるとなると……」

元日本人のジゼルとしては「ビバ、温泉！」と浮かれる匂いでも、この世界の基準では異臭だった。そのあたりはもう「鼻に慣れてもらうしかない」の一択だが、年中無休で嗅《か》ぐことになる村人はともかく、たまにしか嗅《か》がない旅人たちにとっては問題だ。

最悪、悪臭を理由に誰も立ち寄らなくなり、逆に村の経済が滞《とどこお》ってしまうかもしれない。

「うーん……水で薄めればその分臭いも減るし、ここみたいにずっとボコボコ湧いとるんやなく、小さなスペースに溜めてるモンやったら、そこまで臭わんと思うんですけどねぇ。気になるんやったら、周りに菊系の花を植えたらどうですやろ？」

「菊、ですか？」

「菊って強烈な香りがしますやろ？　それでごまかせるんやないでしょうか」

日本で菊系の花が墓花として定着しているのは、土葬が主流だった時代に遺体の腐敗臭を軽減するためだったとする説を、何かのテレビ番組で見たことがある。

日本菊ほどの強い香りを持つ種がこの周辺に咲くかは知らないが、花を植えれば少なからずいい香りがするし、景観もよくなって精神面でも和《なご》む。悪い選択肢ではないはずだ。

「なるほど……花壇を作って花を植えるくらいなら、子供でもできそうですな。暇をしている子らに手伝わせましょう」

「いっぺん試してみてアカンかったら、違う花に変えてみてください。それか、柑橘系《かんきつけい》の果物の皮を網袋に入れてお湯に入れるのもええですね。柑橘《かんきつ》の皮には消臭効果があるんですわ」

柑橘《かんきつ》の香りには他にもリラックス効果もあるので、多少は不快感も軽減されるだろうし、ゆず湯のようにさらなる温浴効果も期待できる。こちらはゴミを再利用するパターンなので、花を植えるよりも手っ取り早い。

「柑橘《かんきつ》ですか。ああ、山にはやたらと酸っぱくてジャムにしないと食えない、野生の柑橘《かんきつ》が生えているのでそれを使いましょう」

「ほんなら、足湯もどないかなりそうですな……」

他にも何かいい案はないだろうかと、宙を見ながら頭をひねってみる。

温泉のお土産《みやげ》のド定番といえば温泉饅頭《まんじゅう》だが、前世で言うところの温泉饅頭《まんじゅう》とは、別に温泉水を使ったり温泉の蒸気で蒸したりしている饅頭《まんじゅう》ではなく、単に温泉地で売っている饅頭《まんじゅう》という意味合いだ。

現時点でこの特有の臭いを多くの人が受け付けない以上、仮に前述の方法で作ったとしても売れないだろう。

村の特産品は別にあることだし、あえて何もかもを温泉一色にする必要もないので、あとは村人たちの創意工夫でどうにかなるだろう――と思考を巡らせていると、奇妙な視線を感じた。

その先に目を向けると……村長たちが聖人でも崇《あが》めるような、畏敬《いけい》の眼差しを向けているので、ジゼルはビクリと肩を震わせた。

「おうっ⁉　な、なんや？」

「いやはや……まことにお嬢様は、物知りであらせられますなぁ……！」

「下々《しもじも》の悩みにも真摯《しんし》に対応してくださるばかりか、惜《お》しげもなく知識を授けてくださるとは……！」

「今ほど公爵様の領地の民でよかったと、思ったことはございません！」

「え、ちょ、落ち着いて！　てか、褒めすぎやないですか⁉　全部単なる思いつきやし、これがうまくいくかも、まだ分からんのですよ⁉」

多少は謙遜《けんそん》も含んでいるが、実際に成功するかどうかは未確定なのだ。

今からそんな大仰《おおぎょう》に感謝されても、正直困るというかいたたまれない。

「と、ともかく、これ以上立ち話もなんやし、くわしい話はどっか腰を落ち着けてやりましょ。あ、せや。ウチお腹空《す》いたし、村の名物を食べたいですわ。ジビエが有名らしいですやん？」

話の矛先をどうにか別に向け、一旦源泉の傍《そば》から離れて村の中心部へと戻った。

それから彼女の希望通り、村の特産品をふんだんに使った昼食を振る舞ってもらい、父を交えて配管や足湯にかかる費用についての話を詰め、脳内でふんわりとまとめていた『道の駅計画』も提案してみた。

これまで黙って通りすぎていった旅人たちが、骨休めのため温泉を目当てに寄るようになれば、村の収益も増えて財政が今まで以上に潤《うるお》うし、生まれ故郷に仕事があれば若者の流出も抑えられる。

そうプレゼンしてみると、緩やかな過疎化に悩んでいた村人たちは明るい未来に思いを馳せ、前向きに検討してくれることになった。

その合間にふと温泉卵のことを思い出したので作り方を教え、試しに作ってくれたものをいただいた。

カツオや昆布の出汁《だし》はないので、味付けは塩だけだったのは残念だが、ゆで卵と同じだと思えば問題ない。見た目も食感も前世で知っている温泉卵そのもので大変感動した。

温泉水のほのかな腐卵臭と相まって始めはみんな嫌厭《けんえん》していたが、プルプルの白身の柔らかさと、黄身の絶妙なトローリ感に、瞬《また》く間にその場の全員が虜《とりこ》になった。

両親もいたく気に入った様子で定期購入を検討しているし、領主夫妻のお墨付きをもらって勢いづいた村人たちは、新たな村の名物にすべく養鶏場を作る計画も同時進行させ始めてしまった。

(アカン、普通のお湯でも温泉卵は出来るって言われへん空気や……どないしよ……)

もしその事実が露見した時は、温泉水で作るから温泉卵なのであり、それ以外はただの半熟卵なのだと言い張るしかない。盛り上がる大人たちの中で一人冷や汗をかきつつも、腐りやすいのでお土産《みやげ》ではなく飲食店で提供するようにとだけは注意した。

そんなこんなで道の駅計画がざっくりとだがまとまり、ジゼルは出されたお茶をのんびり啜《すす》る。

「うーん、あとはここに温泉付きの別荘があったら文句なしやなぁ……」

提案が受け入れられて気が緩んだせいか、つい欲望がだだ漏《も》れになってしまったが、それを耳ざとく聞きつけた親馬鹿な両親の目がギラリと光った。

「聞きましたか、あなた！　ジゼルちゃんは別荘が欲しいのですって！」

「ジゼルのためなら別荘の一つや二つ、すぐに用意してあげるとも！」

「ふおっ⁉」

何げないつぶやきにより小さな村に公爵家の別荘が建つことが決まり、温泉を引くための配管工事の費用の半分を公爵家が出すことになった上に、建築資材として山から採れる木材を仕入れることも決まった。

こうして意識的にも無意識的にもポルカ村の未来に貢献したジゼルは、のちのちまで村の大恩人として語り継がれることになるが——それはまた別の話。


すべての話し合いが終わると、夕刻ではあるがすでに外は真っ暗だった。

宿場町にまで戻れば富裕層御用達《ごようたし》の高級感のあるホテルもあるが、道中の安全を考えると村に留まる方がいいし、何より「みな様のために温泉の湯をご用意します」と言われれば、二つ返事で了承するしかない。

その日は村で唯一の宿屋に宿泊することになった。

使わなくなった民家を改装したのだろう、民宿っぽい印象のこぢんまりした宿に、最初両親は難色を示したが「庶民の生活体験に興味がある」とジゼルが言うと、不承不承ではあるが了解してくれた。

昼食より豪勢な食事をお腹いっぱい堪能《たんのう》したのち、念願の足湯に浸《つ》かれることになった。

「ふああ……ええお湯やぁ……」

「本当だなぁ……浸《つ》かっているところから、疲れが流れ出ていくようだ……」

「足を浸《つ》けてるだけなのに、全身がポカポカするわねぇ。すごいわねぇ、温泉って」

分厚い夜着《よぎ》の上からガウンを羽織った三人は、ふやけた表情で温泉の温もりに包まれていた。

かがり火を焚《た》いた庭先に長椅子を並べ、ジゼルを挟むように親子三人並んで腰かけ、湯を張ったワイン樽にそれぞれ足を突っ込んでほっこりする。

「別荘が出来たら、家族で温泉旅行に来ような。こんな感じの足湯やったら、今日来られへんかったお兄ちゃんも一緒に入れるし……お酒とおつまみも用意して、お月見とかしたら最高やない？」

「はは、それは楽しそうだな。でも、ジゼルはジュースだぞ」

子供は飲酒禁止、としっかり釘を刺された。

呑兵衛《のんべえ》というほどではないがお酒好きだった前世もあり、そろそろお子様生活にも飽きていたのであわよくばと思い提案してみたが、残念ながら場の空気に流されてはくれなかった。無念。

「そら今はアカンやろうけど、そのうちウチかてお酒飲める歳になるで」

「そう、だな……そうしてやりたいのはやまやまなんだが……」

何故か言葉を濁しながら遠い目をする父と、黙ったまま苦笑を浮かべる母を交互に見やり、小首をかしげるジゼル。

「なんやの、お父ちゃんもお母ちゃんもケッタイな顔して」

「お前は覚えていないだろうが……ああ、いや、なんでもない。気にしないでくれ。その時は私たちが腹をくくるよ」

「ええ？　一体何がなんやの？　もったいぶらんと教えてぇな！」

のらりくらりとかわそうとする父を尋問してどうにか吐かせた結果、両親は七歳の頃にジゼルがしでかした事件を語ってくれた。

公爵夫妻が寝室で晩酌用のワインを傾けていた時に、寝付けなかったジゼルが遊びに来たことがあった。親子三人でしばらく楽しい時間を過ごしていたが、好奇心旺盛な彼女がグラスに入っていたワインをジュースと間違えて一口飲んでしまったらしい。

まあ、それくらいならありふれた日常の一コマだ。

両親も苦笑いしながらジゼルの手からグラスを取り上げ、寝かしつけようとしたそうだが――その直後、顔を真っ赤にした娘が毒キノコでも食べたかのようにケタケタと笑い転げたのを見て、びっくり仰天したそうだ。

わけが分からず大慌てで医者を呼んだが、ジゼルは医者が来る前にゼンマイの切れたオモチャのようにパタリと倒れてしまい「すわ毒薬事件か!?」と屋敷がひっくり返りかねないほどの大騒ぎになった。

しかし、そのワインから毒は見つからず、ジゼルの体もなんともないと診断され、奇行も単なる酔っ払い現象だと片付けられた。

娘に何事もなくほっと一安心した両親だったが、その安堵も長続きはしなかった。

翌日ジゼルに話を聞いてみると、酒を飲む前後の記憶がすっぽりと抜けていたので、別の意味で震撼《しんかん》したのは言うまでもない。

そう、ジゼルは極端に酒に酔いやすい上に、酔えば記憶が飛ぶ体質だったのだ。

食卓の酒の匂いで酔ったことはないし、加熱でアルコール成分が飛ぶせいか酒を使ったお菓子や料理にも酔わないので、直接摂取しなければ大丈夫なのだろうが――見た目は子供でも中身は酒好きのアラフォー女は、一切の酒を受け付けない体にショックを隠せなかった。

「おおお……なんちゅーこっちゃ……」

アルコールに弱い子供という部分を除いても、おそらくは先天的なものだ。

(転生先がまさか、一滴も飲まれへん超下戸《げこ》やなんて!)

しかも酔ったら病的な笑い上戸に変身した挙句、意識も記憶もぶっ飛ぶとは。笑い上戸なのにまったく笑えない現実だ。

社交場で酒類を飲まないことは令嬢にとって自衛手段だし、公爵令嬢に飲酒を強要する立場も限られてくるとはいえ、ジュースと間違えて飲んだら一大事だ。泥酔による不祥事を回避するためにも、公《おおやけ》の場では飲み物に細心の注意を払わなくては。

「教えてくれてありがとさん……迷惑かけたらアカンし、お酒は飲まんことにするわ……」

虚《うつ》ろな目で禁酒の誓いを立てるジゼルに、両親はオロオロとしながらフォローを入れる。

「お、お母様と一緒なら大丈夫だから、ね？　迷惑なんて言わなくていいのよ、どんなジゼルちゃんでもお母様は大好きだもの！」

「そ、そうそう。人前ではダメだが、私たちだけなら遠慮することはないぞ！　成人したら好きなだけ飲みなさい！」

「いやいや、好きなだけ言うても一口でバタンキューやったら、ウチもみんなも楽しむどころやあらへんやん。ちゅーかお酒なんか飲めんでも、ジュースでもお水でもウチは構へんで。大事なんは家族一緒で楽しむことやからな」

涙目になる両親が不憫《ふびん》すぎて大人なフォロー返しをすると、二人は感極まった様子で「ジ、ジゼルから後光が！」「尊い！」などと口走り出した。

「またそんな冗談――」

親馬鹿の妄言を笑い飛ばそうとしたが、言われてみれば背後が妙に明るいことに気づいた。

かがり火の他にいくつか足元にランプは置いてあるが、それにしたって光源がなんだか近すぎるような……と思いながら振り返ると、ジゼルの背後でテッドがランプを持って佇《たたず》んでいた。

ちょうど後光に見える位置で。

「……テッド、何してんねん？」

「お嬢様の尊さを表現するお手伝いをしようかと」

「いらんことせんでええわ！　お父ちゃんもお母ちゃんも、変な勘違いしてるやん！」

「失礼しました」

口ではそう言っているが、絶対に面白半分でやっているに違いない。

まったくもってロクな従者ではないが——突っ込み甲斐のあるネタをぶち込んでくるのは、笑いに生きる元大阪人として嫌いなタイプではない。従者としてはどうかと思うが。

そんなくだらないやり取りをしながら夜が更け、温泉の名残《なごり》を惜《お》しみつつ早朝に村を出ることになった。

＊＊＊＊＊

少しだけ時間はさかのぼり、ジゼルたちがポルカ村に出発してすぐのこと。

ベテランメイドが掃除を終えたばかりのジゼルの自室に、招かれざる客——新米メイドのカミルの姿があった。

気配も足音も殺して静かに室内を歩き回り、舐めるように室内の隅々を見回しながら壁や床を小さくノックしている様子は、屋敷の構造に不慣れで迷い込んだようには見えない。

何を隠そう、カミルはただのメイドではない。アーメンガートがミリアルドを唆《そそのか》して派遣させた、影衆《かげしゅう》の一人だ。

まだ年若く経験は少ないが隠密行動と情報収集を得意とし、ジゼルやハイマン家の動向を逐一報告しつつ弱みを握るよう命じられている。

王国貴族の頂点に立つ公爵家だけあって使用人一人雇うだけでもチェックが厳しく、メイドとして潜入するのが精いっぱいだったが、下手に近くにいるより遠くから観察している方が見えることも多いし、下っ端たちに紛れている方が下世話なゴシップや噂話が耳に入りやすい。それらは面白おかしく脚色されているようで、往々にして真実が含まれているものだ。

せっかくベストポジションで仕事が始められたと思ったのに……ここで大きな誤算が生じた。

（どいつもこいつもあのデブス令嬢を崇《あが》めてるとか、意味が分からないんだけど⁉　ゴシップどころか悪口一つ出てこないなんて、貴族としてあり得ないでしょ！　どうなってるの、この家！）

上級貴族など嫌われてナンボの存在のはずなのに、この屋敷では雇い主を悪く言う人間が全然いなかった。主家に対する忠誠心の篤い従僕や侍女はともかく、下っ端たちから不平不満を聞かないというのは異様だ。

特にジゼルは公爵邸ではアイドルのように扱われ、家族から溺愛されているだけではなく、使用人たちからも絶大な人気を誇っている。

金や権力で従わせている風ではないが、さりとて飴玉ごときでほだされる馬鹿な人間しかいないとも考えにくい。クスリで洗脳しているのかとも邪推したけれど、副作用による倦怠感《けんたいかん》や躁鬱《そううつ》症状なども見受けられず、あれは本気で好感を抱いているのだと判断した。

確証は得られないまでも取っかかりはすぐに掴めると思ったのに、初《しょ》っ端《ぱな》から先行き不安でどうしたものかと悩んでいたが……温泉とやらの視察に行くとか言って、ジゼルが長時間屋敷を空《あ》けてくれる絶好の機会がやってきた。

しかも、あのテッドとかいう従者も一緒だというのだから、なお好都合だった。

彼は相当な切れ者だ。あの短い邂逅《かいこう》では影衆《かげしゅう》という正体に勘づかれてはいないはずだが、不用意にジゼルの周りをうろつくと危険だろう。できるだけ避けなくては。

（さて……じゃあ、鬼の居ぬ間に洗濯ならぬ、詮索開始と行きますか）

日記やメモから弱みを探すことが一番の目的だが、部屋の構造をしっかり把握して身を潜《ひそ》められる場所を見つけ、監視ないし盗聴用のスポットを作れたらさらに上出来だ。

こういうご令嬢の部屋には使用人が多数出入りするので、見られては困るものは机の鍵付きの引き出しと相場が決まっている。

ピッキングで開けてみたが、ジゼルは日記をつけるタイプではないようで一冊も見当たらず、入っていたのは友人や兄との手紙や押し花のしおりくらい。そこにも大したことは書かれていなくて、弱みにはなりそうになかった。

他にも隠し場所になりそうなところを漁ったけれど、めぼしいものは見つからない。

肩透かしを食らって落胆するカミルだが、これ以上触ると不法侵入がばれるかもしれないので中断し、潜伏場所探しに切り替える。

（壁や床は日々の掃除で目につきやすいだけに隙がない。外壁伝いにバルコニーから出入りできなくはないけど、見咎《とが》められるリスクはできるだけ避けたい……なら、あの天井に浮いているシミに紛れるような覗き穴を作るか）

任務を受けた際に与えられた公爵邸の見取り図で、天井裏に潜《もぐ》り込める場所は把握している。

今日は何も発見できなかったが、長期的に観察していればボロの一つや二つ出てくるはず――

そう思考を巡らせていると、廊下から足音が聞こえてきたので、緊急避難先として見繕っていたクローゼットに身を滑り込ませる。

ややあって、ノックもなしにドアが開いて誰かが入ってきた。

扉を細く開けた隙間から覗き見ると、二人目の招かれざる客は公爵家の長男ハンスだった。

「はあ、せっかくの休みなのにジゼルがいないなんて……ジゼル分が足りなくて死にそう……」

などとのたまいながら勝手にソファーに腰かけ、抱きしめたクッションに顔を押しつけている。

寂しくて泣いているのかと思ったが、どうやら匂いを嗅いでいるらしい。

(うえええぇ!?　気色悪ぅぅ……！)

全身に鳥肌が立つのを宥《なだ》めるようにさするカミルの視線の先には、何分もそこから動かずひたすらスンスン鼻を動かすハンス。筋金入りのシスコンだとは聞いていたが、こんなに変態だとは予想外である。

しかし、これはこれで立派な醜聞《しゅうぶん》ではある。公爵家の威厳を貶《おとし》めれば、ジゼルも社交界で大きな顔はできまい。これだけでは任務達成とはいかないが、着任から二週間ばかりにしてはいいネタを仕入れられた。

ハンスの変態ぶりがすでに周知の事実だと知らないカミルは、出世に一歩近づいたと一人ほくそ笑むが……さっきまで微動だにしなかったハンスがおもむろに立ち上がり、クローゼットに近づいてくるのが見えて血の気が引いた。

潜伏がばれたのか、妹の服まで物色しようとしているのか……どちらにしても万事休すだ。

（こうなったら、開けた瞬間に気絶させて逃走するか。服で顔を隠しとけば、犯人の特定はできないだろうし）

そうカミルは腹をくくって、いつでも飛び出せるよう構えていたが、

「ハンス様、やっぱりジゼル様のお部屋にいらっしゃったんですね！」

夜叉《やしゃ》のような顔になった家令が入ってくるなり、ハンスの首根っこをむんずと掴んだ。

「旦那様から任されているお仕事が全然進んでいませんのに、こんなところで油を売っている場合ではありませんよ！　ささ、執務室へ参りましょう」

「ちょ、ちょっとだけ、もうちょっとだけジゼル分を補給させて……！」

「後から枕でもクッションでもなんでも持ってこさせますから、今はお仕事に専念してくださいませ。さもなければ、ハンス様の変態行動をジゼル様に暴露することになりますよ」

「ううう……ジゼルにだけは嫌われたくない……」

筋肉があまりなさそうな細身の初老の男性なのに、こちらも細身とはいえ十代の少年を軽々と引きずっていき――最後にわずかに開いたクローゼットに訝《いぶか》しげな視線を向けつつも、家令は静かにドアを閉めて出ていった。

慎重に聞き耳を立てるが、足音はすぐに遠ざかり戻ってくる様子もないので、カミルはそっとクローゼットから抜け出す。

（た、助かった……でも、あの爺さんも油断ならない感じだな。さすがは公爵家使用人のツートップにして、あの食えない従者の上司ってところか）

安堵の吐息と共にそんな感想を抱きつつ、足早にジゼルの部屋を後にした。

＊＊＊＊＊

小さな村から湧き出た温泉騒動だったが、ジゼルの知恵により災い転じて福となす結末を迎え……いつの間にか冬が終わろうとしていた。

このところ心地よい晴天が続いたおかげで、各地から例年より早い雪解けが報告されており、それに合わせて社交シーズンの開幕も早まるかと思われた矢先、思わぬ訃報《ふほう》が届けられた。

現国王フレデリックの生母である王太后の崩御。

それに伴い全国民には約三か月喪《も》に服するようお触れが出され、貴族たちも雨季が明けるまで社交を自粛することになった。

社交がなければ王都にいる必要性のないハイマン家は、学生であるハンスだけを送り出し、そのまま領地に留まることにした。

「なんでまた僕だけ除《の》け者扱いなのー!?　僕もジゼルとイチャイチャしたいー！」

馬車に揺られてドナドナされていく変態兄は、男泣きしながらみっともなく喚《わめ》き散らしていたが、ジゼルも慣れたもので「はいはい、夏休みになったらなー」と笑顔で見送る。

何しろ今の彼女の脳内は、兄よりも重大事項が占めているのだ。

（こうして自由に動ける時期に領地におれるのは珍しいし、今のうちに内政チートのネタをガンガン仕入れとかな！）

ポルカ村での一件で自信をつけたジゼルは、さらなる躍進を目指して情報収集に乗り出そうとしていた。

普段領地にいる期間は冬だけ。領地――ベイルードは雪で閉ざされる地域ではないが、寒さで経済も人の動きも軒並み滞《とどこお》るため、いいアイディアと巡り合える確率はぐんと下がる。

デビューがまだのジゼルは王都へ行く必要はないが、過保護な両親は目の届くところに置いておきたがるし、仮に留守番させてもらえたとしても、街に出てあれこれ調査するならどちらかが同行してくれる方が都合がいい。

なので、王太后の喪中《もちゅう》に不謹慎だが、市場調査のためさっそく父を利用することにした。

普段は領地経営を管財人たちに任せっぱなしの父だが、ジゼルが「お父ちゃんが領主のお仕事してるところが見たいわぁ」とおねだりしてみたところ、やる気満々で机に向かう姿を見せ、頼んでもないのにあれこれ教えてくれた。

相変わらず心配になるくらいチョロい。

それに味をしめて「自分の領地がどんなところか、知らんのは恥ずかしいわ……」としおらしく言えば、喜んで視察にあちこち連れていってもらえた。

視察と言ってもほとんど社会見学のようなものだし、護衛をゾロゾロ引き連れていたので落ち着かなかったが、庶民の暮らしに触れるのはとてもいい刺激になった。

母にも地元で援助している前とは別の孤児院に連れていってもらい、福笑いと飴玉を差し入れて子供たちの人気者になった。

子供たちだけでなく周辺住民にも、会う人会う人に「飴ちゃんあげるわ」と気前よく飴玉を配っているので、〝飴ちゃんのお嬢様〟と呼ばれる有名人になってしまった。

ネーミングは全然格好よくないが〝目立ってナンボ〟の習性を持ち、キャラの濃さを競う大阪人にとっては、親しみを込めて呼ばれるあだ名は名誉ある称号である。

もちろん視察現場でも至るところで飴玉を配りまくり、その二つ名は領地中に轟《とどろ》くことになるが……そんな少しだけ未来の話はともかく。

そうやって広めた見聞を元に、ジゼルは一週間ばかり部屋に籠《こも》って企画書を仕上げ、父の執務室へと持ち込んだ。

「お父ちゃん。ウチ、ええこと思いついたんや。これ見て」

「おやおや、なんだい？」

ずずいっと差し出された紙束の一番上には石畳の道を走る大型の馬車に、年齢も性別もバラバラの庶民風の出で立ちの人物が乗っているイラストが描かれていた。

「おお！　ジセルは相変わらず絵がうまいなぁ！」

「せやろ、せやろ――って、いやいや。ちびっ子やないんやし、お絵かきを見せに来たんとちゃうねん！　絵も大事やけど、字の方を読んでぇな！」

ノリツッコミをしつつ、表紙に書かれた文字を指さす。そこには『企画書・乗合馬車を走らせよう！』とあるが……見慣れない単語に父は小首をかしげた。

「乗合馬車とやらも気になるが……キカクショってなんだい？　計画書のことかな？」

「え？　企画書は企画書やん？」

人の上に立つ父が何故知らないのかと、同じように首をかしげるジゼルだが、ややあってそういうものがこの世界にはないのかもしれない、と思い至る。

上意下達《じょういかたつ》が徹底されたガチガチの縦社会では、意思決定はすべて上層部の仕事であり、部下から上司に意見を出すことはまずないだろうし、上が下々《しもじも》に「こんなことしたいんだけど、どう思う？」なんてお伺いを立てることもあり得ない。

だから企画書は存在しないが、決定事項を遂行するための計画書は存在する、ということなのだろう。

「あー……簡単に言うと、自分が考えたアイディアを、人に説明するために分かりやすく書類にまとめたモンや。百聞は一見にしかずっちゅーことで、ひとまず中身見てみて」

「ジゼルは本当にいろいろなことを思いつくんだなぁ……」

感慨深くつぶやく父の脳裏には、おそらくこれまでの視察という名の社会見学での出来事が、ありありとよみがえっているのだろう。

ジゼルは行く先々で知恵を披露し、大人たちを驚かせてきた。

どれも現代社会では当たり前のことだし、本当に思いつきレベルのことしか話していないし、それがこの世界でうまくいく保証もないので、やたらと褒めそやされるのは嬉しいよりも困惑が先に立ったが。

ジゼルが思い出して苦笑をしている前で、父が企画書をめくって——まんまるになった目をしばたたかせた。

公爵家当主だけあって数ある書類を捌《さば》くのに慣れているのか、一枚また一枚と素早く目を通してはめくり、最後の一枚を見終えると、しばし惚《ほう》けたような顔で動作を停止させたのち、うつむき加減で問うてくる。

「……これは、ジゼルが一人で作ったのかい？」

「え？　うん、まあ、そうやね。時々テッドに質問とか相談とかはしたことあるけど……どないしたん？　ウチ、なんか変なこと書いとった？」

刻一刻と変化していく父の表情を固唾《かたず》を呑んで見守っていたジゼルは、知らない間に何かやらかしたのではないかとヒヤヒヤしたが——

「違うよ、その逆だ！　素晴らしい、素晴らしいよジゼル！　こんなに可愛い上に天才なんて、神はなんと罪な生き物を作りたもうたのか！」

「え、ちょっと、お父ちゃん⁉　意味分からん！　テンション上がりすぎておかしなこと言うてるけど、大丈——ぶぐあっ⁉」

不可解なセリフを吐きながら感涙にむせび泣く姿にあたふたする間に、執務机から飛び出してきた父に力の限り抱擁《ほうよう》されるジゼル。

その勢いと腕力が強すぎて、令嬢としても女子としても終わった悲鳴が漏《も》れた。

部屋の隅で控えていたテッドが、思わずといった具合に口元に手を当ててプスッと噴き出すが、すぐに素知らぬ顔で直立不動の体勢に戻る。

使用人として正しい姿勢ではあるが……ここは普通に助けてほしいところだ。

「ちょ、テッド、助けっ……」

「これはすぐに検討……いや、実行に移さねば！　おい、テッド。管財人を呼んでくれ！」

「かしこまりました、旦那様」

主《あるじ》が救援要請をしているというのに、この従者ときたらサラッと無視した挙句、当主に命じられるまま執務室を出ていく。

仕えている人間よりも、雇い主の方が格上のようだ。悲しい力関係である。

「お、お父ちゃん……どうでもええけど、とりあえずギブ、ギブや……！」

あてにならない従者に早々に見切りをつけ、ギュウギュウに抱きしめてくる父をどうにかしようとしたのだが――

「……どうして神は、ジゼルを女の子としてこの世に生み出したのか……」

切なげな声色でつぶやかれた言葉に、ジゼルは身じろぎを止める。

父は娘ではなく息子を欲していた、なんてことはあり得ないはずだ。

すでにハンスという健康体の跡取り息子がいたし、流れた子の代わりとして拾われたジゼルを、女の子と知った上で育てているのだから。

ならどうして、今さらそんなことを言うのだろう？

不意に訪れたシリアスな空気に、ジゼルは表情を硬くする。

「お、お父ちゃん……？」

「いつかこの至福の柔らかボディを、他の男に渡さねばならないと思うと……いかん、はらわたが煮えくり返りそうだ！　むしろ憤死してしまう！」

「は？」

意味深発言に続いて何か重々しい胸の内を聞かされるのかと思いきや、結局いつもの親馬鹿フルスロットルの父だった。

しかも、引き合いに出されている内容がややセクハラ方向。

さっきの微妙な間とか空気感はなんだったのだとずっこけそうになるが、しっかり抱きしめられているので一ミリもずれない。いかにも文系然とした体形なのに結構な腕力である。

「ジゼルは絶対に嫁にはやらん！　ジゼルが欲しければ、私を殺して奪っていくがいい！」

「やっぱりお父ちゃんおかしいで!?　ていうか、どこの誰に向かって言うてんの!?　公爵様を殺してまでウチを欲しがる人なんかおらんわ！　親馬鹿も大概にしぃや！」

ブサ猫顔でぽっちゃりで大阪弁の令嬢……どう考えても規格外すぎる。

歳や身分が離れていようと、公爵令嬢というブランドで貰い手がつけばいいところで、血みどろの争いをしてまで欲しいなんて誰が考えるのだろう。

管財人の前に精神科医を呼ぶべきでは、と真剣に考えながらも、

（愛されてるってことやから、まあええか。お父ちゃんはイケオジやしな！）

と割り切れるあたり、ジゼルも大概毒されているらしい。

＊＊＊＊＊

そんな一幕がありながらも、管財人と顔を合わせる時間になった。

ケネスの執務室は本棚でいっぱいであまり広くなく、落ち着いて話をするために応接間で対応することになっている。

ノックののちに現れたのは、三十路《みそじ》になるかならないかの小柄な男性だ。細面《ほそおもて》で神経質そうな顔つきは、いかにも数字に強そうな理系の雰囲気を漂《ただよ》わせている。

彼の名はジェイコブ・ワーズ。

現管財人であるフレッド・ワーズの息子であり、父からいずれその座を受け継ぐため、秘書や助手といった立ち位置で仕事のサポートしている人物だ。

「いきなり呼びつけてすまないな。どうしてもすぐに意見が聞きたくて——おや、フレッドはどうした？」

「父は昨日から腰を痛めておりまして……代わりにわたくしがお話をお伺いするよう言付かっております」

「そうか。腰痛は長引くと厄介だし、フレッドもいい年だからしっかり養生するように伝えてくれ。おっと、話を始める前に紹介しておこう。娘のジゼルだ」

そう言うケネスの後ろからトコトコと現れたのは、彼が溺愛してやまない愛娘。

美男美女の公爵夫妻にはまったく似ていないし、不細工な猫によく似た顔はお世辞にも美しいとは言えないが、見ていて心が和《なご》むというか不思議と惹きつけられる愛嬌がある少女だ。

「どうも、初めまして。ジゼル・ハイマンです。お父ちゃんがいつもお世話になってます。お近づきのしるしに、飴ちゃんどうぞ」

家庭教師からみっちり仕込まれた、公爵令嬢にふさわしい滑《なめ》らかなカーテシーで挨拶したかと思うと、そこから大阪のオバチャンの必殺技・飴ちゃん攻撃のコンボが繰り出される。

通常では理解不能の暴投にジェイコブはビシリと固まってしまったが、ジゼルの背後にいるケネスの無言の圧で我に返り、おずおずといった感じで差し出された飴玉を受け取る。

「……管財人フレッド・ワーズの息子、ジェイコブでございます。以後お見知りおきを」

深く腰を折って一礼したジェイコブは、何故ここにジゼルがいるのか分からない様子だ。

エントール王国では基本的に女性が爵位を継承することはなく、もし一人娘で婿養子を迎えるしかない立場だったとしても、領地経営に興味を持つ貴族女性はほとんどいない。

やってはいけないという法はないし、その方面に才覚を発揮して歴史に名を残す女性もいる。ただ、生まれた頃から与えられることに慣れている彼女らには、自分たちで何かを成すという発想自体がないだけだ。

家計が厳しい貧乏貴族ならともかく地位にも財産にも恵まれた公爵令嬢が、さも当然のようにこの場に同席しようとしているのは不可解な光景だ。

「その……大変失礼かと思いますが、ジゼル様は我々の話に興味がおありで……？」

ジェイコブの問いに、ケネスの眉がピクリと動く。

やはり言うべきではなかったと後悔しかけたが、彼の目がキラリと輝いたのを見て別の意味で困惑が走る。

「ふふふ、聞いて驚け！　今日君を呼び出したのは他でもない、我が娘ジゼルが考え出した、素晴らしいアイディアを共有するためだ！」

「ジ、ジゼル様が？」

得意満面といった表情で拳を固めているケネスだが、どうにも信用できない。

だって目の前にいる少女は、明らかにデビュー前の幼い令嬢だ。子供の純粋な視点が役立つこともあるが、それなら一言、彼の口から付け加えてもらえばいいだけのこと。

ケネスの親馬鹿は有名だし、よもやこの小娘のつまらないわがままに盲目的に振り回され、挙句こちらまで付き合わせるつもりでは、という疑念が膨れ上がる。

「そうだとも！　ジェイコブ、フレッドからポルカ村のことを聞いているな？」

「ええ、温泉とかいう奇妙な地下水が出た村でしたね。そちらに別荘をお建てになるとかで、珍しく私財に動きがあったのは記憶しておりますが……その額がやけに大きいのは気になっていました」

「ああ、それは温泉を村へ引くパイプの整備に充てたせいだ。公爵家の別荘ができれば村に負担を強《し》いることになるし、迷惑料代わりにそのくらいの負担はしても構わないだろう？」

「旦那様が是《ぜ》とおっしゃるなら、わたくし共からは何も申し上げることはありません。ですが、それがジゼル様の同席となんの関係があるのです？」

「その村から出た温泉だよ。ジゼルは扱いに困っていた温泉の価値を教えてくれたばかりか、村の利益になるような提案をいくつも出してくれたんだ。まだ形にはなっていないから確かな実績とは言えないが、この子の発想力には私も脱帽したよ。だからまずは席に着き、黙ってこの企画書を読んでみたまえ。これが実現すれば、ベイルードは今より確実に発展するぞ！」

「もう、お父ちゃん！　説明始める前から不必要にハードル上げんといて！　ジェイコブさん、すんません。お父ちゃんの言うことは話半分どころか、八割くらいは聞き流しとってええですからね」

大風呂敷を広げる父親とは異なり、ジゼルは本気で困った様子で苦笑を浮かべている。

どちらが大人なのか分からないやり取りだし、ポルカ村の件だって親馬鹿のケネスのことだからどこまで本当か疑わしいが、ジェイコブにとって利になるならなんでもいいかと思い直す。

父の代理というまたとない機会で、父に邪魔されることなく手柄を立てるチャンスだからだ。

フレッドは腰痛を含めて体の節々にガタがきているし、さっさと息子に譲って隠居すればいいものを「お前はまだ半人前だ」などと言って、管財人の地位にしがみついている。

確かにジェイコブは父の補佐は問題なくこなしているが、いかんせん実績がない。

将来のためだと言って仕事を回してもらおうとするも、やっぱり半人前だという理由で遠ざけられてしまう。だから父の不調を喜ぶわけではないが、実績の欲しいジェイコブにとって今回のことは渡りに船だった。

（大仰《おおぎょう》に語られている分、期待薄な気しかしないが、使えるところだけ利用すればいいか）

言われるままソファーに腰かけ、ローテーブルに置かれた企画書なる紙束を持ち上げる。

表紙の絵は、子供の作品にしてはよく描けていると思う。人も物も特徴を捉えていて分かりやすい。

しかし、乗合馬車とは何か。普通の馬車とは違うのか。

頭をひねりながらページをめくると『乗合馬車とは』というタイトルの下に『不特定多数の客を乗せ、一定の路線を決められた時刻表に従って運行し、移動距離に応じて料金を徴収する大型車両の馬車である』といった説明が、大きなイラストを用《もち》いつつされていた。

歩けばタダのところをわざわざ金を払ってまで乗るメリットとして『雨天でも楽に移動できる』とか、『子連れや体が不自由な人でも気軽に出かけられる』とあり、病院や商店街など生活に必要な施設付近に、率先して停留所を設置する旨《むね》も書かれている。

運用に充てるための費用は、ある程度の期間は領地の税収と公爵家の財産を使用するが、いずれは運賃などの収入や、商人あるいは富裕層のスポンサーから宣伝広告と引き換えに出資をお願いする形に切り替えていくことも綴《つづ》られている。

また『回数券』や『定期券』なるものを発行し、通常より割安で乗れるようなチケットも考案されていた。これが普及すれば運賃の回収に手間取ることはないし、一度にまとまった金額が収入として得られるので、運営側としてもメリットは大きい。

どれも合理的で要点を突いた説明だし、横に分かりやすい図解が並べられているおかげで、ただ目で字を追うだけよりすんなりと頭に入る。

これなら活字が苦手な人でも、とっつきやすいだろう。

しかし、こんな書類の形式は今まで見たことがない。

乗合馬車というシステムも画期的だが、視覚的に物事を説明する方法はもっと画期的だ。

こうして見るとどうして今まで思いつかなかったのか、こんなの誰にでも真似できそうじゃないかと思うのだが……万人に理解させる作画センスと、説明内容を端的に要約する能力がなければ、ゴチャゴチャしたラクガキが出来上がるだけだ。

言い換えれば、ジゼルはその二つを持ち合わせているということ。

（これを、本当にあの令嬢が……？）

インテリ男にありがちな、女は頭が悪い生き物だという偏見は持っていないつもりだが、見るからに温室育ちのお嬢様が成し得たこととは思えない。

王都の学園で成績優秀者に名を連ねる令息のハンスならあり得る話で、もしかしたらそれを流用したのではないか——そんな疑念が湧き上がりつつも、ケネスに言われた通り黙って読み進める。

違うページには車両のイメージと思《おぼ》しき絵が描かれており、これによると、七、八人が乗れそうな横長の二頭立ての馬車を想定しているらしい。

窓の部分が大きく取られており、ドアも窓と同様に腰ほどの高さまでしかなく、上下が分離しているようにも見える。

通常と異なるのはデザイン面だけではなく、搭乗者も増えている。

馬を操る馭者《ぎょしゃ》だけではなく、車両に『車掌』なる人員も乗るのだとか。その人は出入口付近に待機し、料金徴収を含めた乗客への対応を一手に担う役割だという。

すべてを馭者《ぎょしゃ》にやらせるパターンも記されているが、走行中のトラブルへの対応が難しいことや、業務を兼任することで時刻表通りの運行が難しくなるなど、デメリットが多いことから却下とされていた。

随分と細かいところまで考えられているが……そうなると、ますますジゼルが書いたものとは思えなくなる。

疑念は深まるばかりだが、まだページは残っている。

他に何を語ることがあるのかと眉根を寄せながら、次のページをめくると——道の整備について触れられていた。

中流階級以上の住まいや商店が軒《のき》を連ねる中心街であれば、石畳できっちり舗装《ほそう》されているが、そこを抜けると土の地面というところもざらにある。

紙面には『馬車を効率よく走らせて定時に発着させるためには、舗装《ほそう》された道が必要』と書かれており、それはジェイコブにも分かる。だが、この手の開発事業には多数の工夫が必要だ。

人件費の問題は馬鹿にならない……という彼の心の内を読んだかのように、続きにはそれを解消する案が書かれていた。

『工事期間を冬季三か月に限定し、日雇い労働者やホームレスを率先して雇い、期間中は宿と食事を提供する』とある。

ベイルードの冬は冷え込みこそ厳しいが、あまり雪は降らない。工事に天候による影響は出ないだろう。

加えて日雇い労働者やホームレスを雇い入れることは、冬の寒さから彼らを守ることに繋がる。過酷な時期に温かい寝床と食事がつく仕事であれば、給金が安くても多くの人が食いつくに違いない。

また『勤務態度が良好な者、馬の飼育や馭者《ぎょしゃ》経験のある者は、審査の上、乗合馬車業務への雇用も検討する』とある。真面目に働けば正規雇用の道もあると分かれば、つらい肉体労働に精を出す原動力にもなるはず。

つまり、これは公共事業でありながら貧民救済でもあり、予算も両方の名目で出すことができる。総合的な出費の金額は変わらないが、二つの財布をやりくりして赤字を出さない工夫は十分に可能だ。

（……初期投資だけでどれだけのコストがかかるのか、ここには具体的に書かれていないし、オレもすぐには計算できないが……理屈の上では実現可能な事業計画だ。交通の便がよくなれば人流が増えて経済が回り、うまくいけば貧しい労働者階級を減らせる。つまり、税収増が見込めるってことだ。最終的にはプラスと考えていい）

領民の収入が増えればその分、税は多く納められるし、貧民層が一般人と同じくらいの収入を得ることになれば、これまで免除されていた税を徴収する対象者になる。

納められる税が増えれば、公爵家の財産も領地運営の予算も増える。災害時の備えにするにしろ、別の事業へ投資に使うにしろ、金はあるに越したことはない。

これが実現すればベイルードは今より確実に発展する――ケネスの弁はあながち誇張ではないどころか、真実のど真ん中を突いている。

（これを成功させれば、オレは親父に認められる）

これを考案したのがジゼルであろうとハンスであろうと、ジェイコブが采配を振るえば彼の手柄として加算されるはず。

そうなれば、次期管財人の座は約束されたようなものだ。

（それに――これは絶対に特許になり得る。利用しない手はない）

この国には画期的な発明品や新規事業に対し、安易な模倣を防ぎ発案者に利益を還元させるため、
十年間の〝独占特許権〟を付与される。

国に申請し受理されれば、その技術や事業形態を使用する相手に対し、毎年特許料を徴収できる。

その額も法の定める範囲内ではあるが、特許所有側が独自に設定できるので、最大値で十年荒稼ぎすれば、平民なら一生遊んで暮らせる金が手に入るだろう。

無論、公爵領の公共事業として行う以上、いくら管財人の立場とはいえ全額を自分のものにはできないが……あれこれ理由をつけて分け前の割合を増やすことは簡単だ。

この企画書があれば、地位も財産も手に入る。

輝かしい未来を想像して、ジェイコブの背筋にゾクゾクとした興奮が走った。

「……とても素晴らしい内容でした。さっそくこちらを持ち帰り、父と共に検討しま――」

「旦那様、発言を許可していただけますか？」

鞄に企画書を仕舞おうと腰を浮かせたところで、ジェイコブの言葉が遮《さえぎ》られた。

先ほどまでジゼルの後ろあたりで置物のように佇《たたず》んでいた使用人の少年が、小さく片手を上げてケネスに発言権を求めたのだ。

服装や立ち位置からして令嬢付きの従者なのだろうが……たかが使用人の分際で口を挟もうなどおこがましい。そんなもの公爵が許可するわけがないと思ったのに――

「なんだ、テッド。気になったことがあれば言いなさい」

あっさりと許可が下りた。高貴な人間の側仕えだから、使用人のナリをしていても平民の自分とは違う、相応の身分があるのかもしれない。

同じように主家に仕える立場でありながら、埋められない格差に胸中で歯噛みしている間にも、テッドは「では失礼して」とワンクッション置いてから、姿勢を正しジェイコブに向き直った。

「ジェイコブ様。野心家なのは大変結構ですが、お嬢様を踏み台にしてのし上がろうなどとお考えなら、今すぐ改めた方がよろしいかと」

「なっ……！」

前置きもなくほの暗い心の内を見透かされて動揺し、取り繕う間もなかった。

「ちょ、何をいきなり失礼なこと言うとるんや⁉」

「まあまあ。落ち着きなさい、ジゼル。テッド、それはどういう意味だ？」

怒りをあらわにするジゼルとは裏腹に、ケネスはやけに落ち着いた様子でテッドに問い返す。

「そのままの意味ですよ。ジェイコブ様はお嬢様の考えた事業案を、さも自分で立案したかのようにお父上に報告して手柄を総取りしようとしているのです。企画書を持ち帰るのも、お父上に見せる写しを取るためでは？　さすがに親子では筆跡でばれてしまいますからね」

虚偽の報告をするつもりもないし、企画書を丸写しするつもりもない。

ましてや公爵の愛娘を踏み台になど、命知らずなことは恐ろしくてできない。

だが、それに近いことは考えていた。受け取った企画書を秘匿《ひとく》し、ジゼルの小さな思いつきに自分が具体的な肉付けをした、という体《てい》を装《よそお》って報告して、令嬢を持ち上げつつも自分の株をより高く上げるつもりだった。

とはいえ、彼の言い分は誇張されすぎている。

冷静な状態であればくだらないと一蹴できたはずだが……図星スレスレのところを突かれたせいでまともに思考が働かず、つい声を荒らげてしまった。

「い、いい加減なことを言うな！　オレはそんなことはしない！　ただ、親父の意見を聞く必要があるから――」

「お父上に意見を仰いだ時点で、あなたの功績にはならないのに？　一刻も早く実績を上げて次期管財人に指名されたいあなたにとって、それは逆効果では？」

カッとなって反論したものの、意外な切り返しに言葉に詰まる。

どうして一介の使用人が――しかも一度も自分と顔を合わせたことのない少年が、そんな内情を知っているのか。蛇の目にも似た赤珊瑚《あかさんご》の瞳に射貫かれ、ゾクリとした悪寒が走る。

「何故、という顔をしていらっしゃいますが、その程度のことは屋敷の人間に聞けばすぐに分かりました。ジェイコブ様はフレッド様と共に、頻繁に屋敷に出入りされていますしね。旦那様もご存知だったはずでは？」

「ああ、まあな。息子が功を焦ってよからぬ真似をしないかと、心配したフレッドから相談されたことはある。その時は自分の息子を信じろと励ましたが……」

まさか、という視線を向けられ、ジェイコブは戦慄《せんりつ》した。

まずい。このままでは次期管財人として見限られるばかりか、不敬罪で罰せられる可能性まで出てきた。

「わ、わたくしはそのような大それたことは、決して考えておりません。確かに、父から後継者に指名されるための実績を求めてはおりましたが……ジゼル様を利用しようなどとは露《つゆ》ほども……」

「――なんやよう分からんけど、欲しかったら持ってってええで？」

殊勝《しゅしょう》な態度で弁明するジェイコブを前に、「何をくだらない」と言わんばかりの顔で、ジゼルが一刀両断する。

「別にウチは、手柄とかお金が欲しくてコレ考えたんとちゃうんや。ウチはウチの考えた企画が領民の幸せのためになるんやったら、誰が功労者になっても知ったことやあらへん。正直な話、名誉とか功績とかには興味ないしな。事情は知らんけど、どうしても欲しいんやったら、それくらい熨《の》斗《し》つけてくれたるわ」

欲しいならくれてやると言われて、素直に喜べるほど馬鹿ではない。

幼い令嬢に施されるなど大人としてのプライドが許さないし、それ以上にこれほどのアイディアを、なんの見返りもなくポンと放り出す神経が理解できない。

よもや彼女は、自分がどれだけ大きなことを成そうとしているのか自覚がないのか。うまくいけば領民が豊かになるばかりではなく、公爵家としても莫大な財を築くことができるというのに。

ジェイコブの疑問を代弁するように、テッドが反論する。

「手柄を与えるということは、独占特許権もジェイコブ様に譲るということですが、お嬢様はそれでもよろしいのですか？」

「そんなん、申請せぇへんかったらええやん。金も利権も争いの元や。いらん、いらん」

ジゼルはヒラヒラと手を振りながら、金の生《な》る木すら一刀両断した。

それはもう、小気味よくスパーンッという音がしそうなほどに。

「便利でええモンは、みんなが自由に使えるようにすべきや。利益は独占するモンやのうて、還元するモンやで。そら、こっちの正確な情報開示をするには、個別にお金をもらうんが商売いうモンやけど、勝手に真似するんは『どうぞご自由に』ってところや。模倣から生まれる発明もあるしな」

ここにいるのは十を少し過ぎたばかりの少女なのに、まだ自分の欲に忠実に生きているような年頃のはずなのに……誰かの言葉を真似ただけとは思えない、重みや実感が込もっている。

とても世間知らずのお嬢様とは信じられない。

「まあ、特許云々《うんぬん》のことはともかく、ウチは十年もせんうちにお嫁に行って公爵家からおらんようになる身の上や。せやったら――」

「嫁ぇ⁉　やらん！　ジゼルは絶対に嫁にはやらんぞ！」

「やかましわ！　お父ちゃんはちょっと黙っとって！」

バシンッと重たい裏拳を胸部に叩きこまれ、ケネスはゲホゲホと咳込む。

しかし、その表情が何故か嬉しそうなのが怖い。愛娘には何をされても嬉しいものなのか、それともそういう趣味……と思考があらぬ方向に行くのを、ジェイコブはどうにか食い止めた。

笑いをこらえながらも無表情を装《よそお》い、むせる公爵の背を撫でるテッドを横目に、ジゼルはこめかみに指を当てて話を元に戻す。

「えっと。なんや、お父ちゃんのせいで話の腰が折れてもうたけど……とにかく、そのうちおらんくなるウチより、これから二十年三十年と領地に尽くしてくれるジェイコブさんの手柄になる方が、いろいろと合理的なんは事実やろ？」

「おっしゃりたいことは分かりますが、お嬢様はそれでよろしいのですか？」

「せやから、ウチは構へん言うてるやん――ちゅーか、なんやジェイコブさんのパクリ疑惑が確定しとるような空気やけど、まだ企画を提案しただけでなんも始まってないし、やらかしてもないことを責めたったらアカンやろ。いろいろ事情はあるっぽいけど、決めつけは冤罪《えんざい》の元やで。気ぃつけや」

叱られたテッドは甘い考えの主人に呆れた様子を滲《にじ》ませつつも、「以後気をつけます」と慇懃《いんぎん》に頭を下げた。

「お父ちゃんも、証拠もないうちから犯人扱いしとったやろ。アカンで」

「ご、ごめんよ、ジゼル。だからどうか嫁には……！」

「引っ張りすぎや！　そのネタはもうええねん！」

もう一度ケネスを裏拳で沈めたのち、ジゼルはニコリと笑ってジェイコブに向き直る。

「なんや、ウチの従者が変なイチャモンつけてすんませんでした」

なんだかグダグダなオチになったが、助かったと思っていいだろう。やけに含蓄《がんちく》のある台詞《せりふ》には驚かされたが、結局は人を疑うことを知らないお子様でよかった。

人の好《よ》いケネスの娘なだけに所詮《しょせん》は温室育ちということだ、と詰めていた息を吐き出す。

想像していた大きな利権は得られそうにないが、うまく立ち回れば別口で利益を得ることはできるかもしれない。ここは穏便に流さなければ。

「い、いえ、わたくしの事情からして、疑われて当然ですから。他意がないと、分かっていただければいいのです」

「そう言うてもらえると助かりますわ。せやけど——この事業を隠れ蓑《みの》に詐欺や汚職に手ぇ出すとか、裏帳簿作って隠し財産作ってるのが分かったら、ドタマかち割って簀《す》巻きにして海に沈めるつもりなんで。そこんところ、よろしゅうに」

「え……」

朗《ほが》らかな表情を崩さずさらっと令嬢らしからぬ物騒な発言をするジゼルに、ジェイコブは戦慄《せんりつ》した。口調は冗談めかしているのに、目は全然笑っていない。

信頼していると匂わせておきながら、裏切ったら容赦しないと釘を刺してくるとは。しかも、心を読まれたのではと思うほどのタイミングのよさだ。

テッドはそれを窘《たしな》めるどころか、「公爵領には海はないので、川にしてください」とあらぬ方向の指摘をするし、ケネスはケネスで「完全犯罪はお父様に任せておきなさい」と煽《あお》るようなことまで言う。

誰も彼女を止める者はいない。むしろ命令一つでどんなことでもやりそうだ。

――ジゼル・ハイマンを、決して敵に回してはいけない。

人一倍反骨精神と野心のある男だと自負していたジェイコブだが、ただ者ではないどころか大物すぎるジゼルに勝てる気がせず、人知れず服従を誓ったのだった。

＊＊＊＊＊

それから二週間後。場所は同じく公爵家の応接室。

「この度は、父ではなくわたくしをご指名いただき、誠にありがとうございます。誠心誠意ジゼル様をサポートさせていただきますので、どうぞよろしくお願いいたします」

再び屋敷を訪問したジェイコブが、折り目正しく腰を折る。

先日、帰宅の途についた時は随分としょぼくれた様子だったが、今日はどちらかと言えばやる気に満ちあふれている感じすらする。

……ジェイコブの抱える事情について、ジゼルも少しだけ教えてもらった。

三十を前にしてもフレッドから半人前扱いされ、どれだけ補佐を頑張ろうと地位を受け継ぐことができなかった彼は、能力を認めさせるための実績をずっと求めていた。

そこに降って湧いたように出てきたジゼルの企画書を、これ幸いと不正利用しようとした……と父もテッドも考えていたようだ。

追及された時にかなり狼狽《ろうばい》していたから、少なからずその魂胆《こんたん》はあったのだろう。

とはいえ、ジゼルとしては手柄がどうこうという話には本当に興味がないので、実のところ「勝手にどーぞ」というスタンスだったのだが……まあ、嘘がバレた時のリスクを考えれば未遂に終わってよかったのだろう。物理的に彼の首が飛んでいたかもしれないし。

「まあまあ、そう堅苦しくならんでええですよ。成功するか分からんモンにジェイコブさんを付き合わせとるんですし」

「いえ、その点に関してはさしたる問題はないかと思います」

ジェイコブは自信ありげに言い切り、鞄からいくつもの紙束を出すと、この間と同じように父とジゼルが並んで座る前に広げる。

ジゼルの企画書と口頭補足を基《もと》にした予算シミュレートと、それに付随する様々な資料だ。何かの書物を抜粋した写し書きもある。

インターネットもパソコンもコピー機もないのに、これだけの山のような書類を二週間で作成できるとは……実は思いっきり有能な人材ではないのか？

半人前だという彼の父親の見解は、身内だからこその厳しい評価なのではと疑うほどだ。

「……まだ試算段階ではありますが、事業開始に伴う財源はほぼ確保できる計算になっております。開通が予定されている中心街のルート上で聞き込みをしてみましたところ、おおむね好意的な意見だったので、わたくしの見立てでは事業として成り立つと考えます」

「ホンマに？　専門家さんにそう言うてもらえると嬉しいわ」

「専門家というほどでは……」

手放しに褒められて面映《おもは》ゆいのか、ジェイコブは首筋をかきつつ続けた。

「えっと。それで路面工事についてですが、元々馬車道として舗装《ほそう》されている道なので、全体的に軽く修繕するだけで済むでしょう。それだけでは人員も時間も余ると想定されるので、車庫や厩舎《きゅうしゃ》の建設も同時に進めるつもりで資材の発注をかけますが、よろしいでしょうか？」

「構わない。無駄を省《はぶ》けるならそれが一番だからな。だが、工員の宿は手配できるのか？」

「ホームレスたちには運河沿いにある商家の空《あ》き倉庫を借りて、簡易宿泊所を提供する予定です。一か所にまとめる方が食事の世話も勤怠管理も楽ですし。安宿を拠点にしている日雇いたちには、宿代を給金に上乗せする方針です」

ジェイコブはテーブルに並んだ資料を問いごとに一つ一つ提示しながら、フワッとしていたジゼルの事業計画に、明確な肉付けをしていく。

細かい数字については、相場を知らないジゼルにはチンプンカンプンだったが、父が異論を唱えないところを見ると問題ないのだろう。

まだ机上の空論に過ぎないけれど、どんどん現実味を帯びていく計画に心が躍る。

しばらくは成功を確約させるような話しぶりが続いたが――ややあって、ジェイコブが声のトーンを落とした。

「ただ……車体製造に関わる金額だけが少々、いや正直に申し上げてかなり予算オーバーなのがネックでして」

彼が差し出した紙束は、大工工房が算出したらしい見積書だった。

調べてもらった価格よりも格段に高い。通常よりもサイズが大きく特注なので、ある程度高価になることは予測していたが、その倍以上はかかっている。

「いくつかの工房に見積を出させましたが、どれも似たような金額で、これ以上の値切り交渉も無理でした。完全に新型の車体の開発になるので設計図からの作製になりますし、走行性と安全性を確保するため試作を重ねる必要があります」

「あー……普通に注文するより、試作分の人件費と材料費が上乗せされるんやもんな」

「左様でございます」

やたらと職人の日当《にっとう》と木材の代金が多いなと思ったのは、そのせいだったのか。

せめてジゼルが設計図だけでも引ければいいが、建築に関するスキルは持っていない。せいぜいあの企画書のようなイメージ図が描ける程度だ。

それがある分、図面を起こすのは楽になるだろうが、ミリ単位の狂いが命取りになる仕事なだけに、口で言うほど簡単に出来上がるものではない。

ジゼルが事情を話し直接工房にお願いに行けば、多少の融通《ゆうずう》は利くかもしれないけれど、あまり無茶な値引きをして職人の生活を脅《おびや》かしては本末転倒だ。

ライトノベルだとなんでもトントン拍子に話が進む感じがするが、やはり現実は違う。

（どこの世界でも、お金の問題は世知辛《せちがら》いわぁ……）

ジゼルに金策に特化したチート的な何かがあればよかったのだが、残念なことにそれらしいものは何もない。

先天的に持っているものと言えば、本人無自覚のブサ猫萌えくらいだ。なんの役にも立たない。

「こればっかりは、お預かりしている資金だけではどうやりくりしても足りません。公爵家で融通《ゆうずう》していただく方法もありますが……解決策として、道路整備などの公共工事はともかく、乗合馬車業務については領地経営としてではなく、会社を起業することをお勧めします」

「『会社？』」

親子の疑問がハモるのを見て、ジェイコブは口角を上げた。

「ええ。起業することはリスクも伴いますが、〝商工組合〟に加盟できるのは大きなメリットです」

商工組合とは、豪商たちが設立した商人や職人たちの互助会のような組織だ。

一定の組合費を支払うことで、仕事の斡旋《あっせん》や、災害や傷害による保険など様々な恩恵が受けられる。ざっくりと言えばギルドのようなところだ。

「組合では見込みのある新規事業は無利子で融資を受けられますし、もしも当方に過失がある事故などが起きて賠償が必要になる場合でも、組合費さえ払っていれば、組合から従業員や被害者に対し一定の保障が与えられます」

「うーん、そういう保障はありがたいけど、資金集めに関してはウチに考えがあるんや」

サービスや商品の提供と引き換えに出資をお願いする、クラウドファンディング方式を説明すると、ジェイコブはそのアイディアに関心を示しつつも、首を縦には振らなかった。

「であれば、なおのこと公共事業ではなく会社化した方がいいでしょう。そうでないと、公爵家が一部領民と癒着《ゆちゃく》していると、悪意を持って捉えられるかもしれません」

「あー……それはかなわんなぁ……」

政治家の不正というものは、疑惑だけでその人を社会的に抹殺する威力がある。公爵家の権力でもみ消せそうではあるが、そういう悪役じみたことはできるだけやりたくないし、やらせたくもない。

「それに、組合関係以外にも利点はありますよ。会社化すれば、業務形態に関する権利と収益をジゼル様の管理下に置けます。そのことにより、ジゼル様がいずれ公爵家を離れても、個人の財産として所有し続けることができますし、増えた資産の使い道をご自分で選べます」

特許を放棄するくらいなのでジゼルは利益に頓着《とんちゃく》はしないのだが……自分が自由に使えるお金が増えるのは悪くないどころかプラス要素だ。

他にもやりたいことはいろいろあるし、個人の資産であれば寄付をするのにも気を遣わなくていい。持参金代わりにすれば家計の負担も減るし、これを目当てに縁談が来るかもしれない。最悪、嫁に行けなかった場合も家族に迷惑をかけずに済む。

それに、自分の会社であれば人事権だってあるはず。就職先に困る孤児たちの受け皿になれるかもしれない。どれも事業が成功することが前提の話ではあるが、会社という形は案外メリットが多い。

「なるほどなぁ。ウチはお金儲けに興味はないけど、儲けたお金がまた別の形で領民に還元されるんやったら、ええことやと思います。せやけどウチはまだ子供やし、法律とかの問題があるんやないですか？」

「ご心配なく。名義はケネス様で申請し、成人と共にジゼル様に書き換えればよろしいかと。経営に関しましてはご父兄様のお力を借りつつ、わたくしも全力でサポートいたしますので、安心して采配を振るっていただければ。もちろん、外部から専門家を雇うことも可能です」

しれっと自分も頭数に入れているあたり、殊勝《しゅしょう》な態度を取りつつも野心は忘れていないらしい。まあ、野心は向上心とある意味同義だし、父も兄もよくも悪くも毒気や野心に欠ける人間なので、一人くらいそういうタイプがいた方がいいのかもしれない。

「お父ちゃんはええの？　お兄ちゃんもまとめて、公爵家の男性陣を利用しとる形になっとるやん」

「子供のやりたいことを応援するのは、親として当然のことだ。ましてそれが領民のためになるなら、私もハンスも喜んで協力する」

「お、お父ちゃん……！」

「それに……ただでさえ可愛くて賢いジゼルが、女社長になどなったら……下心満載の有象無象《うぞうむぞう》どもが大挙してくるじゃないか！　お父様たちが傍《そば》にいて、そんな不貞の輩《やから》どもからお前を守らねば、他に誰が守るというのだ⁉」

「残念すぎる回答！」

前半はキリッとした表情も相まって格好よかったのに、後半は台詞《せりふ》も表情も妄想が暴走していて感動がどこかへ消えてしまったが――こうしてジゼルは、予定外の会社経営に乗り出すことになった。

ジェイコブに用意してもらった会社設立のための書類もほとんど父が仕上げ、初《しょ》っ端《ぱな》からすることがなかったが、社名だけは自分で考えるようにとのお達しがあった。

三日三晩ウダウダと考えあぐねて、「こういう時はノリと勢いや！」とインパクト重視の名前をいくつか候補に挙げてあみだくじを作り、テッドに引かせたところ〝ブサネコ・カンパニー〟に決定した。

……まあ、どれも似たり寄ったりのネーミングセンスだったし、くじを引いただけの彼を恨むつもりはないが、ブサ猫令嬢が経営する会社がブサネコ・カンパニーとは……プルプルと肩を震わせていたテッドとは裏腹に、あまりにマッチしすぎて全然笑えなかったジゼルだった。

＊＊＊＊＊

「――ふん、あのデブスが起業ねぇ……相変わらず生意気なことを考えるものね。ていうか、ブサネコ・カンパニーとかダサすぎじゃない？　ネーミングセンスなさすぎて笑いも出ないわ」

ところ変わって王宮。

ミリアルドの不在を狙って人払いをした室内で、ソファーにゆったりと腰かけてカミルからの報告書に目を通していたアーメンガートが、ブツブツと文句をつぶやきながら短く鼻を鳴らした。

影衆《かげしゅう》を派遣して約四か月。弱みらしいものが何も握れずやきもきする一方で、ジゼルが人心を掴み活躍する様子ばかりが伝わってきて、腹立たしいことこの上ない。

三大公爵に数えられるハイマン家のガードが堅いのは予想済みだった。とはいえ内側から探ればボロの一つや二つ安易に発見できるはずと高をくくっていたが……陰口の材料になりそうなネタ一つ仕入れられないとは思わなかった。

（カミルとかいう奴、本当は使えない人間なんじゃないの？）

アーメンガートはまだ正式な王族ではないので直接顔を合わせていないが、ミリアルドが言うには若手ながら優秀な人材らしい。しかし、叩けば埃《ほこり》が出るのが常の上級貴族がこんなにクリーンなわけがないし、その評価ははなはだ怪しいものだ。

まあ、まったく収穫なしだったとは言わない。

ジゼルを変態レベルで溺愛するあの一家を失脚させるには、彼女を狙うのが最も効果的だということだけは確信が持てた。

だが、アーメンガート自身はハイマン家をどうこうするつもりはなく、単に目障りなジゼルを視界から消すことが目的なので、あまり役に立たない情報である。

（……それにしても、公爵家の領内のこととはいえ、あのデブスの評価が高まるのは厄介だわ。わたくしがお披露目されれば嫌でも比較されてしまう。なんとかして今のうちに面子《めんつ》を完膚《かんぷ》なきまでに潰して、後顧《こうこ》の憂《うれ》いを断っておきたいところね）

ここで自分も前世の知識を利用して公共事業に貢献したり、慈善活動を始めて点数稼ぎをしたり、とならないのがアーメンガートだ。

ミリアルドの束縛がきつくて自由に動けないのが最大の理由ではあるが、裏社会で非合法な手段でのし上がってきた前世を持つ彼女は、ライバルには同じ土俵で真っ向勝負をかけるより、排除する方がはるかに効率的だと知っている。

というわけで、さっそくジゼルを潰す計画を練り始めた。

カミルからの報告によれば、ジゼルがやろうとしているのは乗合馬車――前世で言うところの路線バスのようなもの。タクシーに該当する辻馬車がまだ登場していない今なら、基本徒歩でしか移動しない庶民にとって馬車に乗ること自体新鮮な体験だから興味を引くし、料金を低く抑えれば便利な公共交通機関としてすぐに浸透するだろう。

できれば早い段階で出鼻を挫《くじ》いておきたい。報告書の隅々までしっかり読み込み、妨害の取っかかりがないか探す。

（……ふーん、クラウドファンディングで資金調達ね。公爵令嬢のくせにケチ臭いことをするものだけど、わざわざ付け入る隙を作ってくれて逆にありがたいわ）

街中でジゼルや会社関係の悪評を積極的に流せば出資を渋る人間が増えるだろうし、ついでに乗合馬車そのものの印象を悪くしてしまえる。

その一手で事業を中止するならそれでいいし、公爵家の財産から捻出《ねんしゅつ》してゴリ押ししようとしても、民衆から支持されなければ事業として成り立たない。

だが、人の噂も七十五日と言うからそのうち忘れられるし、乗合馬車が便利なものだと分かれば、心証のよし悪しは関係なく利用客は増えるだろう。

それに、最初の印象が悪ければ悪いほど期待値が低く設定されて、それを少しでも上回る結果を目の当たりにすれば、逆にとびっきりの好印象に転じてしまうのが人間のサガ。

恋愛小説でもよくある、第一印象最悪の人の意外な一面であっさり恋に落ちるアレだ。

だから、経営そのものがうまくいかないよう、足を引っ張る人間を社内に放つ必要がある。

わざとダイヤを乱したり横柄な接客をさせたりして民衆の信用を失わせて、着服や横領でさらなるイメージダウンを狙い、とどめに人目を引く事故を起こして怪我人を出させれば、公爵家でももみ消すこともできずジゼルは再起不能になる。

机上では完璧な計画だ。

ただ、悪評を流すだけならともかく、偽装社員役はカミル一人では到底こなしきれないのが欠点だが、そこも抜かりなく考えている。

(あのデブスの雇用形態を都合よく利用すれば、いくらでも駒が手に入るから心配ないわ)

ジゼルは貧民救済のためホームレスも雇うと言っている。身寄りがなく金に困っている彼らなら、金貨を何枚か握らせれば簡単に手駒にできるし「この会社が潰れた後は王宮で働けるよう口利きしてやる」とでもささやけば、コロリと騙されて言いなりになってくれるだろう。

もちろん口利きなどせず使い捨ててやるが。

我ながら冴《さ》えていると自画自賛しつつ、アーメンガートは一人ほくそ笑んでいたが……自分の術中にはまって絶望するジゼルの泣きっ面を、この目で拝めないのは非常に残念だとも思った。

王太子の婚約者に内定して早一年。

長らく恋の熱に浮かされっぱなしで、アーメンガートにべったりだったミリアルドも、祖母の「恋人だけではなく国民みんなに慕《した》われる、立派な王様になってね」という遺言に目が覚めたのか、滞《とどこお》っていた勉学を再開して彼女の元にいる時間が格段に減った。

しかし、当人からの直接的な束縛が緩んだとはいえ、未だ宮の中でさえ一人自由に出歩くことは許されていない。こうして人払いした室内でくつろぐことはできるが、扉を一枚隔てた向こう側には護衛騎士か侍女が常に張り付いている。

この豪奢《ごうしゃ》な監獄から抜け出すには複数の協力者が必要だ。けれど王太子に逆らってまでアーメンガートに尽くしてくれる手駒はまだ捕まっていない。

何度か他の攻略対象とも顔を合わせる機会はあったものの、いずれもミリアルドが同席していたので落としにかかることもできず、さりげなく秋波《しゅうは》を送るに留まった。それに対する手ごたえは感じていたが、彼らも忙しいのか王太子に遠慮しているのか、単身でアーメンガートに会いに来ることはない。

（誰でもいいから、攻略対象を傍《そば》に置けるいい方便があればいいんだけど……）

これまでミリアルド以外で接触した攻略対象は三人。

王太子の幼馴染兼側近の侯爵令息、エドガー・ブランシェ。

公爵の弟である王太子付きの近衛騎士、マルクス・ガーランド。

伯爵家の三男坊である王太子付きの従僕、ニック・メイガン。

この中で最有力候補はマルクスだ。近衛という職業上、王太子の婚約者であるアーメンガートの護衛をしていても問題はないし、最も年かさのイケオジ枠なのでミリアルドの警戒も緩いはず。

加えて、ガーランド家はハイマン家と同様に三大公爵の一翼を担う立場だから、多少のことなら王宮側に露見する前にもみ消してくれるだろう。

彼を傍《そば》に置く理由付けが難しいが、そこはうまくミリアルドを丸め込むしかない。

どう言い訳をしようかと頭を悩ませつつ、報告書を暖炉の火にくべて燃やした。

＊＊＊＊＊

ブサネコ・カンパニーを正式に立ち上げて約ひと月。

雨季が近づき曇《くも》り空が増えたある日、ベイルードの中心街にある商工組合会館前には妙な人だかりができていた。

「聞いたか、例の公爵令嬢様の噂」

「ああ、不細工で馬鹿で手がつけられないわがまま娘だってな」

「領主様も大層な親馬鹿で、俺たちの納めた税金をつぎ込んで好き放題やらせてるってさ」

「それでナントカ馬車って商売をさせようとしてるのか？　本当にひどい話だな」

「いや、どうやらその商売っていうのは体《てい》のいい隠れ蓑《みの》で、税金以外に庶民から金を巻き上げる算段を企《たくら》んでるらしいぞ。今日もこの組合に大店《おおだな》の商工主を無理矢理集めて、ありもしない事業計画のために金の無心をするんだってさ」

「なんてこったい。とんだ詐欺師じゃないか」

ついこの間まで飴ちゃんのお嬢様として人気者だったジゼルだが、ここ最近どこからともなく流れてきた悪い噂により評判に陰りが見えていた。

外見も中身もひどく醜《みにく》くて品格や知性が欠片《かけら》もない、傍若無人《ぼうじゃくぶじん》で傲慢《ごうまん》な公爵令嬢——かつて社交界でまことしやかにささやかれていた悪役令嬢像に、様々な尾ひれがついて、ベイルードの街中のあちこちで流れている。

アーメンガートの命を受けたカミルが数人雇い入れて種を蒔《ま》いたその噂は、おしゃべりな婦女子たちの口から口へと伝わって、あっという間に領民たちの間に広まった。

この場面だけを切り取ると、女狐の策がさっそく功を奏したかに見えるが……別の一団からは懐疑的な声も上がっている。

「……でもさ、噂は所詮《しょせん》噂だと思うけどねぇ。アタシはジゼル様に直接お会いしたことがあるけど、そんなひどいお方には全然見えなかったよ」

「オレもとてもじゃないけど信じられないよ。年寄りにも子供にも優しいお方だったし……」

「てか、そんなに金が欲しけりゃ、タダで飴玉配ったりするわけねぇよな」

「ジゼル様をよく知りもしない奴が流した適当な噂が、人から人へと伝わるうちに面白おかしく曲解されたんだろうさ。元をたどればきっと大したことない話だよ」

根も葉もない流言に惑わされている人もいれば、正しく状況を見抜いている人もいる。ジゼルを遠目には見ていても人柄は知らない者も多数いるので、それぞれの割合は半々といったところか。

いくら視察であちこち出没しているとはいえ、足を運んでいない場所も結構あるし、身は一つしかないのだから住民すべてと面識があるわけではない。

ところで、どうして彼らが仕事も家事もサボってこんなところにたむろしているかと言えば、噂の公爵令嬢がどんな奴か拝んでやろうという野次馬根性の持ち主がほとんどだ。しかし、中には義憤《ぎふん》に駆られて一言物申してやろうと意気込む者もいれば、悪意に晒《さら》されているジゼルを心配して駆けつけた者もいる。

そんな混沌《こんとん》とした心境渦巻く人混みの中、騎馬の護衛を伴った公爵家の家紋の入った馬車が、ゆっくりと会館前に乗りつけた。

馬から降りた護衛がざわつく人々を整理して道を空《あ》けると、馬車の引き戸が開いて従者姿のテッドとスーツに身を包んだジェイコブが降り立ち、続いてジゼルが姿を現した。

今日はドレスでもワンピースでもなく、立て襟のブラウスとボレロジャケットとロングスカートという、女商人らしい装《よそお》いだ。

仕立てそのものは一級品だがデザインはシンプルで華美な装飾もなく、アクセサリーをゴテゴテ身に着けているわけでもない。

庶民がイメージする貴族令嬢らしからぬ出で立ちに、呆気にとられる人々が続出する中、ジゼルはテッドの手を借りて馬車を降りると、群衆をのほほんとした顔でぐるりと見回す。

「おやおや。こんなお忙しい真っ昼間からお揃いで、どないしましたん？　残念やけど、今日は皆さんに飴ちゃん配る予定はありませんのや。すみませんねぇ」

「子供じゃあるまいし、わざわざ飴玉欲しさに集まってるわけがないでしょう。大方、かの悪評高い公爵令嬢様の噂を聞きつけ、一目拝んでやろうという野次馬根性丸出しの連中ですよ」

「そうなん？　そらまたとんだ暇人……おっと失礼、物好きな人がようさんおったもんやな」

「見せ物にされているのに、呑気《のんき》に笑っている場合ですか？　庶民に好き勝手罵《ののし》られ舐められたままでは、公爵家の沽券《こけん》に関わりますよ」

「言いたい人には好きなだけ言わしとったらええ。貴族や金持ちなんぞ、庶民からは嫌われてナンボの生き物やで。悪口陰口、大いに結構。ままならん世の中のストレスのはけ口に使うてもらえたら、公爵令嬢冥利《みょうり》に尽きるっちゅーモンやわ」

大きくはないがよく通る声でそう言うと、ふてぶてしい態度に舌打ちが聞こえる一方で、幼い令嬢とは思えない器の大きさに感嘆を漏《も》らす者たちもいた。

直接耳に入らないまでも、街に広がっている噂のことはジゼルも知っている。

身に覚えのない悪口にショックを受けなかったと言えば嘘になるし、両親などは不届き者は一人残らず罰してやるとばかりに憤慨《ふんがい》していたが、下手に火消しに回ったり弁明や謝罪をしたり、怒りに任せて犯人探しに乗り出したりすれば、真っ赤な嘘でも真実だと捉えられかねない。

こういう時は噂が立ち消えるまで引っ込んでいるのが一番だが、今日はとても重要な案件——大店《おおだな》の商工主向けにクラウドファンディングの説明会を予定していたので、外出せざるを得なかった。

しかし、ある意味ではいいタイミングで用事が重なったとも言える。

ここでジゼルが噂など歯牙にもかけていない、むしろウェルカムだという態度を見せれば、なんの確証がなくとも人々の間では真実味は薄まる。コソコソとしていればよからぬ想像が膨らむが、堂々としている者にやましさを感じる人は少ない。

それに、空想の産物であるうちは興味の対象であり続けるが、目の前に実物として現れてしまうと途端に関心がなくなってしまうものだ。

「そういうわけでお集まりの皆さん、これからもジャンジャン噂でも悪口でもなんでも流してもろうて結構ですよ。宣伝費が浮いて助かりますねん。あ、今度来るときはお駄賃代わりの飴ちゃん忘れずに持ってきますわ。ほな、中で人を待たせてますんで、ウチはこれで失礼します」

ジゼルが今一度野次馬たちににこりと笑いかけながら手を振ると、どこからともなくパチパチとまばらな音が上がり、やがて割れるような歓声と拍手が巻き起こった。

「きゃー！　カッコイイです、ジゼル様！」

「まだ幼いのに、なんとしっかりしておられるのか……さすがケネス様のご息女だ！」

「こんな時でも威風堂々とされていて、女王の風格すら感じるな！」

「噂って本当にあてにならないものね！　一体誰なのかしら、あんな嘘っぱち言い始めた奴！」

賛否両論だった場の空気は、一気に好意的なものに染まっていく。

これで自分に向けられた悪意がすべて払拭《ふっしょく》されるとは思わないし、一度定着した噂は人々の心のどこかに残り続けるだろうが、今後風向きはこちらにとっていい方に変わっていくはずだ。

大きな仕事の前に小さな仕事を終えたジゼルは、テッドにエスコートされて会館の中へ入る。

「はあ、やれやれやわ……」

「お疲れ様でした、ジゼル様。野次馬がいくらいてもそのままにしておけとのお達しでしたが、まさかあのような形で利用なさるとは。いやはや、おみそれしました」

何十人もの視線からようやく解放されて安堵の息をつくジゼルを、丸眼鏡をかけた細身の中年男性が恭《うやうや》しく出迎えてくれた。

この施設の長《おさ》である組合長だ。

起業に関する書類を提出したり、組合の説明をしてもらったりするため、何度かここを訪問し彼とも対面しているのだが――大阪名物のあの人形を彷彿《ほうふつ》とさせる容姿は、何度会っても笑いをこらえるのが大変だった。

(アカン、何回見ても太郎そっくりや！)

ビリケンさんと並ぶ大阪の二大マスコットキャラ〝くいだおれ太郎〟。

彼はそれに瓜二つなのだ。

赤白ストライプの服を着ていないだけマシなのだが、確実に似合うこと請け合いである。さらに三角帽を被れば完璧に太郎だ。いかん、想像するのは危険だ。腹筋が崩壊する。

丹田《たんでん》に力を込め「ここは異世界や！　乙女ゲームの世界や！」と自分に言い聞かせて平静を保つ。

「いやいや、そんな大層なことやありませんよ。ウチはただコソコソするのが好かんだけです。それより、建物の前であないに人が群がったまんまにして、ご迷惑をおかけしたんと違います？」

「とんでもない。あまり声高にジゼル様を擁護《ようご》してはご迷惑かと思い、今まで静観しておりましたが、こうしてお役に立てる機会をいただけて逆にありがたいことです」

「そう言ってくれはると助かりますわ」

「ふふ、先に助けていただいたのはこちらの方ですよ。先日ジゼル様からご指導いただきました書類整理術で卓上も書棚もきれいに整い、仕事が格段に捗《はかど》るようになりましたから。環境もよくなって残業も減って、いいことづくめですよ」

何やら大層な言い回しだが、背表紙付きのファイルを厚紙で作らせて時系列や項目別に分けて収納し、別途目録を作って本棚に仕舞うことを教えただけだ。

多分小学生でもできる整理方法である。

ここに書類を提出しに来た時、事務所が書類で溢れ、てんやわんやしていたのだ。

もちろんまったくのカオス状態ではなく、ある程度分類して保存はしていたが、きちんと系統立てられてはいなかったし、何よりそこら辺に積んであるだけなので、すぐにバラバラになってしまい収拾がつかない事態になっていた。

これくらいちょっと考えれば思いつきそうなものだが……ジゼルだって親や教師に「こうしなさ

い」と教えられたからできるのであって、何も知らない状態でやれと言われてもきっとできないだろう。先人の知恵は偉大である。

「こちらこそ、ちょっとした思いつきがお役に立てたんやったら嬉しいですわ。便利やと思ったら、他の人にも広めたってくださいね」

「ええ、ええ。それはもう。ですが、本当に独占特許権の申請はよろしいのですか？　さる商会に伝えましたら、『これは商機だ！』とあのファイルの生産に乗り出すようですが」

ナリはひょうきんで愛嬌のある太郎だが中身はギッチリと損得勘定の詰まった商人の組合長は、金儲けの機会を逸《いっ》しようとしているジゼルを案じているらしい。

しかし、もし申請して通れば、特許料金を賄《まかな》うため商品価格が上がるのは確実だ。

たかが紙製のファイルぐらいで相場の何倍にも跳ね上がるとは思わないが、大店《おおだな》だけでなく個人商店でも活用してほしいので、少しでも安く流通させて広めることの方がジゼルにとっては重要だ。

「領民の幸せを願うのが領主の義務……なんて偉そうなこと言うつもりありませんけど、皆さんがガッポリ儲けてその分ガッポリ税を納めてくれたら、特許なんて面倒なことせんでも公爵家の懐《ふところ》は潤《うるお》います。ほら、金は天下の回りものって言いますやろ？」

「なるほど！　小賢しく目先の利益を追わずとも、回り回ってご自分に利益が舞い込むと見越してのことでしたか！　実にご慧眼《けいがん》でございます！」

「……褒めても飴ちゃんしか出てきませんけど？」

オーバーリアクションでヨイショを決める組合長に苦笑を返しつつ、言葉通り飴玉を渡して二階の会議室に案内してもらう。

「ほんで、皆さんはもうお集まりなんですか？」

「ええ。ジゼル様がお越しになるのを、今か今かとお待ちしております。聞くところによると、彼らも私どものようにジゼル様にご助言をいただいたとか」

「大したことは言うてませんよ。みんな、ただの思いつきなんで」

今回ここに呼んだのは視察の時に顔を出した店や施設の関係者たちで、中でもジゼルがちょっとしたアドバイスやアイディアを提供し、それが軌道に乗ったと聞いたところを重点的にピックアップした。

たとえば、原材料の高騰により商品が生産できないとか、見習い職人に技術を磨かせがてら仕事を与えたいという悩みには、客が持ち込んだものをリメイクして売る手法を教えた。

家具や陶器など普段使いではない高額商品を扱う店では、展示品や不良在庫を割引価格で売るとかセット商品をバラ売りするとか、いつもとは違う客層を狙う特定のセール日を設《もう》けさせた。

食料品を主に扱う商店街では、集めると割引券になるスタンプカードを発行したり、揚げものの衣やオイル漬けなど面倒な下ごしらえの手間を省《はぶ》いた半調理品を売り出したりと、主婦たちの財布の紐を緩める作戦を提案。

それぞれ程度の違いはあるが、着実に成果が表れていると聞く。

あの出所不明の悪評のせいで信用問題に少々懸念《けねん》はあるが、自分の利になる提案をしてくれたという実績がある手前、門前払いせず聞く耳くらいは持ってくれるだろうと踏んでの人選だ。

（それにしても、あの噂はどっから来たんやろ……）

特に嫌われるような真似はしていないはずだが、地雷ポイントは人それぞれだし、ほんの些細《ささい》なきっかけで嫌悪感を抱かれることも珍しくない。もしかしたら、悪意なくつぶやいたイジリ的な文言が、人を介するごとにエスカレートして本物の悪意に変わってしまった、という可能性だってある。

まあ、実際には純然たる悪意によって流されているのだが、ジゼルの知るところではない。

「さ、着きましたよ」

流言飛語の源流について想像している間に会議室に到着した。

中ではコの字型に置かれた長椅子に十人ほどの男女が腰かけて親しげに談笑していたが、ジゼルが入室するとピタリとおしゃべりをやめて起立した。

「どうも、お久しぶりです。なんや、皆さん楽しそうですなぁ。なんの話してましたん？」

にこやかに話しかけつつ、一人一人に挨拶代わりの握手をしながら飴玉を渡していく。

「うふふ、もちろんジゼル様のことですわ！」

「ああ、誤解なさらないでくださいね。近頃飛び交っている、下劣な噂で盛り上がっていたわけではありません。むしろその件に関しては、我々も憤懣《ふんまん》やるかたなしといったところでして……」

「まったくです！　見る目のない連中ばかりで嫌になります！　私たちは皆ジゼル様の味方でございますから、どうぞご安心ください」

「そらどうも、ありがとうございます。こう言うたら悪徳商人っぽいですけど、恩は売っとくモンですねぇ」

この人選は間違ってなかったなと思い、しみじみとそう言うと、商工主たちが怖い顔でずずいと詰め寄って圧をかけてくる。

「何をおっしゃいますか。損得勘定だけで白黒決めるほど、私どもは落ちぶれてはおりませんよ」

「長年培《つちか》った経験と勘が、ジゼル様は信用に足るお方だと告げておりますのでね」

「あ、うん……さいですか……重ね重ね、ありがとうございます。ま、まあ、ひとまずウチのことは脇に置いときましょか」

引きつった笑みを浮かべて荷物を横に置く動作をしつつ、ジリジリと後ずさるジゼル。

その隙間にテッドとジェイコブが入り込み、詰め寄る商工主たちを席に着かせた。

「えーっと。今日皆さんに集まってもらったんは、そんな話するためやないんです。公爵家の人間としてやなく、ウチの会社がこれから始める事業に、出資してほしいなぁっていうお願いっちゅーか……取引ですわ」

以前ジェイコブに持ち帰らせたものとは別の、もっと簡易的にまとめた乗合馬車の企画書を商工主たちに数部配り、回し読みしてもらう。

「ジゼル様がナントカ馬車の会社を作られたと噂には聞きましたが……すでにこれほど具体的な事業計画が立てられているとは存じませんでした」

「こういう乗り物が走るようになれば、遠方からでもお客様にお越しいただけますね」

「最近隠居した両親が足を悪くしましたが、これがあれば買い物も通院も楽になりますなぁ」

「この定期券というものがあれば、決められた期間は何度乗ってもいいんですよね？　配達や集金が楽になりそうです」

事業内容に関しては、ジェイコブの事前聞き取りと同様に好感触だ。

いい手ごたえを感じつつ、ジゼルは話の核心に迫ることにした。

「なかなか便利そうですやろ。せやけど、専用の車体を作るのに費用がようさんかかりますんや。いくらか組合さんに融資してもらう予定やけど、皆さんからもご支援いただけたらなぁと思ってます。もちろん取引やから、そちらさんにもちゃんと利益はあるセンですよ」

そう言って別紙の資料を配る。

そこには出資額に応じた特典の一覧が記されており、大きく分けて四つのコースがある。

一つ目は、ブロンズコース。

出資金額に相当する回数券を入手できる、一番お手軽でベーシックなものである。

本来は商工主向けではなく中流階級以上の個人向けのプランであるが、少しでも気軽に投資してもらえるよう、選択肢の一つとして入れておいた。

二つ目は、シルバーコース。

こちらは出資金に対する乗車券への還元率は低いが、車体や停留所に広告看板を打ち出すことができる、商工主向けのベーシックなプランだ。

金額に応じて広告の大きさや設置場所が変わるが、掲載期間は金額にかかわらず三か月。それ以降は別途所定の広告料を払ってもらうことになる。

三つ目は、ゴールドコース。

シルバーコースとほぼ変わらない内容だが、出資金額が増えた分、広告の掲載期間が半年に伸びている。

そして最後の四つ目が、プラチナコース。

ゴールドコースよりはるかに高い……それこそ大店《おおだな》の半期の儲けをつぎ込むような金額を積まねばならないが、一年間の広告掲載の保証に加え——自分の店や工房の前に停留所を設置することができる、スペシャル特典がついている。

停留所があるということは、そこで人が乗り降りするということで、ただ広告を打ち出すよりははるかに集客能力が高い。どれだけいいものを作ろうとも売ろうとも、人の目に留まらなければ購買には繋がらず無意味だ。

今回ここに集めた商工主たちは、現在予定している路線上に店を構えている者たちばかり。つまり室内にいる誰もが、プラチナコースを選び得る可能性があるということだ。

「店の前に不特定の客を乗せた大型馬車が停まるのか……それだけで随分有利になるな」

「雨の日でも客足が鈍らないのはいいかもしれないが……」

「しかし、これだけの額はちょっと厳しいか……？」

この様子を見る限り、プラチナコースに大きな魅力を見出しつつも、資金繰りの問題で断念しそうだ。ゴールドも一般的な金銭感覚ではかなり敷居が高いので、どちらも一人でも出れば儲けものだと思っている。

「こちらは相応の見返りを用意しとるつもりですけど、あくまで善意の援助をお願いしたいんで、そちらさんの懐《ふところ》具合と相談して無理せん程度の出資で大丈夫ですよ。これは公爵令嬢としてやなく一起業家としてのお話ですから、不敬とか全然関係ないですし」

そもそもジゼルとしては、全員がシルバーかブロンズを選ぶと踏んでいた。

それでもかなりの資金が賄《まかな》えるし、組合を通じてもっと広く呼びかけをすれば、融資に頼らずとも事業を始められるかもしれない。

「まあ、大きなお金を動かす話ですから、すぐに決めてくださいとは言いません。ご家族や従業員さんともよう相談して、十日後までに組合さんを通じてお返事をいただけたら結構ですわ。今日はわざわざ集まってもろうて、どうもありがとうございます」

丁寧に礼を言って商店主らを見送り、多くを期待しないままその日は帰路についた。

＊＊＊＊＊

それから再び時は流れ――運命の十日後。

「おおう……マジかぁ……」

商工組合から届けられた回答用紙に、ジゼルは呻《うめ》き声を上げた。

驚くことに、ブロンズは一人もいなかった。

約半分がシルバーで、ゴールドが三人、そして――プラチナがなんと二人もいた。

一人は大店《おおだな》の商会の会長で、もう一人は商店街のオーナーだ。

どちらも資金が潤沢にあるし、集客のために是《ぜ》が非でも停留所が欲しいのだろう。

概算ではこれで初期段階の資金は集まった。融資は今のところ必要なさそうだが、予想外の出費がないとは限らないので、念のため申請の準備だけはしておくことにする。

「皆さん、乗合馬車に期待してくれとるんやね……」

「……それも確かにあるでしょうけど、彼らの期待はジゼル様に向けられているのでは？」

ホクホク顔でこれから集まる資金の計算をしていたジェイコブが、紙面から視線を上げてそんなことを言う。

「え、ウチに？」

「悪意ある噂に晒《さら》されても堂々と振舞うだけではなく、逆境をチャンスに変える行動力は経営者にとって不可欠な資質です。事業内容に対する期待とは別に、歴戦の商人の目から見て投資する価値がある人間だと踏んだからこそ、大胆な舵《かじ》を切ったのだと思いますよ」

「うわぁ、なんやねんそれ。めっちゃプレッシャーやわ……」

恥ずかしいやら恐れ多いやらで汗が出てくる。伸びてきた前髪をかき上げつつ手の甲で拭《ぬぐ》っていると、脇から「お嬢様、ニキビが丸見えです」とテッドが冷静に突っ込んできた。

「嘘やん⁉　朝見た時はなかったで⁉」

ニキビを他人様に指摘されて、慌てない女子はいない。

生まれつき不細工なのは直しようがない分、肌のお手入れは重点的に頑張っている……実際にしてくれているのは侍女だが。

その侍女たちは、毎朝毎晩『ジゼル様のモチモチお肌に触れる権利』を巡り、バックヤードで熾《し》烈《れつ》なジャンケンバトルを繰り広げているが、もちろん本人は知らないので要らぬ苦労をさせているなと思っている。

そんな彼女らの努力の結晶にまさかの瑕疵《かし》が、と焦りながらペタペタ額を触るも、それらしい感触はない。謀《はか》ったのかとテッドを睨むと、ニッコリ笑顔で肯定された。

「ご心配なさらずとも、今日もお嬢様のお肌は、一点の曇《くも》りなく美しいですよ」

「ジブンみたいな無駄毛一本なさそうな全身イケメンに、取ってつけたように褒められても嬉しないわ！」

「……まだその話題出します？」

忌憚《きたん》ないを通り越して友人のような親しげなやり取りをする二人を、ポカンとした表情で見ていたジェイコブは、お茶を運んできた年かさの侍女にこっそりと尋ねる。

「テッドは一体何者なんだ？　ジゼル様とは、本当に主《あるじ》と従者の関係なのか？」

「さあ……公爵家の遠縁の方だとは聞いていますが、正確なところは私には分かりかねます。しかし、これといって特別な関係ではないと思いますよ。だって――」

不意に言葉を切った侍女は、どす黒い笑みを浮かべてテッドに鋭い視線を向ける。

「あの男よりも私の方がジゼル様のことを、よぉぉく存じておりますもの。それこそ、あの玉のようなモチモチお肌の、どこにいくつホクロがあるかまで……ね」

おほほほほ、と勝ち誇った様子で笑いながら去っていく侍女の後姿を見送り、ハイマン家の闇の深さに戦慄《せんりつ》したジェイコブだった。

＊＊＊＊＊

ちょうどその頃。

「はあ、どうしたものか……」

使っていない客室の清掃をしていたカミルは、眉間にしわを寄せながらひとりごちる。

カミルが流した悪意ある噂が七十五日を待たずに下火になり、逆に商工会館前で見せたジゼルの威風堂々たる雄姿《ゆうし》が人々の話題に上るようになった。

無論、未だ噂を鵜呑《うの》みにしている者もいれば、あの日の出来事を見て「お貴族様はやっぱり横柄だ」「子供のくせに生意気」などとささやく者もいたが、いずれもかなりの少数派。

世間ではすっかり「あの噂は真っ赤な嘘だった」という認識が定着しており、ジゼルに対して好意的な意見の方が圧倒的多数だ。

始めこそアーメンガートの思惑通りに進んでいたシナリオだが、華麗なる逆転劇を仕かけて成功させたジゼルの方が一枚上手《うわて》だったようだ。

形勢逆転されたことは悔しかったものの、事業さえ失敗すればカミルの失点にはならないと割り切り、クラウドファンディングを提案した商工主に絞って悪評を連ねた告発文を送りつけたが……

誰も本気にしなかったばかりか、送り主を探し出そうと動き出す始末。

何事も引き際が肝心。金を掴ませた奴とは素早く手を切って撤退した。

今頃その手駒は捕まっているだろうが、接触する時は偽名を使ったし変装は完璧だったから、商人ネットワークを駆使しようともこちらまでたどり着くのは不可能だ。

（まあ、根本的に噂を流すタイミングが悪かったな。好意的な素地が出来てしまった後から悪意を撒《ま》いたところで、うまく浸透するはずがない）

本気でジゼルを潰すつもりなら、視察に出る前に手を打っておくべきだったのだ。

何を言っても今さらだし、これ以上噂を流したところで焼け石に水、負け犬の遠吠え、恥の上塗り、どう言い換えてもいいことなんか一つもない。

今回はジゼルに勝ちを譲り、次の策で挽回《ばんかい》するしかない。

（とはいえ、アーメンガート様にどう報告したものか……）

実行役はカミルでも、策を提示してきたのはアーメンガート。自分の失点に繋がるのも気がかりではあるが、それ以上に彼女の機嫌を損ねてしまわないかが不安だ。

彼女が腹いせに「あいつは無能だ」とミリアルドに一言告げるだけで、物理的に首が飛びかねない。本気の死活問題だ。我が身可愛さに嘘の報告をしたところで、王家の情報網があればすぐに露見する。やっぱり胴体と首が分離する危機だ。

思考が堂々巡りになりながらも、すっかりメイド稼業が板についた体はあっという間に仕事を片付けてしまった。慣れとは恐ろしい。

さらにため息をつき掃除道具を回収して、次の部屋へ向かおうとしたところでテッドと遭遇した。

無表情を取り繕いつつも「げっ」と内心毒づくカミルとは裏腹に、彼は人好きのする笑みを浮かべる。

「よかった、入れ違いにならなくて。次は西側奥の物置部屋の整理でしたよね」

「は、はい。それが何か……？」

何故お前がそれを知っている。ストーカーか？

「あそこは長らく放置したままの場所でして、荷崩れが起きたりネズミが出たりするかもしれません。女性一人では危険かもしれないから同行するようにと、侍女頭から頼まれました。微力ながらお手伝いさせていただきます」

「え……確かあなたはジゼル様にお仕えしている方、でしたよね？　私なんかと違ってすごいエリートなのに、そんな雑用もなさるんですか？」

「上司からの命令ですから。さ、立ち話はこのくらいにして、仕事に参りましょう」

物腰は柔らかなのに有無を言わさぬオーラを漂《ただよ》わせ、カミルを伴い物置部屋へと向かう。

(これまで接触は避けてきたし、正体がバレているはずはないけど、こいつはどうにも苦手なんだよなぁ……一体何者なんだ？)

温和で慇懃《いんぎん》でよくできた少年だが、完璧なポーカーフェイスで感情も思考も読ませない底知れなさがある。

それに——彼の赤い瞳は獲物を狙う蛇のようで、恐ろしく不気味で落ち着かない。

無言でひたすら目的地へ歩いていく中、テッドがポツリと問うてきた。

「……カミルさん。顔色がよろしくないようですが、お仕事はまだ慣れませんか？　それとも、同僚と何かトラブルでもありました？」

「そ、そういうわけでは……その、毎月のアレで……」

お前のせいだ！　と突っ込みたいのをグッとこらえつつ、男には深掘りできないネタをゴニョゴニョと述べる。もちろん嘘だが。

「おっと、配慮が足りず失礼しました。失礼ついでにお教えしておきますが、申請すれば痛み止めくらいなら支給されますし、あまりにひどい時はお休みをいただくこともできますよ」

「そう、なんですね、勉強になります。けど、私の場合はそこまでじゃないので。大丈夫です」

「そうですか。なら、つらいと感じたら無理せず、休憩したい時はいつでも申し出てくださいね」

「オキヅカイアリガトウゴザイマス……」

紳士的なのは結構だが、やましいことがある身としては放っておいてほしい。

そんなささやかな願いも虚《むな》しく、テッドは物置整理にかかった二時間ばかりの間に、数えきれないほど繊細な気遣いを見せてくれた。

まるで好意を寄せる女性に対し尽くすように——そう思い至った時、血の気がザッと引いた。

(ちょ……あいつ、こっちに気があるの？　いや、違うよな？　誰か違うと言ってくれ！　身元を疑われてるのもやばいけど、あいつに好かれるよりはいくらかマシ！)

アーメンガートへの報告を悩んでいる時よりはるかに神経をすり減らし、どうにかその日の仕事を終えたカミルは真っ白に燃え尽きて、ベッドに直行して死んだように眠ったという。

翌朝。

「あ、報告書……」

目覚めるなり現実と向き合わされて絶望し、カミルはテッドの勧め通り、休みを取ってふて寝した。

第四章　乗合馬車、開通！

雨季が明けるのと同時に王太后の喪《も》も明け、これまで自領で大人しくしていた貴族たちも続々と王都へ集結し、社交界では煌《きら》びやかな催《もよお》し物が連日開かれるようになった。

ハイマン家もタウンハウスで過ごすようになり、両親はこれまでの穴を埋めるように積極的に活動していたが、デビューしていないジゼルにとってはあまり関係ないことだ。

それよりも、視察だの起業だので忙しくしたせいでさらに遅れてしまった勉強を取り戻すため、世の華やかさとは裏腹に、地道に机にかじりつく毎日を送っていた。

会社の采配に関しては、父親の跡を継いで管財人となったジェイコブを代理人に立て、定期的に受けている報告を元に適宜指示を送っている。

クラウドファンディング方式がうまくいって資金繰りはどうにか目途が立ったし、役員クラスの人事も父や組合長の伝手《つて》で埋まっているが、商売道具である馬車の車体が完成しなければ、本格的な事業内容が詰められない。

まずは令嬢としても社長としても教養を磨くことを第一、というわけで勉学に励んでいたある日のこと。

「――エントールの美術史を語る上で欠かせない御仁《ごじん》といえば、画家ミシェル・バーマーと、彫刻家のダンデ・ジェスのお二人ですわね。最近はパックという画家も人気ですが……」

「素性も素顔も不明、国内を転々とする放浪の画家だね。画壇《がだん》が絶賛する才能の持ち主だって言われているけど、名前が売れている割に作品が世に出回っていないし、名前だけ覚えとけば問題はないよ」

「ハンス様のおっしゃる通りですね。抑えておくべきはミシェルの『湖畔《こはん》の午睡』『精霊たち』『機織《はたお》り娘』、それからダンデの『英雄の表裏』『聖なる堕天使』でしょうか」

「ダンデのはないけど、その辺のミシェルの作品は祖父のコレクションにあったな。現物を見た方が勉強になるから後で持ってこさせよう」

いつもの家庭教師が夏風邪でダウンしたため、遊びに来てくれたロゼッタと夏期休暇中の兄が代わりに教鞭《きょうべん》を執っている。二人とも地頭がいいし教え方もうまいのだが……

「まあ。先代様は熱心な美術コレクターだとお聞きしましたが、もしや本物ですか？」

「まさか。全部彼の弟子による複製品だよ。祖父はコレクター気質ではあったけど、無駄遣いはしない人だったからね」

「堅実なお方でしたのね。けれど、その弟子がユーグであるなら話は別ですわ。オリジナル作品の少なさと模写技術の巧みさから、ミシェルのゴーストライター説がまことしやかにささやかれておりますし」

「あー、確かそうだったと思う。複製とはいえユーグ作ならひょっとしたら本物かも、みたいなことを美術商も言ってたらしいし。祖父もゴーストライター説支持者だったから、結局その言葉に踊らされて買ったんじゃないかなぁ」

ジゼルを挟んでしばしば二人だけの世界を作っている——どちらかと言えばロゼッタが兄を異性として意識しているのが見え見えで、全然内容に集中できないし、位置的にお邪魔虫のようでいたたまれない。

どうやらこの二人、ハイマン家がベイルードにいる間にちょくちょく会っていたらしく、少し見ないうちにちょっといい雰囲気になっていた。

といっても、ミラやジェーンなど他の友人たちと一緒だったたし、会っていたのも市街地に店を構えるティーサロンだ。しかもそこで話すことと言えば、もっぱらファンクラブの運営についてだったから、恋愛的な要素はどこにもない。

だが、やっぱり年頃の男女が頻回に会えば、そっち方向に感情が動くのは自然の摂理かつ、兄はもっさり草食系男子とはいえ地はかなりのイケメンで、ついでに温厚な紳士だ。

乙女心がグラついても仕方がないし、ロゼッタなら兄を安心して任せられるとは思うが、そういうのは自分のいないところでやってほしい。

「……あのー、お二人さん？　盛り上がってるところ悪いんやけど、ウチに教えてくれるんか、二人でおしゃべりするんか、どっちかにしてくれへん？」

ジト目で突っ込むと、ロゼッタが分かりやすく慌てた。

「も、盛り上がってなどおりませんわ！　私はただ謎多き画家ユーグについて、雑談を交えることで分かりやすくお伝えしたかっただけで……」

「ふーん」

「別に、全然、まったく、ハンス様とおしゃべりしたいわけではありません！」

「へー」

「私はジゼル様一筋です！　信じてくださいませ！」

「ほー」

ツンデレが自ら墓穴を掘っていくのに棒読みの相槌《あいづち》を打ち、さらにジットリと見やると、ロゼッタは動揺で泳ぐ目を明後日《あさって》の方へ逸らし「あ、私、お花を摘みに……」と白々しい言い訳をしながら部屋を出ていった。

ちょっといじめすぎたかなぁと反省していると、それまでポカンと成り行きを見守っていた兄が、急にデレデレの顔でムギュッと抱きしめてきた。

「おふっ！」

「ああああ、嫉妬《しっと》するジゼルが可愛すぎる！　大丈夫、お兄ちゃんはずっとジゼルのものだよ！誰と結婚しても一番大好きなのはジゼルだから！」

「それはさすがに嫁さんに失礼やろ！」

「大丈夫、僕と同じくらいジゼルが大好きな子と結婚するから！」

「それってロゼッタとか？」

冗談半分興味半分でカマをかけてみると、ギュウギュウ締め付けていた兄の腕がピタリと止まって、だらけ切った表情がピシリと固まった。

まさか図星を突いてしまったのか……と思いきや――

「なるほど、その手があったか……！」

「その手ってどの手⁉　政略結婚は否定せぇへんけど、お願いやから純真な乙女心を悪用するような真似したらアカンで！」

目から鱗《うろこ》がボロボロ剥がれ落ちたような顔でつぶやくので、胸倉を掴んでガクガク揺さぶりながら太い釘を刺した。

うっかり変なスイッチを入れてしまったことを後悔しているうちに、お花摘みからロゼッタが戻ってきて――兄妹の熱烈ハグ現場を目撃して絶句した。

「ハンス様……わ、私のいない間にジゼル様とそのような戯《たわむ》れを……」

恋する相手のガチのシスコン症状に、さしものロゼッタもドン引きしてしまったかと思いきや――

「な……なんと羨《うらや》ましい！　いえ、いっそ妬《ねた》ましいですわ！　私だってその魅惑的なお体と密着したいのに……他人であるばっかりにそうも参りませんもの！」

「えええええ……」

予想斜め上の反応に脱力するジゼルをよそに、兄が空気を読まず爆弾発言を投下する。

「僕と結婚したら義理の姉妹になるし、いつでもどこでも抱きつけるけど？」

「けっ……⁉」

「色気のないプロポーズ、ダメ絶対！」

真っ赤になって思考回路がショートしてしまったロゼッタに代わり、デリカシーのない男をグーで殴っておいた。

「見事な右ストレートですね」

「ふおっ⁉」

唐突に割って入ってきたテッドが白々しい拍手と称賛を送る。相変わらず気配も音もなく現れる従者に、心臓が口から飛び出そうになった。

「テッド、いつからそこに⁉」

「つい先ほど。喧々諤々《けんけんがくがく》のお取り込み中でしたので、しばらく廊下で控えていたのですが、一段落したようなのでお邪魔いたしました。ちなみに、ちゃんとノックはしましたのであしからず」

しれっと告げられた事実に、ロゼッタは赤くなったままの頬を押さえて悶絶《もんぜつ》しつつ「本日はお暇《いとま》させていただきます……」と力なく述べてフラフラと出ていってしまった。

「あ、ロゼッタ！」

「いいよ、僕が送っていくか――ぐぇ」

「見送りなら他の侍女を遣《や》りますので、ハンス様が出しゃばらないでください。余計にややこしくなるので」

慌てて後を追おうとするジゼルを制した兄が見送ろうとするが、テッドに首根っこを掴まれて物理的に阻止される。

公爵令息の扱いがぞんざいなのが気になるが、乙女心の分からない男はしばらく近づかない方がいいだろう。兄の暴走スイッチを入れてしまったのは自分なので、後からフォローしなければ。

「それよりお嬢様。来客時に無礼と知りつつお伺いしたのは、こちらのお手紙のことで……」

テッドは紙屑でも捨てるようにポイッと公爵令息を放ると、内ポケットから開封した手紙を差し出した。

差出人はジェイコブ。普段、主宛《あるじあ》ての手紙を勝手に開封することはないが、テッドには秘書のような仕事も任せているので、会社関係であればジゼルより先に内容を確認してもらっている。

そして、空気が読めて頭も切れる彼が、来客中に給仕でもないのにわざわざ来るということは、火急の用事と考えて間違いない。

黙って受け取り、素早く目を通した。

なんでも建築資材を仕入れているゴルバンで災害が相次ぎ、深刻な商品不足に陥《おちい》って価格が著《いちじる》しく高騰しているという。このままでは冬に予定されている工事期間にまでに、必要な量が到底そろえられないばかりか、車体の制作にも影響が出る可能性が高い。

しかし、商工組合の伝手《つて》でゴルバンの商人たちに探りを入れてみたところ、確かに小規模な山火事や土砂崩れは起きて生産高は減っていたが、品薄になるほどではないらしい。

価格にも大きな影響は出ていないようで、マージンを差し引いてもあり得ない事態だ。

その事実を突き付けて仕入れ先に是正を求めたが、商品数に関しては譲歩してくれたものの、差額はすべて被災地への補償金に充てられるから不当な価格ではないと主張して、値下げには一切応じる気配はない。

最悪今回の工事は見送ったとしても、領民の暮らしに支障が出るのは管財人として見逃せない。

ジゼルからあちらの領主に直接交渉してもらえないか、という内容だった。

「うーん、これは……ウチやのうてお父ちゃんが適任の案件やろ。なのになんでウチ宛てなん？」

「ああ、ゴルバンはシーラ侯爵の領地だよ。ほら、ジェーン嬢の」

首をひねるジゼルに、横から手紙を覗いていた兄が解答を投じる。

「はあ、なるほど。それでウチ宛てなんか」

シーラ侯爵と我が家は社交上の対立はしていないが、内政干渉できるほど懇意《こんい》にしているわけではない。しかし、ジゼルの取り巻きを自称するジェーンに相談を持ちかければ、侯爵である父の耳にも直接入る。

おそらくだが、彼も社交シーズンは王都にいる以上、領地経営のほとんどを管財人に任せているはずで、災害のことはまだしも資材の値上げまでは知らない可能性が高い。

少なくともそこで侯爵自らが指示したかどうかは分かるし、公爵領の民に対しぼったくり商売をしているなんて悪評が立てば社交界での立場が悪くなるから、実態を精査してなんらかの対策を取ってくれるだろう。

「ほなさっそく、ジェーンに手紙出して聞いてみよか」

「ちょっと待って。内容が内容なだけに、手紙じゃなく直接会って話した方がいいよ。子供同士のやり取りとはいえ、いきなり告発文書を突き付けるようなものだから、ジェーン嬢にも侯爵にも失礼だよ」

「そっか。そらそうやな」

兄に指摘されてレターセットを出そうとする手を止める。

「けど、ウチから出向くわけにもいかんし、なんて言うてきてもらう?」

「ロゼッタ嬢みたいに遊びに来てもらってもいいけど、告げ口するために呼び出したと思われたらあちらの心証も悪いな。きちんとした会に招待をした方がいいかも。お母様に頼んで、若い令嬢を集めたお茶会を開いてもらうのが一番かな」

「ほんなら、それはウチがお願いするわ。アドバイスありがとう、お兄ちゃん」

「ふふ、どういたしまして。ご褒美《ほうび》にハグしていい?」

次期公爵にふさわしい怜悧《れいり》な表情と、的確なアドバイスに感心したのも束の間。

紅潮した頬とキラキラとした瞳を向けながらハグを要求してくる兄に、信頼がガラガラと崩れていく音を聞いた。

「……十秒だけな」

「やったー! ジゼル、大好き!」

それでも要求を呑んでしまうあたり、ジゼルも大概ブラコンなのだろう。

テッドは健全にイチャつく兄妹に「やってらんねー」とばかりのため息をつき、肩をすくめながら天井を仰ぐと、急にニコリと微笑みを浮かべ、声には出さず口だけを動かしてこう紡《つむ》いだ――

『残念でした』と。

＊＊＊＊＊

時を同じくして、ジゼルの自室真上にある天井裏。

（ひぃぃー！　いろいろバレてるー⁉）

小さな穴から覗き見ていたカミルはバチリとテッドと視線が合い、叫び出したい衝動を必死に抑えながら足音を殺してソロリソロリと後ずさる。

半年足らずの働きぶりを認められ、タウンハウスへの同行も認められたカミルは、この屋敷にも盗聴監視用のスポットをいくつか仕込み、こうしてせっせと任務に励んでいた。

もちろん、自然災害の補償金を名目にした建築資材の値上げを問屋に吹き込み、ジゼルに対する妨害工作を仕組んだものカミルだ。実行したのは雇った下っ端だが。

ジゼルの交友関係は盗み見た手紙で熟知しており、ゴルバンの領主が友人の父であることも把握していたが、安月給に鬱屈《うっくつ》していた役員の一人を買収して工事の中止を進言させるよう依頼した。

完全に頓挫《とんざ》させることはできなくても、ジゼルが領地を離れている間の開業準備は停滞するはず。そう踏んで実行したのに、まさかこんなに早く情報が伝わるとは想定外だ。

しかも、テッドはこの一件に関して、意図的に介入している存在に気づいている。その不逞《ふてい》の輩《やから》がこうして天井裏に潜《ひそ》み、逐一情報を収集していることも。

彼の中でそれがカミルと一致しているかまでは定かではないが、確かめようと下手に動けば疑惑が確信に変わってしまう。

（……まあ、最悪素性がバレようとバレまいとこっちには関係ないか。仮に捕らえられても、公爵家の権限では影衆《かげしゅう》を罰することはできないんだし。それより問題なのは、今回の件で評価が下がって任務そのものから外されることだな）

一応アーメンガートへお伺いを立てた上で実行したが、カミル独自の案なので、確実に失点として扱われるだろう。

前回はタイミングの悪さを彼女も理解していたのか、カミルを不必要に責めることはしなかった。しかし、今回はこちらの見込み違いや人選ミスが失敗の原因だから責を逃れることは難しい。

（なんて言い訳するかなぁ……ったく、本当についてないな）

胸中で己の不運をぼやきながら、そっと天井裏を後にした。

＊＊＊＊＊

その後、母アメリア主催のお茶会をダシにジェーンを招待したのち、個人的に呼び出して建築資材の価格高騰について話し、実態を確かめてくれないかとお願いしてみたところ、二つ返事で引き受けてくれた。

「こう見えてもわたくし、社交界に知られると不都合な父の弱みをいくつか握っておりますの。たとえそれらすべてが父の指示であったとしても、サクッとやめさせますのでご安心ください」

友人の笑顔に薄っすらと闇を感じて不安になったが、一週間と経たずに調査が終わってシーラ侯爵自らがハイマン家のタウンハウスへ謝罪に訪れた。

侯爵が言うには値上げは問屋側の独断専行で、しかも補償金という名目の上乗せ分も自分の懐《ふところ》に入れようとしていたことも判明した。

あこぎな商売を画策した問屋は厳重注意を受けたが、消費者側の買い控えと悪徳商人のレッテルを貼られたせいで商売あがったりとなり、すでに罰は受けたと判断され法的な処置は免《まぬが》れた。また、被災地にも領主名義で補償金が出たとのことで、四方丸く収まった結果で終わった。

ただ、訪問したシーラ侯爵が心なしか憔悴《しょうすい》していたのは、自領で起きた不祥事のせいだけではなく、娘からとんでもない強請を受けたのではないかと心配したが……大人の事情だろうから突っ込んで聞くこともできず、ジゼルは気のせいだと思うことにした。


かくかくしかじかで速やかに資材の価格が是正されたことで、領民の生活に悪影響が出ることはなく、事業も滞《とどこお》りなく進められることとなったが、今回の調査がきっかけで別の問題が浮上していた。

役員の一人が、何者かによって買収されていると発覚したのだ。

彼は依頼人からの命令で、会議で工事の中止や事業の見直しを唱えることと引き換えに、多額の金をせしめていたばかりか、ゴルバンの資材問屋から補償金詐欺の分け前をもらおうとまで企《たくら》んでいた。立派な犯罪者である。

役員会議にかけるまでもなく即罷免《ひめん》され、罪人として牢にぶち込まれた。

まだ会社が本格的に動き出す前だったため、信用問題には響かなかったのは僥倖《ぎょうこう》で、組合長の紹介ですでに新たな役員を据えてあるが、買収を持ちかけた者がどこの誰なのか分からねば、二度三度同じことが繰り返される。次こそ信用を損ねる事態になりかねない。

そこで首謀者を捜索することになったが……結論から言えばロクな手がかりも掴めなかった。

元役員の証言により金を渡した人間は捕らえられたが下っ端に過ぎず、その下っ端から首謀者の人相を聞き出したものの「これといった特徴がなく、すぐに忘れるほど印象が薄い年齢不詳の男」としか分からなかった。

一応似顔絵を作らせたけれど、結局使い物にはならず犯人探しは早くも頓挫《とんざ》。真の犯行動機も分からないまま現在に至る。

ひとまず対策として、待遇面の見直しで不満を軽減させることと――採用面接では直接ジゼルが立ち会うことが役員会議で検討されているという。本決定はジゼルがベイルードに戻って直接話し合ってから、という予定になっているが……

「待遇改善はともかくとして、ウチが前面に出てきたら圧迫面接にならん？」

「現在進行形でお召し物が内側から圧迫されてますけどね、特にウエスト部分が」

「しゃあないやん、ごはんが美味しすぎるのがアカンねん……って、ウチの腹肉のことはどうでもええねん！　権力的に圧迫せぇへんかって話や！」

早くも夏の盛りを迎えたある日、今日も今日とて主従漫才が室内に響く。

すっかり見慣れた平和な日常の一コマではあるが、体形というデリケートな話題をネタにこうもポンポンと軽口を叩き合えるのは、強い信頼関係の賜物《たまもの》……なのかは神のみぞ知る領域である。

「そのあたりは心配無用でしょう。公爵令嬢という肩書は確かに圧迫感ありますけど、世間の認識ってぶっちゃけ飴玉配ってるだけの、お菓子屋さんの回し者みたいな女の子ですよね？　あの悪しき噂もとっくに風化してますし、今さら圧を感じる人っていいます？」

「語弊《ごへい》があるようでないから全否定はでけへんけど、言い方ひどない？」

「それだけ領民に親しまれてるってことですよ。むしろ、そんなお嬢様相手に顔色を変えるような人間は、十中八九会社や公爵家に対して後ろ暗いことがあると考えられます。そうして反応を見れば事前に不穏分子を弾くことができます」

「せやなぁ。ウチが末端まで目をかけてるってアピールすれば、この間の犯人だけやのうて他の産業スパイを企《たくら》む連中も警戒して、こっちに手を出すのをやめるかもしれんし……」

リトマス試験紙のように扱われるのは複雑だが、被害も犯罪もどちらも未然に防げるのならそれに越したことはない。

（せやけど、なんで役員を買収までして事業を妨害しようとしとるんやろ？　特許は出してへんから真似し放題のはずやし、突き方間違えたら公爵家そのものを敵に回すかもしれんのに、そんな危ない橋渡る人の気が知れんで……）

まさかアーメンガートが絡んでいるなど露《つゆ》ほども想像していないジゼルは、名も知らぬ首謀者の犯行動機に首をひねるしかなかった。

そしてその年の冬、無事に工事が始まると同時に職員の採用面接も行われた。

ジゼル自らが試験官として現れる情報を事前に入手していたカミルは、あらかじめ息のかかった人間を送り込むことを断念せざるを得なくなり、また一歩解任の危機が近づいたことに頭を抱えたという。

＊＊＊＊＊

少し季節を戻して、盛夏のある日。

一年以上過ごしてすっかり我が家と化した王太子の宮の中庭では、アーメンガートが晴れて専属の護衛騎士として選ばれたマルクス・ガーランドを連れて散歩を楽しんでいた。

人懐っこい青い垂れ目と清潔感のある黒いオールバックの彼は、シナリオ上では口髭を蓄《たくわ》えていたイケオジ枠だったが、まだこの段階では二十代半《なか》ばの若者であり、髭《ひげ》も生やしていないので一層若々しく持前の美貌が際立っている。侍《はべ》らせていて気分がいい。

カミルから妨害作戦が次々に失敗したと報告が来て、ご機嫌斜めの日が続いたアーメンガートだったが、マルクスを傍《そば》に置くようになってからはすこぶる機嫌がいい。

どんな手で丸め込んだかと言えば……近頃ミリアルドが顔を見せなくなったことで、ジゼルの息のかかった連中が聞こえよがしの悪口を言うようになったと嘘をつき、ハイマン家に対抗できるような身分が高い騎士を傍《そば》につけてくれれば誰も何も言えなくなるのではと提案したら、見事マルククスを引き当てられた。

始めはミリアルドがヤンデレ王子の本領を発揮して、彼女に悪意を持つ者を一人残らず処分する方向に行きそうになったが、あくまで嘘なのでそんな人間はいない。真相を隠しつつ自分の株を上げるため『慈悲深く心優しい婚約者』を演じて全員許す方向へ軌道修正し、現在に至る。

そっちへ持っていくのは少々骨が折れたが、手駒を増やすためであればこの程度、朝飯前だ。

「あちらをご覧になってください、マルクス様。ダリアがきれいに咲いておりますわ」

「本当ですね。ダリアの花言葉は〝優雅〟〝気品〟……可憐な淑女であるあなたに、とてもお似合いの花だ。ここが殿下の園でなければ、この手で手折《たお》ってお贈りしたいところです」

「お気持ちだけで十分ですわ。ダリアには〝移り気〟という花言葉もあるでしょう？　愛する婚約者がいるわたくしが受け取るわけには参りません」

「おや、振られてしまいましたね」

「マルクス様は剣術の腕前も相当だとお聞きしていましたが、女性の扱いも慣れていらっしゃるのね。近衛騎士ともなれば、これも嗜《たしな》みといったところかしら？」

「滅相もない。アーメンガート様の美しさが、私を惑わせているのですよ。これでも同僚の間では、朴念仁《ぼくねんじん》のマルクスで通っておりますから」

「まあ、本当かしら……」

会話だけ聞けば恋の駆け引きのようだが、演じているのは片や大人の男で、片や十一歳の小娘。

しかも、あの嫉妬《しっと》深いミリアルドが二人きりになどするわけもなく、傍らには日傘を差す侍女を筆頭に護衛を含めて十人ほどゾロゾロと引き連れている。

袖の下と一緒に他言無用を言い含めてあるので、ここで語られた内容が婚約者の耳に入ることはないだろうし、おままごと同然微笑ましいやり取りだから、万が一があってもごまかしは効く。

実際、マルクスはおませな妹に付き合う兄のような表情で、明らかに本気ではないし、アーメンガートも大人ぶって言葉遊びを楽しんでいるだけといった雰囲気だ。

いずれは身も心も自分のものにするつもりだが、時期が早すぎて無理なのは理解している。

彼は都合のいい遊び相手であると同時に、外界への扉を開くための重要な鍵だから、扱いは慎重にしなくては。まずは妹ポジションに収まり、そこからジワジワ攻め落とすことにする。

(歳が離れているだけに、長く駆け引きが楽しめそうね。殿下みたいにあっさり落ちては面白くないもの。それに、外に連れ出してもらうだけなら『妹からのお願い』で済みそうだし)

心の中で舌なめずりをしつつも、悪女の顔はおくびにも出さず無邪気な女の子を演じた——近いうちにその可愛いお願いを聞いてくれるよう、庇護欲と同情を誘う蜘蛛《くも》の糸をひっそりと張り巡らせながら。

＊＊＊＊＊

紆余曲折《うよきょくせつ》がありながらも、乗合馬車が開通する目途が立ったのは、ジゼルが十二歳になった年の秋のことだった。

車体の製造も予定通り難航したが、時刻表作りにも苦労した。

交通安全に配慮したスピードで路線を走る所要時間を計ったり、客の乗降や清算のために必要な停車時間を検証したり……という前に、誰もあんな大型車両で手綱《たづな》を握ったことがないので、まずはその運転ができる馭者《ぎょしゃ》の育成からだった。

普通車しか運転したことのない人が、いきなり大型バスを運転しろと言われても無理なのと同じだ。いつ事故になるか分からない街中で練習するわけにもいかず、公爵家が所有する牧場を教習所代わりに使わせてもらった。

直線のコースはある程度の経験があれば問題はないが、長い車体でカーブを曲がるのはプロでも難しい。通行人を巻き込んだり建物に接触したりしないよう、試行錯誤しながらその技術を確立し、そこからようやく時刻表作成に取りかかれた。

その間、ジゼルはジェイコブからこの国の経済や会社経営法について教わる傍ら、様々な現場に顔を出しては飴を配って関係者と親睦《しんぼく》を深め、今では領民のほとんどが彼女のファンだ。

もう誰一人として、表立ってかつての悪評を口にする者はいない。

そうやって忙しくしていたので、その年はほとんどを領地で過ごし、令嬢友達と会うこともなく手紙の頻度もめっきり減ってしまったが——秘密裏に結成されたファンクラブの会長に就任した兄ハンスにより作成された会報誌で、その活動内容はすべて彼女らに筒抜けだった。

それを読んだ自称取り巻きたちの間では『ジゼル様が尊すぎる！』と、これまた本人の知らない間に好感度が爆上がりしていた。

その一方で、アーメンガートの先兵として送り込まれたカミルは、ストレス性の胃痛と闘いながら妨害工作に奔走していた。

採用された職員で金に困っていそうな者を選別して抱き込もうとしたが、買収により投獄された役員の話は末端にまで伝わっており、誰に声をかけても警戒されてうまくいかなかった。

運悪くジゼルの熱狂的なファンを引き当ててしまった時には、腕ずくで公爵家に連行されそうになったので、内部工作員を仕込む案は断念せざるを得なくなった。

次に実行したのは、事業の仔細を記した資料を盗み出して、資金援助の話と抱き合わせで大手の運送業者にリークし、一人勝ちできないよう競合相手を生み出そうという計画だ。しかし、こちらも通報される騒ぎになったので計画は中止。

ちなみにその資料は、ジェイコブが産業スパイを騙すために用意したフェイクだったので、仮にあの業者が食いついたとしても無意味だったことを、カミルは永遠に知ることはない。

他にもこまごまと動いたが成果は上がらず、失敗の報告をする度に解雇通告の返信がくるのではとヒヤヒヤし続けたが……開通式を一週間前に控えたある日、予想外の知らせが届けられた。

アーメンガート曰《いわ》く、『自分が適当な人間を用意するから、開通式で走る乗合馬車にそいつを轢《ひ》かせて人身事故を起こす手はずを整えろ』とのこと。

普通の馬車と接触するだけでも、打ちどころが悪ければ亡くなる危険性があるのに、あの巨体に轢《ひ》かれれば間違いなく即死だ。

開通式ともなれば物見高い民がたくさん集まるだろうし、その大勢の前でショッキングな事故が起きたなら、間違いなくあの会社は営業停止という形で責任を取らされる。

しかも、ジゼルだけではなく公爵家の面々も馬車に同乗することが決まっており、その場に居合わせたというだけで彼らの心に大きなトラウマを残せるばかりか、事故状況を曲解して社交界に流せば致命的な醜聞《しゅうぶん》にもなり得る。

人命を軽んじる残酷なシナリオではあるが、これまで打ち出した策の中では最も効果的だ——うまくいけばの話だが。

（なんでだろうな……そこはかとなーく、失敗する気しかしないんだけど……）

自分が失敗続きだからそう思うだけなのだろう。

そうザワザワする胸騒ぎを無理矢理沈めて、アーメンガートが思い描く最高の舞台となる場所を探すため、休みを利用して街中をぶらつくことにした。

＊＊＊＊＊

そんな卑劣な策が見えないところで巡らされている中——抜けるような秋晴れの空の下、乗合馬車の開通式が執り行われることとなった。

暫定的なターミナル駅として選ばれた大広場に面したベイルードの役場前には、巨大な二頭立ての馬車がドンッと鎮座している。大工職人たちの渾身《こんしん》の力作だ。

車体は旧大阪市バスの復刻版カラーであるレトロ感のある深緑で塗装され、はめごろしの窓から下の両側面と後面の下部にはスライド式のはめ込み広告が並んでいる。

前方には会社のロゴマーク――ジゼルそっくりのブサ猫の顔と、この国の文字で〝ブサネコ・カンパニー〟と書かれた看板が掲《かか》げられ、その横には大型のベルが吊るされて、走る度にチリンチリンと鳴って注意を促す仕組みになっている。

計画当初は車内からの眺望も楽しんでもらおうと、窓部分を大きく取っていたが、ガラスの重量とお値段の関係で、実物はかなり小さくなってしまった。その分、広告部分が広く取れたので、ある意味結果オーライだったが。

さて、この開通式には通常の客を乗せず、ジゼルを始めとした公爵家の面々が乗って路線を一周して、町の人たちにお披露目をすることになっているのだが――

「うわぁ……めっちゃ！　人！　多っ！」

車体とおそろいの深緑色のケープ付きドレスをまとったジゼルは、一言発するごとに一歩一歩後ずさりながら叫んだ。

広場から大通り沿いに向かってズラリと人垣のように並ぶ観衆、雑踏の合間を縫って雑貨や軽食を売る商魂たくましい露天商、その人員整理に駆り出されている自警団や役人たち――もはやお祭り騒ぎだ。

ジゼルとしては、節分の豆まきイベントみたいに飴玉をばら撒《ま》きたかったが、暴動が起きたらまずいということで却下された。

客寄せ目的だったけれど、この群衆を見ているとやらなくて正解だったと心底思った。たかが飴玉を揉み合って取り合うようなことがあっては、圧死事故に繋がりかねない。

（ていうか、こういうのどっかで見たことあるわぁ……駅伝？　いや、御堂筋《みどうすじ》パレード？）

懐かしい光景がまぶたの裏によみがえるが、今は前世の記憶に思いを馳せている場合ではない。

確かに今日開通式をやることは、半月前くらいからビラやポスターで告知はしてきた。ハイマン家が式典のために市中に出てくることも、もちろん書いた。

しかし、こんなに人が集まるとは予想外だった。

ベイルードの人はそんなに暇なのか、それとも皇室マニアならぬ領主マニアなのか？

自分を除く美形一家を一目拝みたいという気持ちは分からないでもないが……と、家族をチラリと横目に見る。

娘とおそろいのドレスを着ている母。

黒の上下に深緑のクラバットをしている父と兄。

いつもの格好でいつものように付き従うテッドも言わずもがな、美形はいつなん時、何を着ていても美形だ。自分以外のオーラがキラキラしていて、目が潰れそうである。

（なんや、ウチだけ浮いとるな……）

むっちりボディにブサ猫顔のジゼルは、自分がゆるキャラ的な絶大支持を集めていることなど露《つゆ》知らず、規格外の美形たちを羨《うらや》みながら時間通りに馬車に乗り込む。

前方二列に進行方向に向かって景色を楽しめるように置かれた、一人がけの椅子が左右合わせて四台、それより後ろは、窓に添って横並びになるように三人がけの長椅子が二台、計十人が乗れるようになっている。

ハイマン家の面々は特等席の前列の四席に座り、残りの座席に護衛とテッドがつき、発車を告げるラッパの音と共に馬車が動き出した。

周囲の安全確認のため、騎馬の護衛も何人か並走しており、まさにパレードの様相である。

ジゼルがいつも乗っている高級な馬車ほど乗り心地はよくないが、座席のクッションにはしっかりと衝撃吸収用の綿を詰め込んでいるし、揺れで転げ落ちないよう掴まれる手すりも立てているので、公共の乗り物としてはまあまあ快適な空間と言えるだろう。

丈夫でしなやかなゴム製の車輪やサスペンションが開発されれば、もっと快適になるだろうが、そのあたりの技術革命までは専門外だ。今後の発明家の活躍に期待する。

乗り心地を脳内レポートにまとめながら景色を眺めつつ、沿道に詰めかけた人たちに手を振るという、前世のテレビで観た皇室行事みたいなイベントをこなしていると——群衆の中に異変を発見した。

雑踏の中でうずくまる女性と、それを支えて立ち上がらせようとしている男性。

急病人だろうか。周りの人々も心配そうに見守り、広い場所へ連れ出そうと手を貸している者もいるが、人混みの中ではうまく身動きが取れないようだ。

「駅者《ぎょしゃ》さん！　止まって、止まって！」

ジゼルが駅者席《ぎょしゃせき》に通じる壁をドンドン叩きつつ、車輪の音に負けないほどに声を張り上げると、馬車は急ブレーキをかけて停車する。

その反動を手すりにつかまりながら耐え、停止するやいなや従者に指示を飛ばす。

「テッド、あっちに急病人がおるみたいや！　病院まで運ぶから、ここに乗せたって！」

いつもならジゼルの突発的な言動にも動じず「はいはい」とうなずくテッドだが、今日に限ってはやけに冷たい眼差しのまま動かない。

「……お嬢様がお優しいのはよく存じておりますが、誰彼構わず手を差し伸べるのは、果たして正しいことなのでしょうか？　乗合馬車の業務に急病人の搬送は含まれていないはずです。一つ例外を許せば、保たれるべき秩序が崩壊します。それは貴族として――事業主として、許されるべき行いではないと思いますが」

テッドの言葉は心を抉《えぐ》るほどの正論だ。

しかし、ジゼルにはジゼルの貫きたい想いがある。気合を入れるように胸元を握り締め、反撃に出る。

「せやね。アンタの言うことは、ものごっつい正論やわ。ウチのやろうとしとることは、偽善なんかもしれん。せやけど……目の前におる一人を見捨てるような人間が、その他大勢の人らを見捨てへんって誰が信じるんや？　そんな無責任な奴に誰がついていくんや？　ウチやったら、そんな上司まっぴらごめんやわ」

「それは理想論ですよ」

「アホか！　理想を現実にするんが為政者《いせいしゃ》の仕事やろ！」

予想外なジゼルの返しに、テッドは目をしばたたかせる。

怯《ひる》んだと見たジゼルはニヤリと笑みを浮かべ、ここぞとばかりに説《と》き伏せにかかった。

「……なーんて偉そうなこと言うてみたけど、別にウチかて考えなしに人助けしようなんて思うてないで。これはイメージアップ戦略や。民衆はこういうお涙ちょうだいの話に弱いからなぁ。情けは人の為ならず――人助けは、巡り巡って自分の利益になるっちゅーこっちゃ。どうや、これでもアカンって言うんか？」

本気でそんなことを思っているわけではない。ジゼルの中にあるのは純然たるお節介精神だ。でも、テッドを説得するには情に訴えるより、実利を前提にした言い回しが効果的だと考えた。

実際に彼は何か感じるものがあったのか、それとも何を言っても無駄だと分かったのか、釈然としない顔をしながらも首肯《しゅこう》した。

「……かしこまりました。そこまで確固たる意志がおありでしたら、私から申し上げることは何もございません。出過ぎた真似をして申し訳ありませんでした」

「謝らんでええよ。ウチみたいな世間知らずの甘ちゃんには、ジブンみたいにガツンと現実突き付けてくれる人が必要やし。それより、こんな問答しとる間に手遅れになっとったら、ホンマにシャレにならんわ。早う連れてきたって」

「はいはい、人使いが荒いですねぇ……」

文句を言いながらもテッドが速やかに護衛を伴って馬車を降り、人をかき分けて進むと、顔色悪く荒い息をつく身重の女性がうずくまっていた。

腹の大きさからして臨月だ。開通式の見物に来ていて、急に産気づいたのだろう。

傍《そば》に寄り添っている男性に「旦那さんですか？」と問うと、かすれた声で「はい」と返ってきた。

「さ、散歩がてら……う、噂の乗合馬車を、見に、きたら……突然……」

こちらの予想通りの答えだ。うろたえるばかりの夫の肩を宥《なだ》めるように叩き、テッドはできるだけゆっくりとした口調で質問をする。

「おおよその事情は察しがつきますので、ひとまず落ち着いてください。今は奥さんを病院へ連れていくことが先決です。かかりつけの医者は？」

「あ……中央、病院……」

このあたりに住む人間なら大抵がお世話になる総合病院であり、通院目的に使ってもらうため乗合馬車の路線上に停留所がある。個人経営の医院は入り組んだ場所にあることが多く、あの大型車両が通行できない可能性があったが、杞憂《きゆう》に終わってよかった。

「では、私どもの馬車でお運びします」

「え……でも、大事な、式典の途中では……？」

「主《あるじ》が——社長がそうしろとおっしゃるので、気にすることはないでしょう。そもそもそちらの身動きが取れないのは、当方の責任でもありますしね」

オドオドする夫に小さく肩をすくめながらテッドは言い、護衛たちに手伝わせて妊婦を馬車へと連れていく。

夫はそれを祈るような眼差しで見送ろうとするが、こんなところに放置していくより一緒に連れていった方が効率がいいので「あなたも同乗してください」と背を押し、夫婦まとめて乗合馬車へご招待した。

「うわ、妊婦さんやったんかいな！　えらいこっちゃ！　ほな、急がなアカンな！」

産気づいた状態で運ばれてきた女性を見て目を丸くしたジゼルは、騎馬で並走していた一人に病院へ急患が向かうことの伝令を任せ、残りには進路上の安全を確保するため見物客の退避をお願いする。

通常業務では想定していないスピードを出すので、ちょっとの操縦ミスで事故に繋がる。誰かを助けるために他の人を傷つけては本末転倒だし、今後二度と乗合馬車を走らせることができなくなるかもしれない。慎重になりすぎるくらいがちょうどいい。

騎馬組を見送ると、護衛たちに抱えられた彼女を横長の座席に寝かせて、振動で落ちないよう支えることを指示する。

一人奮闘するジゼルをよそに、父と兄はオロオロするばかりだ。

こういう時に限って男は頼りにならない。

「うぅ……」

頼りない男たちにイラッとしていると、脂汗を滲《にじ》ませて陣痛に耐えていた女性が薄目を開けた。

何かにすがるように伸ばされた手を、ジゼルはふっくらとした両手で包み込む。

産みの苦しみはどれほどか、前世でも経験のないジゼルには分からないが、命がけの大仕事に臨む彼女を少しでも励ましたくて、笑顔を作って優しく言葉をかける。

「大丈夫、大丈夫。すぐに病院に着きますからね。なんや、むっさいオッサンに囲まれて嫌かもしれんけど、安全のためやから少しだけ我慢したってください。赤ちゃんも、早う出たいかもしれんけど、もうちょっとだけお母ちゃんのお腹で踏ん張っててや。頼むで」

「あ……うっ」

ジゼルの手が離れると名残惜《なごりお》しそうな声が上がるが、再び痛みに眉をひそめて呻《うめ》く。

夫はそんな妻に寄り添おうとするものの、テッドがそれを引き留める。

「つ、妻の、傍《そば》に……！」

「危ないですから、席におつきください」

「そうそう。旦那さんがそうしたなる気持ちも分かるけど、そないにすぐ産まれるわけやないですし、うっかり怪我して動けんくなったら奥さんも子供さんも困りますやろ。ほら、甘いモンでも食べて落ち着いてください」

陣痛が始まって破水しても、出産へ至るには何時間もかかる場合がほとんどだし、丸一日だとか二日近くかかったなんて話も聞く。落ち着けと言われても難しいだろうが、今から慌てていても体力の無駄である。

妻の不穏な様子に狼狽《ろうばい》するばかりの夫に、ポケットから出した飴玉を握らせて向かい側の座席につかせる。献身的なのは結構だが安全第一だ。

護衛たちの屈強な体なら多少の衝撃にも耐えられるだろうが、彼は見るからに貧弱だ。転倒した弾みにボッキリと骨でも折れたら寝覚めが悪すぎる。

「よっしゃ、これで準備完了や。慎重かつ迅速に出発――って、お母ちゃん？」

少しでも軽くなるよう半分の護衛を降ろし、残る皆を座らせようとしたが……事の成り行きを見守っていた母が青い顔をこわばらせ、苦悶《くもん》の表情を浮かべる妊婦を注視したまま動かない。

きっと彼女の頭には、十数年前に流産した時の記憶がよみがえっている。

それと同時に、自分が宿した命は失われてしまったのに、今こうして新たな命が生まれようとしているという、どうしようもない理不尽さに打ちひしがれているのだろう。

あの件以来、子を授かれない体になったという母は、孤児院での慈善事業に精を出したり、ジゼルを溺愛したりすることで心の傷を癒していたようだが、流れた子のことを思って涙する日もあれば、お腹の大きな女性を見てどこか遠い目をする時もある。

以前はその母の様子を変だなと思いつつも、ジゼルが気を引けばすぐに笑顔になったので、深く考えることはしなかった。

しかし己の出生を知り、四十年近い前世の人生経験を思い出してからは、彼女の中にどれほどの悲しみややるせなさが秘められているか、想像するだけで胸が苦しくなる。

島藤未央だった頃も今も、子を持つ母親の本当の気持ちは理解できない。

出産経験もなければ、ましてや流産というものも知識としてしか理解していない。

そんなジゼルが想像の域だけで彼女を憐《あわ》れむことは筋違いだし、その痛みを知らない身で慰《なぐさ》めることもできないが……同じ女として、娘として、寄り添うことだけはできる。

佇《たたず》んだままの母の手を引き、男性が座る横長の座席を指す。

「お母ちゃん、一緒にあそこに座ろ。ウチ、あの人心配やねん」

「え、ええ……そうね」

虚《うつ》ろな目でうなずく母と席につくと、いななきと共に馬車は走り出す。

通常の走行速度よりスピードアップしているので、しっかり手すりに掴まっていないとバランスを崩しそうになるが、母が横から抱きしめてくれるのでとても安定性がいい。

でも、ジゼルを包む彼女の腕は娘を支えているのと同時に、すがりついているようにも感じられる。できるだけ密着するように身を寄せ、母にだけギリギリ聞こえる声色でささやく。

「……ごめんな、お母ちゃん。ウチのわがままで、嫌なこと思い出させて」

「え……？」

「お母ちゃんが自分の子を亡くして、どんだけ苦しいかとか悲しいかとか、ウチには正直なんも分からへん。この妊婦さんに何を思って何を感じてるんかも、想像することしかでけへん。せやけど、ウチは何があってもお母ちゃんの味方やで」

まさか娘に心の内を指摘されるとは思っていなかったのか、母は虚を突かれたように目を見開く。

「ジゼルちゃん……」

「人には言われへんような真っ黒い感情を抱えとっても、ウチは全部受け止めたる。愚痴も弱音もナンボでも聞いたる。せやから、その……どう言うてええか分からんけど、一人で無理したらアカンで。まあ、現在進行形でいろんな人に迷惑かけまくって、お世話になりまくっとるウチが言うても、全然説得力ないけどな」

そう言いながら母の腕の中でヘラッと笑うと、泣き笑いのような表情が返ってきた。

「そんなこと、ないわ。ジゼルちゃんは、お母様の誇りよ……ありがとう」

一度ギュッと抱きしめられて身を離す。すると、いくらか顔色がよくなった母が小さく微笑み、苦しげな妻を早くも憔悴《しょうすい》しきった目で見守る夫に穏やかなトーンで声をかけた。

「奥様のご容態が心配でしょうけれど、きっと大丈夫ですよ。子を産んだ経験のある私には分かります。それより、これから父親になるのならもっとドンと構えていなくては。一番の支えになるべきあなたがそのように疲れ切っていては、奥様もお子様も不安になってしまいますわ」

「あ……は、はい……！」

男性は公爵夫人のお言葉に恐縮した様子で背筋を伸ばし、深呼吸を繰り返しながら気持ちを落ち着かせている。

それから父親の威厳を表現したいのか、キリリとした表情を浮かべようとしているが……眉尻が下がっているし頬は引きつっているし、いまいち様にならない。

何も知らない人が見ればちょっと滑稽《こっけい》な図だが、彼なりに妻と子供のために成長しようと頑張っているので、決して笑ってはいけない。

そうこうしている間に、馬車は病院前へと到着した。

停留所付近にはあらかじめ連絡を受けていた看護師たちが、担架《たんか》を持って待機していた。この様子では中の準備も万端だろう。

護衛たちによって降ろされた妊婦が速やかに搬送されていき、夫が絡まりそうになる足で慌てて追いかける。

事情を聞きつけ集まっていた野次馬たちから「母ちゃん、頑張れよ！」「しっかりしろ、旦那ぁ！」と温かな激励を送られながら、一緒に病院内へと消えていった。

ジゼルたちはそれを見送る間もなく、野次馬に囲まれる前に早々に出発して、開通式を再開した。


開通式は初《しょ》っ端《ぱな》からトラブルに巻き込まれた……むしろジゼルが巻き込んだと言うべきだが、ともかくそれ以外は特に問題なくお披露目を終え、無事にその日のうちに営業は開始された。

初見のインパクトもさることながら、人命救助に貢献したジゼルの行いは人々から高く評価され、その功績と共にブサネコ・カンパニーの名が領内に広まった。

乗合馬車も安い運賃と正確な運行管理により、利用客は着実に増え続けていて事業は早々に軌道に乗り、庶民の足として定着するのはそう遠い未来の話ではないだろうと目《もく》されている。

ちなみに病院に搬送されたあの妊婦は、無事に双子の男の子を出産した。

ジゼルらに対する礼が綴《つづ》られた手紙からは、今は夫婦一丸となって家事に育児に追われる毎日だと、楽しそうな近況が伝えられていた。幸せそうで何よりである。

ちなみにアーメンガートが用意した件《くだん》のシナリオは、ジゼルが安全確保を指示したエリアで行われる予定だったため、犠牲者となるはずだった人間は他の見物客と一緒に強制撤退させられていた。

結果的に別の命も救ったばかりか最大のピンチもまとめて回避したが、そのことを当人が知ることはなかった。

＊＊＊＊＊

さて、仕かけた罠がことごとく失敗し、敗北を喫《きっ》したアーメンガートはといえば――ポルカ村に完成したばかりの足湯でのんびりくつろいでいた。

表面上は至って優雅な表情を取り繕っているが……その胸中は嵐で荒れ狂う大海原のようだった。

（あああ！　もう、むかつくったらないわ！　好き勝手やってるだけなのに周りからチヤホヤされて愛されて、おまけに事業まで成功させようとしてるなんて信じられない！　デブスのくせに、悪役令嬢のくせに、ヒロイン面して一体何様のつもりなの⁉　ヒロインはわたくしなんだから、分をわきまえなさいよ！）

村人たちに金をばら撒《ま》いて足湯周辺を完全に人払いをさせ、折り畳み式の衝立《ついたて》で四方を囲い、世話をする侍女を一人だけ傍《そば》に置いている彼女は、可憐な顔に似合わない青いルージュとシャドウを引き、フリルとリボンをたっぷりあしらった真っ赤なワンピースと、花のコサージュを山のように盛った同色のボンネットをまとっている。

何故彼女がここにいるかといえば、自分の弄《ろう》した策によりジゼルが絶望に染まる瞬間をこの目で確かめるためだった。

そのために時間をかけてマルクスや周囲の侍女を「ずっと閉じ籠っていると気がおかしくなりそう」と言って丸め込み、主治医に金を積んで偽の『おたふく風邪』の診断書を書いてもらってミリアルドを遠ざけ、王宮を出る算段を整えた。

十二という年齢的に少々無理がある病気とはいえ、通常罹患《りかん》するような幼い子供を抱える使用人も大勢いるので、そこから感染する可能性がまったくないわけではないし、見目の悪さを理由に異性を遠ざけるいい方便になるので採用した。

そして正体を隠すため〝ド派手でわがままで悪趣味な豪商の娘〟を装《よそお》い、はるばるベイルードまで赴《おもむ》いたが……不測の事態で当たり役の人身御供《ひとみごくう》だけではなく、アーメンガート一行もあの場から強制撤退させられた。

場所を変えて実行しようにも、人混みの中では当たり役とはぐれたまま合流できなかったそうだ。きっと死ぬのが怖くて逃げたのだろう。

その辺にいる客の一人で代用しようとも考えたが、ジゼルと関わりの深い人物だったら執拗《しつよう》に犯人探しをされるだろうし、そうでなくともアウェーで思いつきの行動を取るのは命取りだ。まことに遺憾《いかん》ながら中止せざるを得なかった。

単に策がうまくいかなかっただけならここまで腹も立たないが、ジゼルの取った偽善じみた行動がこちらの邪魔をしたばかりか、彼女の株を大いに上げる結果に終わったとなると、まさに憤懣《ふんまん》やるかたなしだ。迸《ほとばし》るかんしゃくのまま暴れ出したい気分である。

その荒れに荒れた気持ちを少しでも静めようと、カミルの報告にあった温泉に立ち寄ってみたのだが、一般には足湯しか提供されてないという事実に、余計な苛立ちが追加されてしまった。

王宮では望めば毎日でも湯殿で身を清められていたから、この世界では入浴の習慣がないのをすっかり忘れていた。このあたりは元日本人あるあるらしい。

まあ、足湯だけでも長旅のむくみが取れて十分温まるし、郷愁を誘う香りで気持ちも多少はほぐれたが……モヤモヤのすべてを文字通り水に流すことはできそうになかった。

「……アミィ様。お食事の支度が整いました」

衝立《ついたて》の向こうに控えていたマルクスが呼びかけてくる。アーメンガートという名は珍しくはないが、すぐ傍《そば》には公爵家の別荘もある敵地のど真ん中。金で人払いと口止めをしているとはいえ、どこからジゼルたちの耳に入るか分からないので、偽名を使うことにしている。

「分かったわ、すぐに行くから」

いつもより砕けた言葉遣いで答えると、湯から足を出して侍女に拭かせて身支度を整える。

それから衝立《ついたて》と一緒に移動すると、小さな広場にテーブルセットが用意されていた。そこには食堂で一番人気だという温玉パンケーキが——毒見により崩れ気味で鎮座していた。

仕方がないこととはいえ、想像とは違う見栄えに上向いていたテンションが下がる。

しかし、味そのものはまあまあだった。ポーチドエッグとはまた違う、温泉卵ならではのトロトロ具合が元日本人の感性を刺激する。

(温泉卵もあのデブスの提案だっていうんだから、本当に腹立たしいけど……まあ、細かいことは気にしない方が精神衛生のためにいいわね。食べ物自体はあいつと無関係なんだし)

美味しい食事は人を寛大にするらしい。少しだけテンションを持ち直したアーメンガートは、ヤンデレ王子が自分の不在に気づく前にさっさと王宮に戻ることにした。

（……ふう、いつまでも失敗を引きずっていてはダメね。別にこちらが被害を受けたわけでもあるまいし、次の手を考えた方が建設的だわ）

馬車に揺られながらそう切り替えたアーメンガートは、近々デビューする社交界でアドバンテージを取る計画を練り始めた。

今回の敗因は、やはり味方や手駒の少なさだろう。

冷静に分析すれば、カミルは敵地で一人、正体を露見させることなくうまく立ち回ってくれたから、決して無能ではなかったと思うが、いかんせんジゼルの味方が多すぎて結果が出せなかった。

ならば、今度はこちらが圧倒的に有利に振る舞える地盤を作ればいい。それこそ、手のひらの上で自由自在に転がせるくらいに。

とはいえ、上級貴族のほとんどはジゼルの味方。

特に建築資材の供給停止を謀《はか》った際に、仕入れ先が彼女に友好的なシーラ侯爵の領地だったせいで、ロクな時間稼ぎすらできないまま解決してしまったのは痛かった。ああいう過ちを二度と犯さないためには、こちらの言いなりになる味方が不可欠だ。

今のアーメンガートはルクウォーツ侯爵とミリアルドの後ろ盾があるとはいえ、総合的な権威ではジゼルに劣る。しかし、無数の蟻が集まれば象を倒せるのと同じように、たとえ弱者であっても数を集めれば社交界の噂の流れもこちらの意のままに操れるはず。

（数で対抗するとなれば、狙うは下級貴族ね。出世や金を餌にすれば簡単に釣れそうだし、体を張らなくったって王太子妃の取り巻きにしてやるって言うだけで、みんなコロリと騙されてくれ

るわ）
新たな策略を巡らせているうちにすっかり機嫌のよくなった女狐少女は、馬車の揺れに身を任せてまどろみに落ちた。
その後、入念な根回しのおかげでプチ家出も人身事故未遂も悟られることなく、これまで通りの豪華すぎる鳥籠生活へと回帰したが……完全隔離の時間が長すぎたせいで、しばらくの間ミリアルドが物理的にべったりとくっついて離れなかったという。

＊＊＊＊＊

開通式が終わってしばらく経ち、秋も一層深まり冬の気配が薄っすらと感じられるようになったある日。

現場からこまごましたトラブル報告や要望が寄せられて、ジェイコブに意見を求められたジゼルがせわしなく対応している中――カミルは貴族御用達《ごようたし》のティーサロンにある、窓のない小さな個室にいた。

表沙汰にできない密会目的で使われるのだろうその部屋は、あちこちに設置されたランプや燭台《しょくだい》で昼間のように明るいが、四人がけのテーブルといくつか調度品があるだけで窮屈に感じる。

いつもの制服でも変装用の私服でもなく、格式高いお茶会でも十分通用する盛装をまとっているカミルは、そんな窮屈な空間で居心地悪そうにしながらも静かに一服していた。

影衆《かげしゅう》兼メイドであるカミルがこんなところにいるのは、お一人様の豪華な休日を満喫しているわけでも、秘密の恋人と逢瀬《おうせ》を楽しむためでもない。

招待状という名の召喚状で呼び出されたのだ――第二王子を名乗る人間から。

名前だけならいくらでも偽れるが、封蝋《ふうろう》にエントール王家の紋章が捺《お》されていたし、芸術的な透かし模様が入った便箋も王家御用達《ごようたし》のものだったから間違いない。

アーメンガートの命令で動いているとはいえ、まだ婚姻していない以上、ミリアルドが直接の主《あるじ》に当たるが、影衆《かげしゅう》の身ではどんなボンクラでも王族からの呼び出しは断ることはできない。

（……けどまあ、波風立てず鞍替《くらが》えするチャンスではある。噂通りのボンクラなら仕事の手抜きをしてもバレないし、出世への点数稼ぎになるし、一石二鳥だ）

下衆《げす》なそろばんを弾きながら、少し冷めたお茶を啜《すす》るカミル。

一連の妨害工作は失敗に終わり任を解かれるかと思われたカミルだが、そのままジゼルの動向を探るよう命じられ、今もハイマン家に留まり続けている。

だが、どれだけ張り付いていても使用人の輪に溶け込んでも、これといって目新しい情報は手に入らないし、時たまテッドが絡んでくるのが鬱陶《うっとう》しいしヒヤヒヤするしで、はっきり言ってクビになった方がマシだったと日々痛感していたところだ。

どこからカミルの存在や居場所を突き止めたのかは不明だが、わざわざ密会場所まで指定して呼び出すとなれば、大なり小なり仕事の依頼だろう。

正室腹の王子はどちらもロクな噂を聞かないが、アーメンガートの謀略に付き合ったところで自分のプラスになりそうにないし、ハイマン家から離れられるだけでも万々歳だ。

そんなことを考えながら一人ほくそ笑んでいると、ノックが聞こえてきて「お連れ様が到着しました」と声がかかった。

ここに本人たちが来るとは思えないものの、代理人に対しても失礼な態度を取ればそれだけマイナスになるので、丁重に頭を下げて出迎えたが――

「ご丁寧なお迎え恐れ入ります、カミルさん」

頭上から降ってきた流麗な声は、テッドのものだった。

予想しなかった登場人物にビシリと固まるカミルに、彼はさらに畳みかける。

「いつもお召しのメイドの制服もお似合いですが、男装の方がより一層お似合いですね。生き生きとしているというか、実にあなたらしいというか……まあ、元々男性なんだから当然ですけど」

今着ているのは男物の盛装。ドレスではない。

変装や自衛のため男装する女性がいないわけではないが……テッドの言葉通り、カミルの実際の性別は男である。

線の細さや背の低さを利用した女装と、普段の男の姿を状況によって使い分け、さらに特徴のない顔をプロ並みのメイク術で七変化させ、巧みに正体を隠すのがカミルの常套《じょうとう》手段だった。

せめてメイド姿の時に使用しているカツラを被っていれば、男装と言い張ることもできただろうが、今は短く刈った地の髪にノーメイクの素顔を晒《さら》しているので、見るからに男だ。

しかも、テッドがここにいるということは、第二王子の遣いとしてやってきたということ。彼自身が影衆《かげしゅう》を罰することはできないし、王子に告げ口したところで任務だったからと言えば咎《とが》められることもないが……今の口ぶりではここに来るより前に、カミルが性別を偽っていたことはお見通しだったのだろう。

自慢の変装を見破られて、これまで培《つちか》ってきた自信が崩れていく音が聞こえる。

「ああ、ご心配なく。このことは私の胸のうちにとどめておきますし、今日お呼びしたのもあなたを糾弾《きゅうだん》するためではありません。どうぞお顔を上げてください」

「は、はあ……」

いまいち信用できないが、カミルは状況的にうなずくことしかできない。

言われるまま顔を上げると、テッドはニコリと微笑んで着席を促し、自分もカミルと対面になるように席に着く。それを待っていたかのようなタイミングで給仕係が現れ、新しいお茶と焼き菓子をテキパキと並べて去っていった。

係の気配が完全に消えるまでしばし無言でお茶を啜《すす》り——ややあってテッドが口を開いた。

「さて、改めて自己紹介させてもらおうか。私はセドリック・イル・エントール……不肖の第二王子だ。テッドはセドリックの愛称の一つではあるが、お前と同じように世を忍ぶ仮の名前だと思ってくれればいい」

「え、あ……ほ、本物……？」

さっきまでの従者らしい慇懃《いんぎん》な言葉遣いが消え失せ、口調も態度もいきなり尊大にシフトチェンジした上、真の身分を突然カミングアウトされてカミルはフリーズした。

「確固たる証明は難しいが、シグネットリングでよければ見せてやろう」

テッドは小指にはまった指輪を抜き取ってナプキンの上に載せ、カミルのもとへ滑らせる。

シグネットリングは身分証明証と実印を兼ねた、紋章が刻まれた小さい指輪。

紛失したらどんな悪事に使われるか分からない超貴重品で、こんな風に無防備に突き出すものではないが、あちらがいいというのだから断る理由はない。

ナプキンごと手に取って確かめると、紛うことなき王家の紋章入りだった。影衆《かげしゅう》が、仕える主《あるじ》の家紋を見間違えるわけがない。

（いやいや、なんで第二王子がよその家で従者やってるんだよ。おかしいだろ。しかもミリアルド様が敵視するハイマン家なんて、対立する気満々の構図じゃないか。働くにしたって騎士とか外交官とか、もうちょっと国益になることをやれよな）

際限なく疑問が湧いてくるがひとまず深呼吸してリセットし、丁重にお返しした。

「……取り乱して申し訳ありません。まさかセドリック殿下自らお出ましになるとは想像もせず……ですが、私のような若輩者《じゃくはいもの》に一体なんのご用でしょうか。任務のご依頼があるのでしたら、上を通していただければ……」

「誰にも知られたくない依頼だから、こうして個人的に呼び出したんだ」

シグネットリングをはめたテッドは、カミルを正面から見据えて切り出した。

「影衆《かげしゅう》カミル、二重スパイをやる気はないか？　報酬は弾むぞ？」

「は、はい？　私に金で裏切れと言うのですか？」

「別にアーメンガート嬢やミリアルドの動向を流せとも、強請の材料を握ってこいとも言わない。お前はこれまで通り、与えられた任務を遂行し続けてくれるだけでいい。女装もまあ、風紀を乱さなければそのままで結構。一切干渉も制止もしない――ただし、お前の動向は逐一監視させてもらうし、私の正体も口外しないことが条件だ」

「そういう意味での二重スパイですか……」

現状維持を続けることで、公爵家側が影衆《かげしゅう》の存在に気づいていないと油断させ、カミルの行動を監視して敵の手の内を見透かそうという魂胆《こんたん》のようだ。正確な情報が手に入らないが、頭の切れるテッドのことだから高度な予測を立てられるだろうし、カミルも内通を疑われることなく収入を増やせる。

（なるほど、だからあえて身元を晒《さら》したのか。生殺与奪《せいさつよだつ》権を持つ王族が傍《そば》にいれば、影衆《かげしゅう》はそう簡単に裏切れないし、たとえこちらがあいつの正体を吹聴したところで誰も信じない）

一国の王子が使用人をやっているなど、誰が想像するだろう。

仮に信じる者がいたとしても、テッドが舌先三寸で丸め込んでお終《しま》いだ。

（でも、どうしてそこまでする必要がある？　彼にジゼル・ハイマンを守る理由があるとは思えないが、立場上は側室腹のミリアルドと対立関係にあるし、アーメンガートの不祥事をネタに王位簒《さん》奪《だつ》を企《たくら》んでても不思議じゃないが……）

いくら考えても答えは出ないし、彼の真の思惑を知ったところでカミルにとって利はない。むしろ知らぬが仏という奴だろう。

「納得してもらえたようで何より。口約束だけではお互い心許ないだろうから、正式な誓約書を用意した。しっかり読んでからサインしろ」

テッドは淡々と告げて呼び鈴を鳴らして筆記具を持ってこさせると、懐《ふところ》から折りたたんだ紙を取り出してテーブルの上に広げる。

召喚状の便箋と同じ特殊な透かし模様の入った二枚組の用紙には、彼の言った内容が箇条書きで書き連ねてあった。不履行とみなされた時の処遇についても記載があり、テッドは廃嫡、カミルは影衆《かげしゅう》からの追放とある。

テッドの署名は済んでおり、あとはカミルの署名を待つのみの状態だった。

身分を捨てる覚悟を背負うような取引をするその真意は不明だが、誘い文句に偽りなく報酬も破格だし、カミルに断る権利も理由もない。

差し出されたペンを取り、言われるままにサインをした。

「――交渉成立、だな。では、こちらはお前に託しておこう」

テッドは満足そうにうなずいて誓約書の一枚をテーブルの上を滑らせてカミルに渡し、もう一枚を自分の懐《ふところ》に仕舞うと、ティーカップに残ったお茶を飲み干して立ち上がる。

「……で、殿下、お帰りですか?」

「慌ただしくて申し訳ありませんが、こちらは休憩時間に抜け出しておりまして。支払いはこちらでしておきますので、カミルさんは心ゆくまで休日を満喫していってくださいね」

仮面を付け替えたかのように瞬《またた》く間に王子から従者へ変わったテッドは、「お先に失礼します」と慇懃《いんぎん》に頭を下げてさっさと出ていった。

「あの人、実は二重人格なんじゃないの……？」

一人残されたカミルがポツリとつぶやく声が、小さな密室でやけに大きく響いた。

第五章　恋の行方と家族の肖像

乗合馬車が開通して半年弱。

緩やかではあるが経営は軌道に乗り、ジゼルが勉強と社長業を両立して忙しくしている中、ビショップ侯爵のタウンハウスではファンクラブの会合が開かれていた。

会場に選ばれた、日の光がたっぷり降り注ぐガラス張りのサロンには、ジゼルの取り巻きを自称するロゼッタを始めとした上級貴族の令嬢たちが集まり、お茶とお菓子を囲んで和気あいあいと談笑していた。

このファンクラブはハンスとロゼッタが立ち上げ、ジゼルの偉業や尊さを口コミや会報誌で内外に発信する役目を担っている。

ハンスが会長、ロゼッタが副会長として、ファンクラブの運営を取り仕切っており、ある程度は個々に活動しているが――月に一度はこうしてどこかの会員の屋敷で会合を行い、情報交換や会報誌の紙面について議論し合うのだ。

まあそうは言っても、これだけの女子が集まれば自然とジゼルに関係ない、趣味や流行《はや》りものの話題が上ることも多いし、一度しゃべり出したらなかなか止まらないもの。

そんな女の子の習性を理解し、他愛ないおしゃべり時間を邪魔しないようハンスは彼女らより遅れて到着するのが常で、その心遣いを皆快《こころよ》く思っていたが――一名例外がいる。

もちろんロゼッタ・ビショップである。

（……遅いわね、ハンス様）

他の令嬢たちの姦《かしま》しいおしゃべりにうわの空で相槌《あいづち》を打ち、コチコチと音を立てて時を刻む柱時計にチラチラと目をやりながら、時折物憂《ものう》げなため息をつくロゼッタは、さながら恋する乙女だ。

十七になった彼女からは随分と幼さが消え、大人の女性へと変化しつつあった。

気の強さを体現したようなきつめの美貌といい、全体的に細身なのに出るところはしっかり出ている体つきといい、同性でも憧れるような……それこそジゼルの弁を借りるなら「絶対にあっちが悪役令嬢やん！」と断言するような、絶世の美女である。

美しいだけでなく教養も満点の彼女は各方面から縁談を持ちかけられているし、社交場で口説かれることもしょっちゅうだというのに、彼女自身がそれらをすげなく断っている。

いずれは家のためにも結婚はするつもりであるが、幼い頃に焼き付いたジゼルの雄姿《ゆうし》が忘れられないせいで、優良物件と言われる令息たちすらもちっぽけな存在に見え、興味を持てなかったけれど……ハンスだけはなんとなく違った。

外見は並み以上に整っている一方でたくましさや気迫に欠ける、ありていに言えば男らしくない軟弱そうな青年であったが、〝ジゼルを敬愛する〟という共通点から、ロゼッタの中で一番身近な男性だった。

そして社交界デビューした夜会で意気投合して以来、もしかしたらジゼルよりもこまめに連絡を取り合いながら、取り巻きを自称する令嬢たちも巻き込んでファンクラブを作った。

こうした集まりもそうだが、個人的な手紙や社交場での会話で、離れた地で大活躍するジゼルの武勇伝の感動を分かち合い、尊さを再確認し合うのは、ロゼッタにとって何よりも楽しいひと時だ。

そう。始めはただ楽しいだけだった。

同志として、ジゼルについて些細《ささい》なことを語り合うだけで満足だった。

しかし、溺愛する妹について熱弁を振るう彼に、次第に言いようのない不快感を覚えるようになった。自らも忠誠を誓うジゼルのことであるにもかかわらず、彼の口から賛辞の言葉が紡《つむ》がれる度に嫌悪感が募り、何度も自己嫌悪に陥《おちい》った。

脱退の二文字もちらついたが、ファンクラブについては自分で言い出したことだし、無責任に辞めるのは己の正義感に反するのでできず、しばらくは板挟みで苦しんでいたところ……そんな彼女の変化を見逃さなかった令嬢たちがいた。

あの夜会でこっそり二人の様子をデバガメしていた、ミラとジェーンである。

「「ロゼッタ嬢、それは恋ですわ！」」

ドヤ顔で声をそろえて断言されたロゼッタは、最初「何を馬鹿な」と思った。

だが、彼女たちから流行《はや》りの恋愛小説を片手に「恋とはなんたるか」をこんこんと語られ、そこから自分に当てはまる症状をいくつも言い当てられ、否応なしに恋心を自覚させられたのだった。

まあ自覚したからといって、劇的に何かが変わるわけではなかった。

これまで抱えてきた負の感情の出所や意味が分かり、精神的にはかなり落ち着いたが、完全に恋愛初心者のロゼッタには何をしていいかサッパリだし……そもそも、ハンスが女性からの強引なアプローチに辟易《へきえき》しているのを知っていたから、嫌われたくない一心で余計なことはできなかった。

せいぜい、いつもと変わらない態度を心がけるのが精一杯だ。

このままズルズル現状に流されるわけにもいかないし、思い切って行動に移さねばならないのは分かっているが——ジゼル以上に愛される自信など微塵《みじん》もない。

（いっそお父様にお願いして、ハイマン家に縁談を持ちかけるとか……）

そんな他力本願なことを考えていると、侍女に案内されてハンスがサロンにやってきた。

待ち焦がれた人の登場に胸が苦しくなるが、令嬢教育で鍛えられた鋼の精神力でそれをねじ伏せて、笑顔で出迎える。

「……ようこそお越しくださいました。お待ちしておりましたわ、ハンス様」

「待たせてごめんね。そこの廊下でロベルトくんに捕まっちゃって」

「まあ、また弟がご迷惑を？」

ロベルトはロゼッタの歳の離れた弟で、次期ビショップ侯爵となる跡取り息子だ。

八歳になったばかりの小さな弟は、つい最近までじっとしているのが苦手なわんぱく坊主で、誰彼構わずいたずらを仕かけるような、使用人も家庭教師も手を焼く我が家の問題児だった。

ハンスに完膚《かんぷ》なきまでに叩きのめされて以来、すっかり大人しくなったばかりか「おれもハンスさまみたいになる！」と彼を尊敬し、これまでずっとサボっていた勉学に励むようになった……とはいえ、根が子供なだけに時々いたずらを仕かけてくるので油断はできない。

よもやその被害に遭ったかと心配になったが、杞憂《きゆう》だったらしくハンスは首を横に振った。

「ああ、違う違う。少し話をしただけだよ。いやぁ、子供って結構鋭いよね……僕もいい加減腹をくくらなきゃなぁ……」

最後の方はボソボソと尻すぼみになってよく聞こえなかったが、何事もなかったようで安心した。

「ロベルトと仲よくしてくださっているようで嬉しいですわ。さ、会長のお出ましを皆さんお待ちですよ。お席へどうぞ」

そう言って踵《きびす》を返して歩き出したが、ハンスがさりげなく距離を詰め、耳打ちするような声量でささやいた。

「あの。これが終わった後、少し時間をもらえる？　ほんの二、三分でいいから」

「え……」

視線だけ振り返ると、いつになく真剣なハンスの顔が間近にあった。

好きな人のドアップ映像と期待させるような言い回しのダブルパンチで、頭はクラクラするし、心臓が飛び跳ねて喉から飛び出そうな錯覚に陥《おちい》る。

「は、はい……」

どうにか平常心を保ったロゼッタがかすれた声でうなずくと、ハンスはほっとしたように表情を緩めて席につき、うら若い女性ばかりのところにハンス一人男という、普通ならそうない黒一点のお茶会が始まった。

ただし、ここに集まったロゼッタ以外の令嬢は、彼のことを目の保養くらいには思っていても、恋愛対象や伴侶候補として見ている者はいない。

ほとんどがすでに婚約しているか、特定の恋人がいる令嬢ばかりというのもあるが――そもそもこの集団はジゼルのファンクラブであると同時に、シスコンすぎる兄とツンデレ少女の恋の行方を生温かく応援する会でもある。

発起人はもちろん、ミラとジェーンだ。

ロゼッタがデビューした夜会での出来事を「ここだけの話」と言いながら他の取り巻きに広め、恋愛小説を教材にときめきイベントを画策したり、自然な風を装《よそお》って二人きりにしたりと、数々の暗躍をしてきたが……なかなかうまくいかない。

しかし、先ほどの意味深なやり取りを目撃した彼女たちは、『ついに進展アリか⁉』と声もなく色めき立ち、扇で顔を隠してニヤニヤしていた……のも、給仕が終わるまでのしばらくの間だけ。

給仕係が部屋の隅に控えるのを見届けると、ハンスはスッと表情を引き締めた。

社交場でもいつも笑みを絶やさぬ彼が、こんな顔をするのは珍しい。令嬢たちも下世話な感情を引っ込めて次の一言を待った。

「君たちの耳にも入っていると思うけど、ルクウォーツ侯爵が水面下で下級貴族に根回しをし、アーメンガート嬢への支持を集めているようだ。金銭のばら撒《ま》きだけではなく、令息の就職先や令嬢の嫁ぎ先を斡旋《あっせん》して、勢力を拡大しているという噂もある」

「え、ええ……それは、わたくしたちも存じておりますわ」

「そのあたりの根回しは貴族の常套《じょうとう》手段ですが、ややあからさまで鼻にはつきますすね」

「私たちの家とも多少の繋がりはありますが、私たちがジゼル様をお慕《した》いしている段階で、積極的に手を組むことは避けたいでしょう」

「婚約者のことだって、内々定していたジゼル様を押しのけて、無理矢理ねじ込んだようなものですしね。わざわざ養女までとって。ですが、それがどうかなさいましたか？」

繰り返しになるが、賄賂《わいろ》もコネも貴族にとっては世渡りの常だ。後ろ盾や寄る辺《べ》が欲しい下級貴族なら、その誘いに乗るのもよくある話である。そこに不快感を抱いたとしても、仕方のないことだと割り切れる程度のこと。

しかし、ハンスの中にはそういう類《たぐい》ではない感情や考えがあるようだ。

「もちろん、そのことに問題はないよ。ただ、そうやって繋がった人たちの間から、ジゼルのありもしない噂が流れてるみたいなんだ」

「まあ！　なんと卑劣な！」

「近頃根も葉もない噂が聞こえると思えば、出どころはそこでしたの!?」

幼い頃も貴族令嬢らしからぬ特徴的な容姿のせいで様々な邪推が飛び交っていたが、ファンクラブの面々が雑談に織り交ぜて彼女の素晴らしさをアピールしたり、領地での活躍が社交界にも広まったりと、本人の知らないところでイメージアップが行われていた。

だがそれをかき消すように、じわじわと黒い話題が広まりつつあった。

噂に曰《いわ》く、ジゼル・ハイマンは醜《みにく》く肥え太った傲岸不遜《ごうがんふそん》な少女で、気に入らない人間はたとえ家族であっても容赦なく鞭を打ち、口うるさい使用人は丸裸で屋敷から追い出す、冷酷無比な性格をしているという。

会社を立ち上げ成功しているようだが、それはすべて他人の手柄や功績を奪った結果であり、利益のために従業員を奴隷同然にタダ働きさせ、あこぎな商売で儲けたお金で豪遊している、貴族どころか人間の風上にも置けない悪女だ、とまでささやかれている。

外見はそれぞれの主観が入るのでともかく、気さくでお人好しなジゼルとはまったくかけ離れた人物像である。現物と対面したらあっという間に覆《くつがえ》るか、あるいは大した面の皮の厚さだと、逆に感心されそうな落差である。

会社についてだって経営は大人の協力があってこそだが、きちんとやるべきことはしているし、骨子を形成しているのはジゼルのアイディアだ。

収益も給料や福利厚生として従業員たちに還元されていて、余剰金は事業拡大などのために貯蓄もしているので、この国の中では超のつくホワイト企業である。

令嬢たちは、彼女の成功を妬《ねた》んだ誰か……女を見下すしか能のない出来の悪い令息が、酒の席で管《くだ》を巻いていたのが広まったのだと思っていたが、アーメンガート側から意図的に流されたものだとすれば、事の深刻さは桁違いだ。

「まさか、アーメンガート嬢はジゼル様を……？」

「直接害するつもりはなくても、社交界での立場を悪くしようという魂胆《こんたん》は見え見えだ」

ジゼルのいい評判が流れてくる度、周囲からは「あちらの方が王太子妃にふさわしいのでは？」という声が上がっていたのは事実で、アーメンガートからすれば目の上のたんこぶだったはず。

王太子の寵も厚く、義母になる側室との関係も良好で、王妃教育だって真面目に受けている彼女の首が容易《たやす》くすげ替えられることはないにしろ、可能ならば排除したい存在には違いない。

だが、ジゼルはハイマン家によって守られているばかりではなく、上級貴族の令嬢たちの後ろ盾もあって、さしものルクウォーツ家も表立って仕かけることができない。

だからこうして根も葉もない噂をデビュー前に流して出鼻をくじき、自身の地位を確固たるものにしたいのだろう。

「一体アーメンガート嬢は何を考えているのか……」

「なんとも許しがたいですわ！」

「ですが、まだ王太子妃にもなっていないのに、公爵令嬢のジゼル様に盾突こうとするなど、自殺行為ではありませんか？」

「貴族だけじゃなく、民衆の間でもジゼルの評判が広まってるからね。あちらは殿下の束縛が強いせいで、そういう分かりやすい〝点数稼ぎ〟ができない分、貴族らしい策略に頼るしかないんだろう。君たちが憤《いきどお》る気持ちは分かるけど、僕たちが下手に反論や反撃をすれば、余計にジゼルの足を引っ張るからね。決して手出しはしないで」

「ですが、黙って見過ごすわけにも参りませんわ！」

「大丈夫。僕に一ついい考えがある」

そう言いながらハンスは椅子からすっくと立ち上がると、ロゼッタに目配せをした。

不意に向けられた視線にドキリとするが、そこに込められた意図を把握してロゼッタは小さくうなずく。

そう。これは二人の間では、すでに決定事項だった。

ただ、こんなに早く実行に移すとは思っていなかったが。

……その意味深に交わされた視線に、令嬢たちは再び違う意味で密かに色めき立ったが、そんなことなど気づかないハンスは、拳を固めて宣言する。

「敵が徒党を組んで攻めてくるなら、こちらも一致団結して迎え撃つしかない！　これより、ジゼルファンクラブの名を改め、ジゼル親衛隊とする！　これまでの啓蒙《けいもう》活動に加えて、いついかなる時もジゼルの心身を守る任務を追加する！　あの子が不自由なく社交界を渡っていけるよう、各員で心を砕いてほしい！」

「し、親衛隊……！」

「なんだか熱い響きですわ……！」

「うふふふ、腕が鳴りますわ！」

「……あ。でも、無理しない範囲でいいからね！　自分のせいで君たちが傷ついたなんて知ったら、ジゼルは悲しむから！　ご家族にも迷惑がかかるし、何事もほどほどにね！」

貴族令嬢たちのやる気がみなぎりまくっている様子に、ハンスはビクッと肩を震わせつつ慌てて言い足したが、果たして熱狂の渦に包まれる彼女たちの耳に届いたかどうか。

そんなこんなで、ジゼルの知らない間に親衛隊という仰々しい組織がぶっ立てられてしまった。

興奮冷めやらぬ空気の中、今後の方針について軽く話し合って「緊急事態以外、専守防衛に徹する」ことを周知させて、会合は解散となった。

見守る会の令嬢たちはすみやかに退場し、給仕係も訳知り顔で一礼して退出し、後に残されたのはロゼッタとハンスだけ。

気まずい沈黙がわずかに落ちた後、口火を切ったのはロゼッタだった。

「……それでご用件は？　私、この後も予定がございますの」

予定なんかないくせに、二人きりでパニクっている上に気ばかりが急《せ》いて、つっけんどんな口調が飛び出てしまう。こんな時でもツンデレは通常運転だ。

しかし、それを気にする様子もなく……というよりも、そんな余裕もなく虚空《こくう》に視線を泳がせていたハンスは、ややあってロゼッタを真っ直ぐ見つめたのち、重い口を開く。

「えっと……君の都合のいい日でいいから、僕とデートしてくれない？」

デート。それは、仲のいい男女が二人きりで出かけることを指す言葉。

通常は恋人同士の逢引きとしての意味合いとして使われるが、付き合う前の場合は誘った側にそういう意思があるものだとするのが、恋愛小説のセオリーだ。

（え……ええ……!?）

意中の相手からデートに誘われるという、期待を上回る出来事に頭の中が真っ白になり、そのまま倒れそうになったが、気合と根性で持ちこたえる。

「べ、別に構いませんわ。その、次の休日なら、運よく暇にしておりますから、お付き合いしてもよろしいことですのよ」

ツンデレ発言だけでも可愛げがないというのに、興奮と羞恥《しゅうち》で言語野が誤作動を起こし、語尾がおかしくなった。令嬢にあるまじき失態だ。

終わった――表向きは平静を装《よそお》いながらも、心の中では絶望に打ちひしがれているロゼッタをよそに、ハンスはしばし惚《ほう》けたように固まったのち……薄く頬を染めて柔らかく破顔した。

いつもの人好きのする笑みではなく、妹の尊さを語る時の恍惚《こうこつ》とした顔でもなく、ましてやロゼッタの失態を笑うわけでもない。

そういえば以前、冗談交じりに結婚を口にしたことがあったが、その時とはまるで違う、これまで見たことのない恋情を感じさせる表情に、心臓が飛び跳ねて目の前がクラクラしてまたも卒倒しそうだ。

そんな彼女の状況を知ってか知らずか、ハンスは恭《うやうや》しくその手を取って手袋越しの甲に口づけを落とした。

「ありがとう。楽しみにしてる」

はにかんだ笑みでそれだけ伝えると、彼は浮かれた足取りでサロンを後にした。

一人残されたロゼッタは、パタンと戸が閉まる音と共に、精神が限界にきて膝から崩れ落ち、片付けに来た使用人たちが見つけるまで燃え尽きた抜け殻と化していた。

この一件をきっかけに二人の仲は急展開を見せ、見事に婚約に至るのだが……それはもう少し先の話。

＊＊＊＊＊

「お嬢様。大変申し訳ありませんが、今日はこれより私用でお休みをいただきます」

ある日の午前中。

ロゼッタとの初デートに赴《おもむ》く兄を家族総出で冷やかしながら見送ったのち、自室に戻る道すがらおもむろにテッドが切り出した。

従者という仕事柄いつもジゼルの傍《そば》にいる感じのするテッドだが、年中無休で働いているわけではなく月に何度か休みがあるし、時には数日まとまった休暇を取ることもある。とはいえ、こうして急に休むと言い出したのは初めてなので、少し驚くと同時に心配になった。

「別に構へんけど、随分急やな。どっか具合悪いとか、ご家族になんかあったんか？」

「幸いなことに、私も含めて近しい家族はだいたい健康ですよ。母は少し病《やまい》がちですが、命に係わるほどひどいわけではないですし。ただ単に、兄が珍しく私に会いたいと言ってきているので、生きてるうちにその面を拝んでおこうかと」

「せやったらええけど。にしても、言い方……テッドのお兄ちゃんやったら、まだ若いやろ」

「私と三つしか離れていませんから若いのは確かですけど、尋常じゃないくらい不摂生な生活なんですよ。身内の恥をさらすようで恐縮ですが、兄はいい年して職にも就かず、フラフラと国中を放浪している根無し草なんです。しかも年のほとんどが野宿で、狩猟と採集で生きてる原始人みたいな男ですよ？　普通に考えて長生きすると思います？」

なんだそれ。ワイルドすぎやしないか。

「……失礼やけど、天寿をまっとうできそうにない感じやな……」

ハイマン家の遠縁なら貴族かそれに準ずる家系で、たとえ無職であっても食うに困らないはずだし、バックパッカーのような身軽な旅行をするにしたって、資金力があるんだし宿に泊まれないなんてことはないはずだ。

何故そんな死亡フラグが乱立する生き方なのか謎だが、突っ込んで聞くのも憚《はばか》られる内容なので深掘りしないことにした。

「うん、まあ、そういうことやったらゆっくり会《お》うて話してき。あ、長いことご無沙汰《ぶさた》なんやったら、今日だけと言わず二、三日休んでもええで？」

「一日顔を突き合わせているだけでもおなかいっぱいなので、謹《つつし》んで遠慮します」

血を分けた兄弟なのに大変淡泊な反応だが、男同士ならそのくらいあっさりしているのが普通なのかもしれない。

そんな会話をしながら自室まで送ってもらい、彼は廊下側で一礼したのち扉を閉めた。

テッドがいようがいまいが、ジゼルの日常はそれほど変わりない。

半《なか》ば虚無になりながら迎えたダンスのテストでどうにか及第点をもらった後は、刺繍の課題作品を流血沙汰になりながら作ったり、睡眠導入剤レベルにつまらない古典文学を読んで要約したり、いつものように真面目に勉強に励んでいる――という努力姿勢は立派だが、成績に反映されているかは微妙なラインだ。

しかも、休憩ごとに脳の疲労回復と称してお菓子を食べるせいで、縦と同じ速度で横に伸びている。ダンスくらいの運動量では焼け石に水だ。来年には社交界デビューだし、そろそろ真剣にダイエットしなくてはと焦りつつも、毎日「明日から」と先送りするダメ人間ぶり。

史上稀《まれ》に見る低スペック悪役令嬢だが、誰にも迷惑をかけていないので無問題だ……家庭教師だけは、不出来な生徒を持ってちょっと泣いているかもしれないが。

「ふー、こんなもんか……」

頑張るだけ頑張ってどうにか本日の課題を終えた頃には、外は真っ赤な夕日が沈もうとしていた。

背もたれに寄りかかってグッと伸びをしていると、ノックののちに誰かが入室してきた。

「お疲れ様でしたー、お嬢サマ。リフレッシュできるお茶でもお持ちしましょーか？」

「ううん、もうすぐ夕飯やからいらんわ。それより、この本を――って、誰やねん⁉」

やけに軽い口調なのは気になったものの、疲れていたので深く考えず対応してしまったが、振り返った先にいたのは見知らぬ男だった。

服装はテッドがよく着ている燕尾服《えんびふく》だが、チョコレート色に日焼けした肌といい、もみあげと合体しているモジャモジャの顎髭《あごひげ》といい、上級貴族に仕えている使用人の風体には見えない。下手クソな変装をした山賊と言った方がしっくりくる。

（山賊……賊……暗殺者？）

物騒な連想ゲームをしつつもポカンとしたままのジゼルに、謎の男は自己紹介をする。

「どうも、初めまして。テッドの兄のパックです。弟がいつもお世話になってます」

芝居がかってはいるが育ちのよさを感じさせる姿勢や動作に加え、黒い髪に赤い瞳という、そう簡単にそろわない共通点を持っている。伸び放題の髭《ひげ》のせいで年齢が定かではなく、兄かどうかの確証はないが、少なくとも近しい親族であることは間違いなさそうだ。

座ったままでは失礼だろうし、立ち上がって挨拶する。

「え、あ、そうですか……えっと、ご存じやと思いますけど、ウチはジゼル・ハイマン言います。こちらこそ、弟さんには何かとお世話になっとります」

「ええ、ええ。我ながら本当によくお世話してると思いますよ」

「ひょわっ！」

私服姿のテッドが音もなく現れ、自画自賛しつつ間に割って入る。

ジゼルは心臓が飛び出るかと思うくらい驚いているのに、パックは動揺を微塵《みじん》も見せないどころか「もうバレたか」といたずら小僧のように笑っている。

テッドの忍者レベルの気配のなさに動じないとは、疑うべくもない身内である。

「ちょっと目を離した隙に消えたと思ったら、変装してこんなところまで来ているとは。兄がご迷惑をおかけして申し訳ありません、お嬢様」

「ぷぷっ……そんな猫撫で声でオジョーサマとか言うのかよ。めっちゃウケるわ。お前、本当に使用人になっちまったんだなぁ」

弟の使用人然とした慇懃《いんぎん》な態度を見て噴き出し、ケラケラと笑うパック。

身内の素顔と仕事用の外面のギャップに、つい笑いがこみ上げる気持ちも分かるが、真面目に勤める人間をこうして笑うのは気に食わない。

「……パックさん。ウチの従者を侮辱《ぶじょく》するんは、ウチへの侮辱《ぶじょく》と捉えさせてもらいます。それでも喧嘩売るつもりなら、こっちも言い値で買わせてもらいますんで、そこんトコよろしゅうに」

正面から睨みつけてそう言うと、パックはハッとした顔を上げ……それから心底面白そうな笑みを浮かべた。

同時に室内を冷たい緊張が支配する。

「はは。随分勇ましいお嬢サマですね。だが、俺が本当は何者か知っても、同じことを言えるんですかねぇ？」

「兄上……！」

小馬鹿にするように言葉を紡《つむ》ぐパックに、テッドは何やら慌てた様子で間に入ろうとするが――

「あんさんの素性なんか、心底どーでもええですわ」

バッサリと切り捨ててやったら、二人とも目を丸くした。

その仕草がとてもよく似ていて「ああ、やっぱり実の兄弟なんだな」と場違いな考えが頭をよぎる。

「というか、子供相手にそんな三文芝居の悪役みたいな台詞《せりふ》吐いて、大人として恥ずかしないんですか？　そっちの方が問題とちゃいます？」

さらにザックリと正論で突っ込むと、一瞬の沈黙ののちテッドが噴き出して「た、確かに」と肩を震わせてうつむき、パックは一瞬真顔になったのちに「そりゃそうだ」と言って、腹を抱えてゲラゲラ笑い転げる。

空気が一気に弛緩して安心する一方で、ジゼルは笑いのツボが分からず首をひねるばかりだ。

「あー、エホンッ。どうぞご無礼をお許しください、ジゼル様。なにぶん、こういう場に不慣れな放蕩者《ほうとうもの》なので」

喉に残る笑いをごまかすような咳払いと共に居ずまいを正し、恭《うやうや》しく頭を下げるパック。

謝っているのに謝られているように感じられないところも、テッドによく似ている。あまり似ていてほしくない部分だが。

「許すも許さんも、謝るんやったらウチやのうてテッドでしょうに」

「それもそうか。ごめんね、テッドきゅん」

「気持ち悪いので近寄らないでください」

ポンッと肩を叩きながら心の込もってない謝罪をするパックに、叩かれた肩を鬱陶《うっとう》しそうに払って距離を取るテッド。仲がいいのか悪いのか謎だ。これが男兄弟の距離感なのか。

「ああ、そうそう。申し訳ないついでに申し上げますが、しばらく兄がこの屋敷で厄介になりたいと言うので使用人一同バタついており、お食事の時間が少し遅れます」

「それはええけど……って、え？　パックさんがうちに泊まるの⁉」

「アポなしで悪いとは思ってるけど、タダでなんて厚かましいことは言いませんよ。お嬢サマや公爵家の方々の肖像画を何点か描せていただくことで手を打つよう、公爵閣下《かっか》ともお約束しておりますので」

「肖像画……？」

「不審者丸出しですけど、兄はこれでも画家なんです。放浪の画家パック……名前くらいは耳にしたことがあるのではありませんか？」

そういえば、ロゼッタたちに美術史の講義をしてもらった時、ちらりと聞いた気もする。

素性も素顔も不明、放浪癖アリ、でも画壇《がだん》が絶賛する天才画家。

その時は異世界にも『裸の大将』みたいな画家がいるんだなぁという感想だけだったが、パックという名前そのものはありふれているし、まさかこのガングロ髭《ひげ》モジャ男が件《くだん》の人物だとは想像もしなかった。

人は見かけによらないを地で行く男である。いろんな意味で。

「まあ、お父ちゃんが文句ないんやったら、ウチがとやかく口を挟むことないわ。せやけど噂の天才画家の肖像画やったら、宿代をチャラにするどころか盛大に足出そうやけど」

絵画の相場は分からないが、多額の追加料金を請求されそうだ。しかし、パックは「ご心配なく」と立てた人差し指を振る。

「いずれまたご厄介になると思うので、今から前払いしとこうかと思いまして」

「計画的犯行かいな……」

抜け目ないところもそっくりだなぁと、ジト目で兄弟を見つめるジゼルだった。

＊＊＊＊＊

ジゼルにドッキリを仕かけた翌日から、パックは宣言通りハイマン家の肖像を描く作業に取りかかった。

普段の言動は遊び人よりちゃらんぽらんだが、キャンバスを前に筆を執ればプロの画家に変身する。おしゃべりな口を閉じて黙々と筆を動かすその姿からは、天才と呼ばれる人間独特の研ぎ澄まされた刃のようなオーラを感じさせる。

技術面もさることながら驚異的な集中力を発揮したパックは、五日ほどで三枚の下書きを終え、アトリエとして宛てがわれた客室に籠って着色作業に打ち込んでいた。

だが、たとえ天才でもなんでも人間である限り、飲まず食わずでは生きていけない。

集中力が切れた頃合いを見計らって食事を運び、死なない程度に面倒を見るのは弟の役割だった。

「――うん、この一杯のために生きてる！　おかわり！」

「下町の労働者ですか」

まるでビールでも飲むがごとくグラスのワインをクイッと一気に飲み干し、品性もなくプハァと息をつくパックに、テッドが半眼で突っ込みながらも、言われた通りおかわりを注ぐ。

「いやぁ、それにしても、まさかお前に給仕してもらう日が来るとは想像もしてなかったな。従者としてもしっかりやってるみたいだし、平民になっても十分生きていけるじゃん」

「恐れ入ります」

しかし、二人に間に流れる空気は兄弟にしては微妙なもので、すぐに沈黙が落ちる。

この二人は同じ父母の血を分けた兄弟だが、性格や才能のベクトルが違いすぎて、血が繋がっているだけの他人のような関係だった。

スキルポイントを芸術方面に全振りした超一極集中型のパックは、長男なのに能天気で自由奔放で、目を離しても離さなくても好き勝手やらかす、王家きっての問題児。

一方のテッドは何をやらせても如才《じょさい》なくこなす天才肌だが、恵まれた身分に加えて頭も要領もよすぎるせいで物事の限界や人間の裏面が見えすぎて、幼い頃から人生を達観し隠者然としていた。

世界観が別次元だから決して憎み合うことはなかったが、愛情や親しみを感じたことがあったかと言われれば、お互い首をかしげるしかない。愛情の対義語は無関心だとは言い得て妙だ。

昔からそんな関係だから、顔を突き合わせても何を話せばいいか分からない。

久方ぶりの再会を果たした時も、話すことと言えば母の容態や王宮の内情がほとんどで、その日のうちに別れるつもりだったが……何げなくジゼルのことを話題に出したら妙に食いつかれ、パックまで公爵家に厄介になる流れになってしまった。

「……ところでさ、この間言ってたことは本気なのか？　ここのお嬢サマと結婚するって」

「本気ですよ」

王子であるテッドが名前も素性も隠してジゼルに仕えている理由は、面倒臭い王宮事情から逃げるためだけではなく、彼女を結婚相手としてロックオンしているからだ。

先に断っておくが、彼はロリコンでもブス専でもデブ専でもない。

運命の分岐点だった王太子妃選考のお茶会を、人知れず目撃していたからだ。

テッドはジゼルが選ばれる出来レースだと知っていたが、前評判が悪すぎる令嬢の実態がどんなものか興味が湧いて覗き見していたのだ。

そこで見たジゼルは、お世辞にも美しいとは表現できないが、不思議と目を奪われる愛嬌のある外見で、姦《かしま》しいマウントの取り合いにも我関せずといった様子だった。

見た目はともかく噂で聞くような傲慢《ごうまん》さも気性の荒さもなく、結局誰かのつぶやいた悪意が人伝《ひとづて》に増長されただけだったのだろう。

遠目に確かめただけで好奇心は満たされたし、ミリアルドとうまくやれるかまで興味はないので、見咎《とが》められる前に立ち去ろうとしたが、ロゼッタが失言で窮地に追い込まれたせいで去るに去れなくなった。

ロゼッタは母親同士が親友ということで、幼い頃から自分の住まう宮にもよく出入りしており、母のレーリアからは実の娘同然に可愛がられていた。おかげで顔なじみというか、ほぼ幼馴染のようなものだ。

性格的な相性は最悪に等しいし、自業自得の結果だから助け船など出す必要もないが、ロゼッタが処罰されればきっと母は悲しむ。娘同然な親友の子のピンチを、息子が見て見ぬふりをしたと分かれば、特大の雷が落ちるかもしれない。

半《なか》ば自己保身のために渋々行動に移そうとしたら……これまで沈黙を守っていたジゼルがすっく

と立ち上がるなり、ロゼッタの頭を張り倒した。

「コンのアホんだらぁ！　なんちゅうナメたマネしてくれとんじゃワレェ！」

未だかつて聞いたことのない訛《なま》りと罵声《ばせい》に、テッドは珍しく度肝を抜かれて思考停止した。

そこから怒涛《どとう》の如くロゼッタを叱責したかと思えば、商人のような揉み手と舌先三寸でミリアルドを丸め込んだ。なりは子供だが、大人顔負けの処世術である。

テッドが出番を失って呆気に取られているうちに、一触即発の場をきれいに収めてしまったジゼルは、ロゼッタを始めとしたその場の令嬢たちの心をガッチリ掴んでいた。

「あれがジゼル・ハイマンか……非常に興味深い令嬢だな。ああいうのが傍《そば》にいれば、この先の人生退屈しなさそうだ。ミリアルドがいらないというなら、俺がもらおうかな」

何事にも無関心で、生きることすら惰性《だせい》だったテッドだが、その時からジゼルに心を奪われていた——といっても、色恋や親愛といった甘ったるいものではなく、面白いおもちゃを見つけた子供の心境と言った方が正しいが。

思い立ったが吉日とばかりに即行動を起こして、母に「俺はジゼル・ハイマンとしか結婚しませんから」と断言して縁談を完全シャットアウトし、公爵家に縁談を持ち込んであの手この手で懐柔し「ジゼルがいいと言うなら」という条件付きで許可をもらった。

だが、内々定とはいえミリアルドの婚約者だったジゼルを、すぐさま横から掻《か》っ攫《さら》えば余計な火種を増やすだけだし、権力に興味がなさそうな彼女の関心を得るには、王子として接近するより気軽に接することができる存在の方が有利と考え、従者として働くことを決めた。

あれから三年……色恋の気配は微塵《みじん》もなく、主従漫才の熟練度だけが上がっていく日々だ。

まあ、テッド自身ジゼルをそういう目で見ているわけではないし、まだ結婚できる歳でもないし、親馬鹿な父親は「娘は嫁にやらん！」という方針だから、縁談も手当たり次第ぶった切ってくれるだろう。焦らず距離を詰めていけばいい。

「……感情の方向性はともかく、お前が楽しそうで何よりだよ」

人の悪そうな面で思い出し笑いをする弟を、兄は苦笑交じりに見つめていた。

幼い頃から無味乾燥を擬人化したような子供で、今もほとんど感情の振れ幅を見せないテッドだが、ジゼルの話をしている時だけは生き生きとしているというか、こいつも人間だったんだなぁと思わせる明るい表情をしている。

ちょっと、いや大分歪《ゆが》んでいるのは否《いな》めないが。

「ええ、おかげ様で毎日楽しいですよ。お嬢様より面白おかしいご令嬢が他にいませんしね」

「まあ、それは言えてるな。あのお嬢サマほど肝っ玉の据わった女の子はいねぇわ。身分で脅《おど》そうとしたら大人げないって、真顔でガチの正論で切り返すんだぞ。ありゃ大物確定だ」

「でしょう。私も以前お節介を止めようとしたら、理想を現実にするのが為政者《いせいしゃ》の仕事だと叱られました。公務を放り出している王子としては、耳の痛い話です」

「うわ、俺も痛い。めっちゃ痛い」

ぎこちない兄弟の会話を弾ませるネタにされたジゼルは、自室でくしゃみを連発したとかしなかったとか。

＊＊＊＊＊

そんなこんなでふた月近い時間が流れ——パックは人知れず公爵邸を去っていった。

屋敷の主人ばかりか実の弟にも一言もなく、寝ずの番をしていた門番すら欺《あざむ》いて姿を消した男が残したものは、散々に散らかって油絵の具の臭いが染みついた客室と、イーゼルの上から布を被せられた四枚の絵だけだったそう。

（パックさん、ホンマは画家さんやのうて、忍びなんやないの？　つくづく、兄弟そろって謎やわ……ていうか、三枚しか下書きがなかったはずやけど、なんで四枚あんの？）

使用人たちの手により、一家が集まるリビングに運び込まれる四台のイーゼルを眺めながら、ジゼルは内心首をひねる。

家族四人が収まったものが一枚、ジゼルだけの絵が一枚、ハンスだけの絵が一枚のはずなのだが。

そんなことをぼんやりと考えていると、イーゼルから次々と布が剥がされた。

「ふ、ふおぉぉ……」

それは人が描いたとは思えない、写真と見紛うほどに細かな部分まで緻密《ちみつ》に描かれた作品だった。

ハイマン家の美形ぶりだけではなく、ジゼルのブサ猫具合もそっくりそのまま写し取られている。

語彙《ごい》力のないジゼルだけでなく、他の家族も感嘆のため息しか出ない作品である。

これはもう凡人では到達しようのない、真の天才の領域だ。この技術とスピードがあれば、パトロンなどいなくてもあっという間に億万長者になれそうだが、放浪しているパックにはそういう俗世のしがらみに興味がないのだろう。

テッドもその気になれば王宮勤めでのし上がれる能力がありながら、いつまでも従者ポジションに甘んじている。どこまでも似たもの兄弟だ。

「うーむ……飾っておくのがもったいないほどの一品だな。まるでそこに本物のジゼルがいるような……」

「本当ですねぇ。ぜひ応接室やサロンに飾って皆さんにお見せしたいけど、日に焼けて劣化したら可哀想だわ」

「かといって、カビ臭い書庫に仕舞っちゃうのもね」

「窓のない部屋に飾るとしても、人目につくところでは盗まれる危険性もある。なんとももどかしいな、この傑作を見せびらかしたい気持ちと、保護したい気持ちの二律背反《にりつはいはん》が」

神妙な顔で絵の置き場について話し合い、謎の共感でうんうんとうなずき合う家族に、どう反応したらいいか分からない。ジゼルだけではなく自分たちも描かれているのだが、そこに対するコメントがないのも怖い。

そもそもブサ猫が描かれた絵など誰が盗むのかと内心頭を抱えた時、残った最後の一枚も布が剥がされてその場の皆の目に晒《さら》された。

「え……？」

極めて写実的な三枚とは裏腹にもう片方は——極めて前衛的で超現実主義な一枚だった。

構図はジゼル一人が描かれたものとおそらく同じだが、パースが狂いまくっている上に禍々《まがまが》しい色彩を放つこの絵は、見る人の心を容赦なく抉《えぐ》り、画壇《がだん》に出れば確実に物議をかもしそうである。

この場にいた全員が言葉を失った。先ほどとはまったく別の意味で。

学校で習う世界史レベルだが美術知識のあるジゼルからすれば、これもまた表現方法の一つであることも、確かな才能がないと描けないことも理解しているが……自分の顔面と思《おぼ》しきところに、妙な既視感を覚えて戦慄《せんりつ》した。

（これ知ってるぅぅ！　太陽の塔や！　お腹んところにあるあの顔やん！）

大阪の万博記念公園にそびえ立つ有名すぎる建造物、太陽の塔。

その正面に位置する、しかめっ面のように見える『太陽の顔』と呼ばれる部分に、びっくりするくらいそっくりなのだ。

このブサ猫顔を抽象化したらそういう感じに見えなくもないだろうし、著名な芸術家の名作風にアレンジされて大阪人として光栄と言えなくもないが、女子としては少々複雑である。

それに……ブサ猫顔を溺愛する家族がコレを見たら、さすがに激怒するのでは？

破るとか焼くとか言い出しそうだなと思いながら、そっと顔色を窺うと――三人とも盛大に顔面を引きつらせつつも、怒りや悲しみを押し殺した無の表情をしていた。

独自の世界観に精神がやられたのか、間接的にでもジゼルを酷評することを避けているのか、はたまた身内のテッドに気を遣っているのか。

ちなみに、テッドはいつものすまし顔を装《よそお》っていたが、こっそり笑いをこらえているのがジゼルには分かった。主《あるじ》が変顔に描かれているにもかかわらず、なかなかの面の皮の厚さだ。

それからややあって、母が遠慮がちに口を開いた。

「ふ、ふふ……ねぇ、あなた。ここに描かれているのは、どう見てもジゼルちゃんじゃありませんよね？　そもそもこれは、絵画として成立してませんよね？」

「あ、ああ、そうだな……きっとこれは習作……いや失敗作だ。我々に処分させるために置いていったのだろう。うん」

「だ、だよね！　僕もそう思ってたんだ！」

母に、父と兄が表情をこわばらせたまま追随する。

この絵についてどう触れていいか分からず、複雑な顔をしていた使用人たちも、〝処分〟という言葉を聞いて幾ばくかほっとした表情になる。それほどまでに衝撃的だったのだろう。

ジゼルとしても「これはいらんわ」と思うのだが……将来的な資産価値が上がる可能性があるなら、残しておくべきであるとも思う。

まだこの国の芸術センスが、パックの超現実主義に追いついていないだけなのだ。

「えっと……これはこれでええと思うで！　ウチ、この絵も嫌いやないわ！　それにほら、『現在の問題作は未来の大傑作』とか、よく言うやん？　せやから、五十年とか百年とか経ったら、めっちゃ価値が爆上がりするかもしれんし、大事にしとこ、な？」

というジゼルの説得でとりあえず処分は免《まぬが》れたが、屋敷の人間の精神衛生を守るためカビ臭い書庫の奥に放り込まれ、いつしか忘れ去れてしまうことになる。

その後、画壇《がだん》で超現実主義の旋風が巻き起こり、パックはその先駆者としてさらに名を上げ、あの絵も目玉が飛び出るような莫大な金額がつけられることになるのだが……それはこの場にいる者たちから数えて、いくつもの代を重ねた遠い遠い未来の話。

＊＊＊＊＊

社交界シーズンも終わりに差しかかり、ハイマン家でも他家と同様に帰省の準備が進められていたが……屋敷全体が慌ただしい空気にある中、ある一室だけはシンとした静けさと緊迫感に包まれていた。

いつもなら親族の集まりでしか使わない特別なその部屋には、両親に挟まれて座る兄と、少し離れたところに腰かけるジゼル。

その対面には、宰相であるアーノルドとその夫人であるグロリア、そして二人に挟まれる形で座るロゼッタ。

ジゼル以外の面々が神妙な面持ちでペンを走らせサインをしているのは、特殊な透かし模様が入った二枚組の用紙で、そこには細かな文字がびっしりと並んでいる。

ジゼルの位置からは正確には読み取れないが、小難しい内容と言い回しなのは見て取れる。

それもそのはず。何しろこれは、ハンスとロゼッタの仲を両家公認のものとする、婚約誓約書である。

家格も身分も釣り合っており、家同士の関係も良好なため、トントン拍子で話が進んで、両家顔合わせを兼ねて誓約書への署名式が行われている。

本来ならこの場にジゼルがいる必要はないが、ぜひ見届け人になってほしいと当事者たちに頼まれ、こうして文字通り見守っている。

（うーん……せやけど、まさかアレが要因でホンマにくっつくとは思わんかったわ……）

冗談半分でロゼッタとの結婚を口にして以来、ハンスはぼんやりしながら連続ため息回数を更新したり、突然赤くなったり青くなったりと情緒不安定だったりする一方で、恋愛小説に没頭したり令嬢の流行をリサーチしたり、これまでの彼らしくない浮《うわ》ついた行動が増えた。

さらに、前髪を短くしたり黒縁眼鏡を銀縁に変えたりして外見にも気を配るようになり、特にロゼッタの出席する催《もよお》し物に出かける時は、ことさらおしゃれに力が入っていた。いつどのタイミングで本気スイッチが入ったのかは分からないが、背中を押したのは間違いなくジゼルだろう。

ツンデレとシスコンの恋は一筋縄ではいかなかったようだが、初デートへこぎつけてからは展開が早く、こうしてめでたく婚約と相成った。

時期的に公表されるのは次のシーズンに持ち越されるので、現時点では本当に形式的な取り決めのみだが……どうしてわざわざこの半端《はんぱ》な時期に公的な書面を交わしているかといえば、オフシーズン中にロゼッタが公爵領で過ごすことになったからだ。

理由は単純明快。ロゼッタがジゼルと一緒に暮らしたがっているからだ。

婚家のしきたりに慣れるためだとか、知り合いに突然身内面されても困惑するだろうから、今のうちに少しずつ慣れてもらうためだとか……いろいろとていのいい言い訳を並べているが、実際には将来の義姉の立場を利用し、ハンスと一緒にジゼルを愛《め》でまくるためである。

その不純な下心をジゼルは知らず、別荘への温泉旅行やら男子禁制パジャマパーティーやら、乙女ゲームの友情イベント的な妄想で頭がいっぱいだった。

そうこうしているうちに最後の署名が終わり、誰ともつかないため息が漏《も》れて場の空気がふっと緩んだ。

「――では、これにて婚約は成立ですね。ふつつかな娘ですが、どうぞよろしくお願いします」

「こちらこそ、よろしくお願いします。息子もまだまだ至らぬところがありますので、遠慮なく叱ってやってください」

父親同士が格式ばったやり取りをしながら握手を交わす横で、アメリアが戸口に控えていた侍女にお茶を持ってくるように目配せしたのち、ちょいちょいとジゼルに手招きをした。

「ジゼルちゃん、お待たせ。こっちに来ておしゃべりしましょう?」

「あ、うん」

侍女に椅子を運ばせ母の隣に再度腰かけると、ロゼッタの母親のグロリアがニコリと微笑みかけた。

きつめのまなじりが特徴的な整った顔立ちは娘とそっくりで、アメリアと同様に実年齢より十歳は若く見える美魔女だ。

「先ほども挨拶しましたけど、改めて自己紹介させてくださいね。わたくしはグロリア・ビショップ。あなたのことはよくロゼッタから聞いているせいか、初めて会った気がしないわ。なんだか不思議ね」

「ご丁寧にありがとうございます。ジゼル・ハイマンです。ウナもグロリアさんと初めて会うた気がしませんわ。ロゼッタとこうやって並んでると、親子っていうよりも双子みたいで全然区別がつきませんもん」

「あ、あらいやだわ、双子だなんて。ジゼルさんはご冗談がお上手なのねぇ」

ほほほ、と扇で口元を隠しながら笑うグロリアからは、世慣れた気配を感じられると同時に、その薄っすらと染まる頬に娘同様のツンデレ臭を感じ取ってしまった。

サラッと受け流しているふりをしつつも、実は喜んでいるらしい。ツンデレは遺伝だったと新事実を脳内にメモしつつ、ロゼッタもこれくらいの歳になればこうなるのだろうかと想像する。

うん、いくつになっても可愛い義姉だ。萌える。

「な、なんですの、ジゼル様。こちらをじっと見て……」

「いや、ロゼッタはいずれうちにお嫁に来はるんやし、いつまでも名前呼びやったらアカンなと思って。んー……お義姉《ねえ》ちゃん？」

「はうっ！」

小首を傾げつつ〝あね〟と呼ばれたロゼッタは、胸元を押さえて悶絶《もんぜつ》した。

彼女はビショップ家ではれっきとした〝姉〟であり、弟から散々「おねえさま」と呼ばれているが、ジゼルの口から飛び出すと破壊力が半端《はんぱ》ではない。

たった一つしかない敬愛対象の義姉ポジションを確立した感動もあるが、ハンスの伴侶として認められているのだと思うと、喜びもひとしお……というかもう嬉しくて死にそうになる。

しかし、そんな萌えと恋心が渦巻くロゼッタの胸中など知らないジゼルは、すわ急病かとオロオロする。

「わ、ちょ、大丈夫なん!?」

「大丈夫、大丈夫。いろいろ感極まってるだけだから。こういうところも可愛いよね、ロゼッタは」

恋人をフォローしつつも、将来の義両親の前でさりげなくのろけてくる兄。

婚約が確定して浮かれているのか、はたまた天然タラシなのか。アーノルドがいかにも『娘を取られた感じがして面白くない』という顔をしている一方で、グロリアはご機嫌にコロコロと笑う。

「ふふ、ハンス殿がロゼッタのよさを分かってくださる殿方で、本当によかったわ。これからもこの調子で、娘のことをお願いしますね」

「はい。お嬢さんに捨てられないよう、日々精進します」

「いい心がけね。妻に尽くせる殿方は出世しますよ。うちの主人も若い頃はボンクラで大した役職ではありませんでしたが、わたくしと婚約して気を遣うようになったら、バンバン昇進して今や宰相ですからね」

自分の旦那を褒めているんだか貶《けな》しているんだか分からないグロリアだが、言わんとすることは的を射ている気がする。前世で「妻の機嫌を取るより、取引先の機嫌を取る方が楽」と漏《も》らしていた恐妻家の同僚がいたので、その手のコミュ力が鍛えられるのだろう。

その理屈は理解できるが、視界の隅で妻からボンクラ呼ばわりされたアーノルドが小さく肩を落としているのが見えて、ちょっと可哀想になった。

プライドを傷つけられても怒らないところには愛を感じるが、その後ハンスを呼びつけて親しか知らない娘の自慢話を延々と垂れ流し始めたのは、かなり大人げないと思う。

だが、それに熱心に耳を傾け適宜相槌《あいづち》を打ちながらも、ちょいちょいのろけを挟んでくる兄の方が、一枚上手《うわて》かもしれない。多分精神的余裕の差だろう。

娘を嫁に出す父親とはみんなこうなのか……と呆れる一方で、それに触発されたのか、親馬鹿の父までジゼルの自慢話を始めてしまう。そこに兄も加わるものだから、もう収拾がつかない。

「まったく。恥ずかしいったらないですわ……」

「ホンマやな……」

話の渦中《かちゅう》にあるロゼッタと顔を見合わせ、肩をすくめた。娘談義を繰り広げる男性陣をよそに、運ばれてきたお茶とお菓子を交えて、女性陣だけで他愛ない話に花を咲かせていると、美容の話題から温泉のことが言葉の端に上る。

「あの……温泉に浸《つ》かると、お肌がきれいになるって本当ですの⁉」

ハンスの注意がこちらに向いていないのをチラチラ確認しつつ、ロゼッタが声を潜《ひそ》めて問うてくる。

遠目には何一つ肌トラブルを抱えているようには見えないし、その程度のことを婚約者に聞かれて困るとも思えないのだが、恋する乙女には些細《ささい》なことでも気がかりなのか、いろいろと悩みが尽きないらしい。

なので、ジゼルも控えめな声で答えてあげた。

「んー、せやね。ウチも温泉のお湯で顔洗ったら、めっちゃツルツルになったで。村の娘さんからもニキビとかあかぎれが早く治るって評判やし、美肌効果は抜群や。出来たてホヤホヤの別荘にご招待するから、一緒にツルツルになろうな」

「まあ、ジゼル様とご一緒にお風呂……！」

頬を染めてキラキラとした眼差しを向けてくるロゼッタに、嫌な予感がして慌てて釘を刺す。

「え、いや、何想像してるか知らんけど、バスタブはお一人様用のしか――」

「「え、ジゼルとお風呂⁉　……うぐっ」」

説明の途中で父と兄が血相を変えて話に割り込んできたが、母がニッコリと微笑みながら無言の圧をかけて黙らせた。

室温が一瞬氷点下になった錯覚に陥《おちい》るほど怖かったけれど、すぐにいつもの穏やかな母に戻る。

「……なかなかやりますわね、ハイマン夫人」

「うふふ。それほどでもありませんわ」

微笑み合う夫人同士の間に、仲間意識的なものが芽生えたのを感じる。

自分には真似できそうにないなと冷や汗をかきながら思いつつ、ジゼルは話を元に戻す。

「えっと……なんやったっけ。そう、温泉や、温泉。お肌にもいいけど、血行をよくして体の調子も整えてくれるんやで」

「あら。温泉とは、健康にもよいものなのですか？」

妙な食いつき具合でグロリアが口を挟んできた。見た目は若々しくとも、失礼ながら年齢的に体の不調があるのかもしれない。

「そうですねぇ。あの温泉は美肌効果の他に、冷えとかむくみとか、足腰や節々の痛みに効くようですよ。あ、グロリアさんも興味あります？　よければご招待しますが」

「確かに興味深くは思いますが、わたくしのことではなくレーリア様が……」

久しぶりに耳にした正室の名に、ジゼルは目をしばたたかせた。

「お妃様のお加減が、よろしくないんですか？」

「いえ、そこまで深刻ではないのですけれど、レーリア様のご容態は静養や薬湯で一時的にはよくなっても、根本的には治らないとかで、ご自身も歯がゆく思っていらっしゃるんです。その温泉とやらの力があれば、少しはよくなるのではと……」

「あー、お薬が効かへんのでしたら、湯治《とうじ》しはるんもええかもしれませんねぇ。せやけど、弱っている人を長旅に連れ出すんは、ちょっと酷《こく》かもしれません。それに王妃様がお出かけになるってなったら、相当な人や物が動くでしょうから、道中泊まる宿にも苦労しそうですし」

どうにか無事にたどり着いて、温泉でゆったり休養できたとしても、帰るまでにその効果がなくなるどころか余計に悪化しかねない。

「そうですよね……」

ため息交じりにうなずくグロリアも、その程度のことは予想済みだったのだろう。

でも、友人の助けになりたいという気持ちから、聞かずにはいられなかったのかもしれない。

そのグロリアの気持ちを汲《く》むなら、こちらとしても何かしてあげたいが――ふと、この間見た足湯設備の経過報告書で「源泉の底や縁に白い塊《かたまり》がある」と書かれていたのを思い出し、パンッと手を打った。

「あ、せや。少量やけど〝湯の花〟が採れたみたいですから、ひとまずはそちらで温泉気分を体験してもらいましょうか」

「ゆのはな？」

「温泉の成分が白く凝固したモンです。それをバスソルトの感覚でお湯に溶かしてもらえれば、温泉に近いモンが出来上がるんですわ。それならわざわざ出かけんでも、ご自分の宮でゆっくりおくつろぎいただきながら、湯治《とうじ》をしてもらえると思いますよ」

その白い塊《かたまり》が湯の花だと直感したジゼルは「捨てたらアカンで！　回収してこっち送って！」という旨《むね》をポルカ村に通達し、領地の本邸に届けさせていた。温泉に同行した侍女にお願いして確認させ、同じような湯が作れた報告も受けているので間違いないはず。

視察に行った時は気づかなかったが、おそらく湧出してから日が浅かったせいだろう。湯の花が出来るのには時間がかかるらしいし。

念のためジゼル自身も確かめてから発送し、グロリアを通じてレーリアに届けてもらえばいい。

「まあ！　では、旅に出ずとも温泉に入れるのですか！」

「発送までに少しお時間はもらいますが、冬が厳しくなる前にはお届けできると思います――けど、普通の人から見たら得体の知れんモンでしょうから、検閲に引っかかったりとかしません？」

「ふふ、そのあたりはわたくしに任せてちょうだい。ジゼルさんが本物の毒でも持ってこない限り、どうとでも対処できますから」

自信満々に言い切る彼女からは、一片の憂《うれ》いも見られない。正室の友人兼宰相の妻というポジションは、王宮でなかなかに融通《ゆうずう》が利くらしい。

「……それに、ここだけの話。レーリア様はジゼルさんのことをよくご存じですから、あなたからだと言えば、是《ぜ》も非もなく受け取られると思いますよ」

「えっ⁉」

一体どこから情報が漏《も》れているというのか。母親とよく会いに行くというロゼッタをチラッと見たら、わざとらしくツイッと視線を逸らされた。彼女が情報源か。

「ロゼッタ……」

「た、ただの世間話の一環ですよ」

「その割には、聞かれてもいないことをペラペラとおしゃべりしてたわね、あなた」

「うう、レーリア様が聞き上手で、あおり上手なのがいけないのです！」

グロリアが口元を扇で隠しながらもニヤニヤと突っ込むと、ロゼッタは赤くなった頬を手で挟んで顔をブンブンと振る。遠くから「あ、可愛い」と呑気《のんき》な兄の感想が聞こえた。

それにはジゼルも激しく同意だが、聞き上手はともかくあおり上手とはなんなのか。

ロゼッタはレーリアにどういう風にあおられ、何をベラベラと話したのか。

ちょっと不安になったが悪く思われているわけではなさそうだし、エゴサーチまがいのことはしたくないので子細は聞かないことにした。

「まあ、そういうわけですから、ジゼルさんが心配されることは何もありません。それより、湯の花とやらには、いかほどお支払いすればいいのかしら？」

「いやいや、お金は結構ですわ。採れる量もまだ少ないですし、万が一肌に合わんかったら申し訳ないですからね。ウチからのお見舞いの気持ちっちゅーことで、レーリア様にどうぞよろしくお伝えくだされば、それでええですよ」

その言葉に嘘はない。ぶっちゃけ価格設定などこれっぽっちも考えておらず、むしろ身内や村人だけで楽しむ用にと計画していたくらいだ。

しかし、こういうところで需要があるという情報が得られたので、今後村長らと相談して湯の花小屋や湯畑ができないか検討する余地はありそうだ。その時には〝正室様御用達《ごようたし》〟のキャッチコピーを使わせてもらおう。

などと密かに新たな事業計画を練るジゼルの胸中を知ってか知らずか、グロリアは面白そうに目を細めた。

「ふふ、分かりました。レーリア様にはわたくしの方から、よろしくお伝えしておきます。きっとお喜びになられますわ」

やや含みのある言い方が気にはなったが、グロリアからは嫌味も悪意も感じられない。

不思議に思いながらも、これが社交界の流儀なんだろうと自分を納得させ、移り変わっていく話題に付き合ううちに気に留めることはなくなった。

終章

それから少し季節は流れて冬。

領地に下がったジゼルは、家族たちと共にポルカ村の別荘を訪れていた。

「なるほど、これが噂に聞く温泉ですか……気持ちいいですねぇ……」

「足を浸《つ》けているだけなのに、汗をかくほど全身ポカポカになるなんて不思議ですわ」

「血行がようなってる証拠やで。あ、そうそう。温泉水を染み込ませたパックも用意してあるから、寝る前に使ってな。明日の朝はツルスベお肌間違いなしや」

「ツルスベ肌……いいですねぇ……」

「先ほどいただいた温泉卵も癖になる美味しさでしたし、温泉って素晴らしいものですわね。もちろん、この世で一番素晴らしいのはジゼル様ですが」

「誇大広告は訴えられるからやめて」

高い生垣に囲まれた中庭に作られた足湯では、ジゼルと他三人の令嬢――ロゼッタ、ジェーン、ミラが分厚い夜着《よぎ》とガウンをまとい、夜空の月を見上げながらキャッキャウフフとおしゃべりの花を咲かせている。

お試し同居中のロゼッタはともかく、部外者のはずのジェーンやミラがどうしてここにいるのかといえば……単にジゼルが温泉女子会がしたかったから、家族旅行の日程に被せて別荘にご招待したのだ。

他の友人にも同じように声をかけたが、都合が合わなかったり距離が離れていたりで参加できず、結局この四人だけで楽しむことになった。

来られなかった人たちは温泉に入れず相当悔しがっている様子なので――それはジゼルの誘いを断らざるを得なかったからなのだが、当人に察する能力はない――後日、湯の花を送って温泉気分だけでも味わってもらうことにしている。

「――ところでロゼッタさん。ずばり聞きますが、ハンス様とはその後どうです？」

「ひっ⁉　い、いきなりなんですの⁉」

世間話の延長でどこの誰が婚約したとか破局したとか、他人の色恋沙汰の話題で盛り上がっていると、おもむろに恋バナ好きコンビのスイッチが入った。

ギラリと獲物を狙う目を向けられ、ツンデレ少女が一瞬にしてポンッと顔を赤らめる。

「いやだって……同じ屋根の下で暮らしていらっしゃるんですもの、いろいろとありましたわよね？　あーんなこととかぁ、こーんなこととかぁ……」

「わたくしたちが来る前から、この別荘にご滞在だったのですよね？　この足湯もハンス様と二人きりで堪能《たんのう》されたんでしょう？　そこのところ、くわしくお聞かせ願えます？」

「ええ、ああ、そ、そんな、別に、大したことは何も……」

赤い顔のままモジモジするロゼッタに、ラブイベントの匂いを感じ取った二人はなおも食い下がるが、ブンブンと首を振りながら完全黙秘を続けるので埒《らち》が明かない。

モジモジして可愛い義姉を眺めていたい気持ちもあるが、このままでは可哀想なので助け舟を出すことにした。

「多分やけど、二人が想像してることはなんも起きてへんで。お母ちゃんがうまいこと侍女さんを配置して、できるだけ二人きりにならんようにしてるし」

足湯には二人で入っていたようだが、すぐ傍《そば》に使用人が控えていたし……ロゼッタの生足を拝める絶好の機会だというのに『眼鏡が曇《くも》って何も見えない！　眼鏡を外しても何も見えない！』というギャグ落ちだったので、兄の名誉を守るためにも黙っておくことにする。

「まあ……さすがアメリア様。オフシーズンも醜聞《しゅうぶん》対策はバッチリですのね」

「じゃあ、めくるめく官能ワールドはお預けですか……残念です」

「サラッと官能とか言わんといて。ていうか、なんやかんやでウチと一緒におる時間が長いかなぁ。暇さえ合ったら二人がかりでウチをモフってるねん」

撫でられたり抱きつかれたり突かれたり、遊園地のマスコットのような扱いである。

「いやーん！　ジゼル様をモフるですって……!?」

「くっ、羨《うらや》ましい！　あ、わたくしたちが嫉妬《しっと》するから、ずっとだんまりでしたのね！」

ジゼルは何故ミラたちが嫉妬《しっと》するのかよく分からないが、婚約者同士仲よしなのが羨《うらや》ましいのだろうと勝手に想像する。

しばらくは婚約ホヤホヤのロゼッタを冷やかしていた彼女たちだが、移り気の早い少女ゆえにいつの間にか違う話題にシフトしていく。

「……そういえば、来年はついにジゼル様がデビューする歳ですわね。やはり公爵邸の夜会でお披露目するのですか？」

「多分。お父ちゃんもお母ちゃんもここぞとばかりに張り切ってるし、予算チラ見したら目ん玉飛び出しそうになったし、逆に恥ずかしいというかありがた迷惑というか……ウチとしてはできたら普通にっちゅーか、地味に質素にやりたいんやけど」

デビュタントパーティーは、令嬢にとって結婚式の次に大事な人生の晴れ舞台だし、家名を背負う新たな看板を世間に売り込む場で失敗は許されない。

だから両親が力む気持ちは理解できるし、自分のために手を尽くしてくれるのはありがたいのだが、まるで運動会で選手の子供ではなく応援の保護者の方が白熱しているような印象があり、精神年齢が四十間近の大人だけに喜ぶより呆れてしまう。

「ジゼル様のお気持ちも分かりますけど、ご夫妻が張り切るのは当然のことですわ。わたくしだってジゼル様みたいな娘がいたら、全財産をはたいてでも華々しい舞台を整えますもの」

「公爵夫妻が本気を出したら、どんな催《もよお》し物になるんでしょうねぇ。今から楽しみです」

「ウチも具体的なことはなんも知らんけど、あの調子やといつもより豪勢な感じになるのは確かやな。そうそう、その時はデビュー済んでる人はみんな呼ぶつもりやけど、構へんかな？」

「もちろんですわ！　何があろうと馳せ参じます！」

「もしも拒否する方がいれば、ふん縛《じば》ってでもお連れしますので！」

「いや、そこまでせんでもええから……」

拳を握って宣言する友人たちをどうどうと宥《なだ》めていると――

「うふふ、楽しそうねぇ。おばさんも交ぜてほしいわぁ」

「あ、お母ちゃん」

侍女を伴ってルンルン笑顔の母がやってきた。ジゼルたちと同じように夜着《よぎ》とガウンを重ね着しているところを見ると、足湯に入る気満々である。

「アメリア様！　う、うるさくして申し訳ありません。つい盛り上がってしまって……」

「わたくしたちはもう出ますので、ご家族だけでどうぞごゆっくり……」

長湯やおしゃべりの声を咎《とが》められたのだと勘違いしたミラとジェーンは、慌てて立ち上がろうとするが、母はおっとりと微笑んでそれを制する。

「あら、別に叱りに来たわけじゃないのよ。邪魔しちゃ悪いだろうなぁとは思ったんだけど、みんなの楽しそうなおしゃべりを聞いてたら、どうしても参加したくなっちゃって。飲み物やお菓子も持ってこさせるから、ちょっとの間だけ交ぜてちょうだいな。ね？」

小首をかしげて繰り出される美魔女のおねだりの破壊力は、すさまじいの一言だった。

十三年あまり娘をやっているジゼルも「うぐっ」と呻《うめ》きのけ反るほどの威力で、他の美少女たちも見惚《みと》れるあまりあらゆる表情と語彙《ごい》を失い、無言でコクコクとうなずきながら席に戻る。

母が侍女の手を借りてジゼルの隣に腰かけている間に、アルコールを飛ばしたホットワインやクラッカーや焼き菓子などが運び込まれ、女子会はちょっとした宴会模様になってきた。

「ねぇ、さっきなんのお話をしてたの？」

始めは公爵夫人の闖入《ちんにゅう》で緊張していた令嬢たちだが、美味しい食べ物ですっかり口も気分も軽くなったようで、いつもの調子を取り戻して受け答えする。

「ジゼル様のデビュタントパーティーについてですわ。ジゼル様の晴れ舞台にわたくしたちもご招待いただけるとお聞きして、ついはしゃいでしまいました」

「ご夫妻が張り切ってご用意されているのでしたら、さぞ豪勢な催《もよお》しになるのでしょうね。今からワクワクします」

「うふふ、うちの旦那と一緒にかれこれ四年かけて計画を練ってきたの。皆さんをあっと驚かせるパーティーにしてみせるから、ぜひ楽しみにしていてちょうだい」

「ちょっとお母ちゃん、もったいつけすぎやない⁉　ちゅーか、何をやるつもりなん⁉」

一体両親は娘のデビュタントパーティーに何を仕かけているのか……楽しみというよりも不安の方をひしひしと感じてしまう。

意味深に微笑む母にズバズバ突っ込むのをよそに、友人たちはキャッキャとはしゃぐ。

「ああ、どうしましょう！　今からドキドキして参りましたわ！」

「気になりすぎて冬の間中、ずっと寝不足になってしまいそうです！」

「いやいや、なんでみんなそんな異常なテンションなん⁉　意味分からんのやけど⁉」

ブサ猫愛が炸裂《さくれつ》し暴走するこの異常空間では、誰も正常すぎるツッコミは聞いちゃいなかった。

完全に主役を置いてけぼりで盛り上がる女子会にどうしたものかと遠い目をしつつ、ホットワインとお菓子を摘まんでいる間にうつらうつらしてきて――ジゼルは一人寝落ちした。

＊＊＊＊＊

「ジゼル様の寝顔……尊い……」

「可愛すぎて死にそうです……」

「ジゼルは僕が運ぶの！　足腰が悪いお父様は引っ込んでてよ！」

「いや、私が運ぶ！　お前みたいな細っこい腕に任せてられるか！」

アメリアの腕に抱えられて熟睡するジゼルを、友人たちがデレデレにとろけ切った顔で眺める一方で、ハンスとケネスが『ジゼルを抱っこする権利』を巡ってガチンコバトルを繰り広げている。

その微笑ましいともシュールともつかない光景を、いつものすまし顔で遠くから眺めていたテッドだが、だんだん各方面の収拾がつかなくなってきたのを肌で感じ、静かに動き出した。

「奥様、このままではお嬢様が風邪を召されてしまいます。私がお部屋までお運びしますので、旦那様とハンス様の仲裁をお願いします」

至極《しごく》真っ当な申し出に、アメリアは何故か挑発的な笑みを浮かべて問う。

「あら、あなたにジゼルちゃんが運べるのかしら？」

ジゼルと結婚する条件として本人の承諾という大前提の他に、家族それぞれからこまごまとした条件を出されており、アメリアからは「どんなジゼルちゃんでもお姫様抱っこできること」と言われていた。ロゼッタもそれを知っているから、同様に挑むような視線で彼を見やる。

「もちろん。それが奥様との約束ですから」

腐っても第二王子だから、剣術や体術は一通り修めているため細身に見えても筋肉はついている し、護衛の仕事も兼ねているので空《あ》き時間は鍛錬や筋トレに励んでいる。ジゼルの体重に調整され たダンベル入りの麻袋で重量挙げをするのだって、日課も同然だ。

だから特に気負うことなく答えて、寝こけるジゼルをなんなく横抱きに持ち上げる。

アメリアとロゼッタは非常に面白くない、むしろ苦虫を噛み潰したような顔をしていたが、恋バ ナ好きコンビは『禁断の主従恋愛』を妄想して声にならない悲鳴を上げていた。

テッドは外野の反応に人好きのする笑みで返し、軽く頭を下げてジゼル付きの侍女を連れて中庭 を出ていく。

「リアル主従恋愛なんておいしいネタ、想像するだけで胸が……いえ、おなかいっぱいです！」

「見逃せない展開になってきましたわね！　ロゼッタさん、逐一報告をお願いします！」

「ちょ、ちょっとあなたたち！　ジゼル様の一大事だというのに、なんでそんなに前のめりなの⁉ あんな腹黒陰険従者に、私たちのジゼル様をお渡ししていいと思ってるんですか⁉」

「敬愛と恋愛は別腹ですわ」

「性格がゲスでクソでも、あれくらい超有能美男子なら帳消しです」

「う、裏切り者ぉぉぉ！」

親衛隊所属の令嬢たちの姦《かしま》しいおしゃべりを背中で聞きながら、テッドはクスリと笑う。

「お嬢様といると毎日退屈しませんねぇ……」

こんな時間が永久に続けばいいのに――ふと子供みたいな夢想が口をついて出そうだったが、寸でのところで呑み込み咳払いでごまかす。

まったくもってキャラではない発想に戸惑うテッドの腕の中で、ジゼルはだらしなくよだれを垂らして爆睡し続けていた。

この作品に対する皆様のご意見・ご感想をお待ちしております。

おハガキ・お手紙は以下の宛先にお送りください。

【宛先】

〒150-6008 東京都渋谷区恵比寿 4-20-3 恵比寿ｶﾞｰﾃﾞﾝﾌﾟﾚｲｽﾀﾜｰ 8F
（株）アルファポリス　書籍感想係

メールフォームでのご意見・ご感想は右のＱＲコードから、
あるいは以下のワードで検索をかけてください。

アルファポリス　書籍の感想　検索

ご感想はこちらから

本書は、Webサイト「アルファポリス」（https://www.alphapolis.co.jp/）に掲載されていたものを、改題、改稿、加筆のうえ、書籍化したものです。

ブサ猫《ねこ》令嬢《れいじょう》物語《ものがたり》
～大阪《おおさか》のオバチャン（ウチ）が悪役令嬢《あくやくれいじょう》やって？　なんでやねん！～

神無月りく（かんなづき りく）

2023年 12月 5日初版発行

編集－反田理美・森 順子
編集長－倉持真理
発行者－梶本雄介
発行所－株式会社アルファポリス
〒150-6008 東京都渋谷区恵比寿4-20-3 恵比寿ｶﾞｰﾃﾞﾝﾌﾟﾚｲｽﾀﾜｰ8F
TEL 03-6277-1601（営業） 03-6277-1602（編集）
URL https://www.alphapolis.co.jp/
発売元－株式会社星雲社（共同出版社・流通責任出版社）
〒112-0005 東京都文京区水道1-3-30
TEL 03-3868-3275
装丁・本文イラスト－綾瀬
装丁デザイン－AFTERGLOW
（レーベルフォーマットデザイン—ansyyqdesign）
印刷－中央精版印刷株式会社

価格はカバーに表示されてあります。

落丁乱丁の場合はアルファポリスまでご連絡ください。

送料は小社負担でお取り替えします。


ISBN978-4-434-32963-0 C0093